小诗经

阿袁 著

人民文学出版社

图书在版编目(CIP)数据

小诗经/阿袁著.—北京:人民文学出版社,2022
ISBN 978-7-02-017179-8

Ⅰ.①小… Ⅱ.①阿… Ⅲ.①长篇小说—中国—当代 Ⅳ.①I247.5

中国版本图书馆 CIP 数据核字(2022)第 084170 号

责任编辑	付如初　徐晨亮　马林霄萝
装帧设计	李思安
责任印制	任　祎

出版发行	人民文学出版社
社　　址	北京市朝内大街 166 号
邮政编码	100705

| 印　　刷 | 三河市中晟雅豪印务有限公司 |
| 经　　销 | 全国新华书店等 |

字　　数	228 千字
开　　本	880 毫米×1230 毫米　1/32
印　　张	9.875　插页 1
版　　次	2022 年 7 月北京第 1 版
印　　次	2022 年 7 月第 1 次印刷

| 书　　号 | 978-7-02-017179-8 |
| 定　　价 | 59.00 元 |

如有印装质量问题,请与本社图书销售中心调换。电话:010-65233595

目 录

一 小径分叉的花园……………………001
二 《管锥〈管锥编〉》…………………006
三 薛宝钗的扇子………………………014
四 团扇，团扇，美人用来扑蝶…………017
五 第九食堂……………………………022
六 爱丽舍宫……………………………032
七 "您能不能当我们这个戏的指导老师？"………041
八 中文系的必读书目……………………047
九 中文系的单身男女……………………054
十 读书会………………………………067
十一 岸芷汀兰，郁郁青青………………116
十二 让薛宝钗走向世界…………………129
十三 荷叶糯米猪肚………………………143
十四 杜校长要来参加读书会……………156
十五 媒妁之言……………………………174
十六 这是国际影响问题…………………191

十七　"仅此而已"……………………………………202
十八　"搞几遍了？"…………………………………208
十九　"我想找一个柯林斯嫁了"……………………225
二十　古典的笑………………………………………258
二十一　我有嘉宾……………………………………262
二十二　校园丑闻……………………………………272
二十三　非升即走……………………………………287
二十四　"我们要不要去札幌？"……………………294
二十五　"几介居"……………………………………300
二十六　致生活………………………………………312

一　小径分叉的花园

如果香奈喜那天不进错教室，就不会认识中文系一个叫季尧的老师了。

人文学院的楼像迷宫，尤其对早上的香奈喜来说。早上的香奈喜总是处在迷迷瞪瞪的状态中，而时间又总是十分紧张，第一堂课是七点五十开始，可七点四十几分她还在走廊里像一只没头苍蝇那样乱飞乱撞。有时运气好，一下子就撞对了教室，有时运气不好，要撞错一两次之后，才能找到正确的教室。

那天香奈喜本来是要去314教室上《论语选读》课的，结果却误打误撞进了季尧的341教室。

"你为什么不走呢？发现自己进错了教室之后。"后来季尧问她。

"走不了呀。您当时在讲《红楼梦》呢。中国小说我最喜欢《红楼梦》了，所以听了第一句，还想听第二句，听了第二句，还想听第三句，就这样听着听着，下课铃声就响了。"

这个回答季尧不太满意，敢情她留下来，不是因为他季尧而是因为《红楼梦》呀。如果那天他讲的不是《红楼梦》而是《聊斋志异》呢？而是《世说新语》呢？而是《阅微草堂笔记》呢？她是不是就走人了？

事实上，那天他本来应该讲《世说新语》的，他这门课叫《中国笔记小说大概》，和《红楼梦》没有干系的。只是早上过来上课的路上，有风，又微雨，人文楼前落了一地的桃花，让他想起林黛玉那句"花谢花飞飞满天，红消香断有谁怜"，就有些伤感，就讲起了《红楼梦》。他这个人，上课向来有随性跑野马的毛病——要说，老师们上课，谁不会偶尔跑跑野马呢？但别人跑野马，也就是小跑，从马厩跑到院子，然后又从院子跑回马厩而已。但季尧呢，是大跑，跑得无边无际，跑得没了踪影——"春风得意马蹄疾，一日看尽长安花。"只顾自己快马加鞭跑个痛快，而不管东西南北方向了。因为这个，系主任老尚曾经找过他，很含蓄地建议他上课不要像画梅花那样。画梅花？季尧挠挠后颈窝，一脸"懵逼"的样子。老尚喜欢年轻老师这样的反应：不开窍，需要点拨。需要点拨的年轻人都是谦虚的年轻人，有培养前途的年轻人。他不喜欢太机灵的年轻人，机灵得过头了，他刚开口说了半句，那些年轻人立刻就"知道了，知道了"，或者用心知肚明的眼神看他，简直让他没法继续批评教育了。这使他如鲠在喉。他的语言之所以变得越来越含蓄，也是被这些聪明的年轻人逼的。而季尧这样的"懵逼"表情就很好。"上课不要像画梅花一样？"季尧用挠后颈窝的动作表达了疑问。"就是不要太旁逸斜出。"季尧这下听懂了，原来出处是林逋《山园小梅》的"疏影横斜水清浅"呀。这个老尚，说话真够绕的。不过听懂归听懂，下回上课却还是旁逸斜出。倒不是故意要和老尚作对，而是情不自禁。对此老尚没有太愠怒。孔子会不耐烦学生的屡教不改，骂他们"朽木不可雕也"，骂他们"粪土之墙不可杇也"，可老尚不介意，因为这些"朽木"和"粪土之墙"更能体现他诲人不倦的美德。作为教育家，他认为自己至少这方面比孔子还略胜一筹。所以，在对季尧屡教不改的批评里，老尚有欲拒还迎、既嗔又喜的鼓励意思。

而学生更加怂恿季尧老师跑野马。学生说，上其他老师的课，是遵大路，从哪儿到哪儿，沿途又会经过哪儿，是规定好了的；而上季尧老师的课，是走小径分岔的花园，你永远不知道下一条小径会在哪里分岔，也不知道在这些小径上会遇到什么风景，太刺激了。

香奈喜就是小径分岔的结果。如果季尧那天不岔到《红楼梦》那儿去，怎么会有后来的事情发生？

"你为什么不走呢？发现进错了教室之后。"季尧这个人，无聊得很，会一遍又一遍地问香奈喜这个问题，百问不厌似的。

"不想走。"

"为什么不想走？"

"今夕何夕，见此良人。"

季尧这下大悦了。一是因为香奈喜正确地引用了《诗经》里的句子来回答问题，这对一个外国留学生来说，不容易。她一直跟他学中国古典文学，他用私塾老先生的方法教，让她背《诗经》，背乐府，背唐诗，背宋词，一周一首，开始她坚持得很好，尤其在他们恋爱阶段，每回见面第一件事就是背诗，背出来了才进行后面的恋爱节目，背不出来就只能一直背一直背。那个时候他特别严厉，而特别严厉的他不知为什么在她眼里更性感，于是愈加渴望后面的恋爱节目，所以一个恋爱谈下来，她至少把国风里的恋爱诗背得差不多了。只要季尧说前一句，她就能接后一句：关关雎鸠——在河之洲；青青子衿——悠悠我心；执子之手——与子偕老。他们玩得不亦乐乎，有时玩起兴了，还会用这个打赌，谁输了罚谁做家务。季尧懒，四体不勤，这时就会使坏，故意挑生僻的诗念："式微，式微，胡不归？"香奈喜接不了下句,接不了就只能做家务了。香奈喜虽然不怕家务,但她很喜欢看季尧被她背出来后又惊喜又懊恼的矛盾表情,于是更加努力背《诗经》,结果《诗经》功力大涨,不仅能死记硬背,竟然能活学活用了。

当然,季尧大悦不仅是因为香奈喜背《诗经》的功力大涨,主要还是因为那句"见此良人"的内涵。香奈喜的意思,不就是在说她对季尧一见钟情吗?这个好,是理想的回答!在所有爱情开始的范式里,季尧最向往一见钟情的爱情,那种"满堂兮美人,忽独与余兮目成"的场景,光想一想,就妙不可言呢,就神魂颠倒呢。更别说身临其境身体力行。可季尧不具备身临其境身体力行的条件,他近视,五百多度呢,怎么和别人"目成"?别说"目成",就是上课时看清楚后排学生的脸,都成问题呢。而香奈喜那天就坐在后排,所以他不仅和她"目成"不了,甚至对她完全没有印象。

但听了香奈喜的"今夕何夕,见此良人",他还是很受用。

至少他们的爱情,有百分之五十的"一见钟情"了。

虽然他没能够"一见钟情"她,但她"一见钟情"了他。

他这个人,持古典知足常乐的人生哲学,有百分之五十也就可以了。

而这百分之五十,他们后来溯本追源,觉得要归功于人文学院大楼建筑设计师沈鲁。沈鲁是他们学校建筑学院的老师,是个牛人,有作品入围过普利兹克建筑奖的。据说沈鲁还是一个博尔赫斯迷,读过博尔赫斯所有的小说。所以他的建筑风格和博尔赫斯的小说风格一样,在结构上都有迷宫特点。人文学院大楼就是他向博尔赫斯《小径分岔的花园》致敬的作品。事实上,中文系的学生本来就把人文学院大楼叫作"小径分岔的花园"呢。

"下午去小径分岔的花园自习不?"

"今晚的讲座是在小径分岔的花园吗?"

如果不是沈鲁把人文学院大楼设计成迷宫般小径分岔的花园,香奈喜那天早晨就不会走错教室,不走错教室,就没有后来他们的爱情了,更没有后来他们的婚姻了。

所以,若干年后,当季尧有一回在饭局上见到一个扎马尾长发、戴麻花银手链的男人,别人介绍说是大名鼎鼎的建筑设计师沈鲁,他马上起身,双手持杯郑重其事地向沈鲁敬了三杯酒:"感谢!感谢!感谢!"沈鲁被他感谢得不明所以,初次见面,难道不是说"幸会"吗?就算客气,要多说几句,也应该是"幸会!幸会!幸会!"怎么是"感谢!感谢!感谢!"呢?但他以为是这个中文系的老师喝多了,所以才犯了用词不当的专业错误。

二 《管锥〈管锥编〉》

那之后，香奈喜就开始蹭季尧的课了。

《中国笔记小说大概》因为和《论语选读》在上课时间上有冲突，所以蹭不成。但她在校园网教务系统上查了中文系老师的课，发现季尧还开了门选修课，叫《管锥〈管锥编〉》。

课程名香奈喜就看不懂，问女友 Isabella。Isabella 来自西班牙，汉语水平比她还差呢，更不懂《管锥〈管锥编〉》的意思。又去问对门的 Leon。Leon 是德国人，汉语是他们留学生楼里最好的，研读过《周易》，能正确书写许多中文繁体字。二楼 Abel 的新婚妻子从利比亚过来探亲时，Leon 就用狼毫笔在红纸上写了好几个"囍"送给 Abel。但 Leon 虽然会写"囍"，却也弄不懂这课程名，皱着眉研究了半天，也没弄明白这是一门什么课，又上谷歌搜，这才知道《管锥编》是一本书，作者钱锺书。这个叫钱锺书的人，不仅是个大学者，还是个小说家，写过一个叫《围城》的小说，是写知识分子的。Leon 后来读了这个小说，不是读 Monika Motsch 译的德语版，而是读中文原著。读原著是他学中文的一种方式，特别有效。可《管锥〈管锥编〉》到底是门讲什么的课程，Leon 还是说不清楚。他建议香奈喜不要去听这门课，去了也白去，肯定听不懂，还不如和他去旁听国学院的《说文解字》。香奈喜笑笑,是那种让 Leon 神魂颠倒的"东方古典之笑":粉红色的嘴唇轻抿,花苞一样,把珍珠般的牙齿合在里面;眼睛眯成线,那弯曲的样子,像极了他家乡一种在湖边飞舞的黑蜻蜓。每回一看见香奈喜,都会让 Leon 生出一种乡愁般的甜蜜惆怅。可香奈喜不听 Leon 的建议,还是去旁听《管锥〈管锥编〉》了。管它听得懂听不懂,她反正不是冲这门课去的,而是冲季尧去的。"项庄舞剑,意在沛公。"后来季尧这么揶揄香奈喜。香奈喜听不懂这个揶揄。季尧于是换了一个——"醉翁之意不在酒,在乎山水之间也。"这句香奈喜是懂的,她在中国古代文学课上学过《醉翁亭记》,知道在这句话里,酒不是酒,而是《管锥〈管锥编〉》,山水也不是山水,而是指季尧。

一开始香奈喜让 Isabella 陪她去上课,Isabella 不乐意。这个漂亮的西班牙姑娘喜欢跳舞,喜欢吃东西,喜欢上淘宝买衣服——她觉得中国的淘宝实在太神奇了,太了不起了,简直像魔术匣子,像圣诞老人背上的包,里面什么都有。只要人民币两百多块,也就是二十几欧,就能买一件《苏丝黄的世界》里的那种旗袍,不,比《苏丝黄的世界》里的旗袍更美呢,上面还绣了金灿灿的中国凤凰。她是后来才知道那是凤凰的,一开始她以为是孔雀。"怎么中国的孔雀是金黄色的而不是蓝绿色的呢?"她问戴维。戴维告诉她那不是孔雀,而是中国神话里的大鸟凤凰,和龙一样,都是图腾,是中国文化的象征。她穿了那件有凤凰的旗袍转圈给祖母看,左转个圈,右转个圈,再定格,摆个 T 台上模特那样的迷人姿势——扭腰摆胯手托了脑袋迷离了两眼看祖母。祖母喜欢极了,猫一样的绿眼睛一闪一闪地发着光,"¡Madre mía!¡Madre mía!"(妈呀)祖母在视频那边哇啦哇啦地叫着，恨不得马上坐飞机来中国。祖母是个中国迷，Isabella 来中国留学就是受了她的影响。她自从看过一部好莱坞电影《苏丝黄的世界》，从此就爱上了这个遥远的东方国家。

但 Isabella 却不太喜欢上课。中国生活是中国生活，中国课是中国课，完全两回事。她很容易就热爱上了中国生活，虽然她来到中国后，发现她看到的中国和《苏丝黄的世界》里的中国不一样，她看到的中国女人和苏丝黄也不一样，但她很喜欢现实中的中国生活，生机勃勃，丰富多彩，真是多彩——超市里什么颜色的蔬菜都有，简直像凡·高画里的花朵般鲜艳。中国老师骄傲地说，因为中国地大物博，所以各种气候各种土壤的蔬菜都能种。可 Isabella 的家乡 Ciudad Real 城，超市里一年四季就只有几种蔬菜，土豆、洋葱、胡萝卜、西红柿，吃来吃去没什么变化。中国也热闹，到处是人，尤其是年轻人。而 Ciudad Real 城，安静得让人受不了，一出门，看不到年轻人——年轻人都去马德里工作了，或者去巴塞罗那工作了，留下来的，大多是她祖母这个年纪的老太太，还有一些老先生。老太太多这一点倒是和中国相同，Isabella 发现，中国也是老太太多，老先生少。全世界的老先生们都活不过老太太，从这点而言，世界还是女人的，不是男人的。所以女人也用不着搞什么女性革命，只要好好活着就赢了，像她祖母那样。Isabella 的祖父早死了，但祖母却一直活蹦乱跳。不过，比起西班牙老太太，她更喜欢中国老太太，中国老太太们更热情好客。不论是食堂里的老太太，还是留学生楼里的门房老太太，都特别喜欢 Isabella。门房老太太姓马，留学生们都叫她安提马。安提马是个北方人，每回看到 Isabella，都要学了 Isabella 西班牙腔调问："饺子？"安提马喜欢包饺子，也喜欢问 Isabella 吃不吃饺子。这让香奈喜都嫉妒了。她们两个总是一起从门房那儿经过。"为什么她只问你吃不吃饺子？"Isabella 耸耸肩说："她喜欢我呀。"这也是 Isabella 又骄傲又烦恼的事情——全世界的老太太都很喜欢 Isabella。她有一年暑期到希腊雅典旅游，不小心弄破了房东老太太房间里一个镶了金边的粉蓝色花瓶的把手，当时可把她吓坏了，但那个胖胖的希腊老太太不但没让她赔花瓶，还笑吟吟地对她说："看，它现在是阿佛洛狄忒了。"但也只有老太太喜欢她——她猜可能是因为祖母，她打小就和祖母生活在一起，所以很擅长和老太太打交道，也很擅长讨老太太的欢喜。而香奈喜不同，喜欢香奈喜的总是男人。比如 Leon，比如戴维。Leon 喜欢香奈喜大家都知道，但戴维喜欢香奈喜就只有 Isabella 知道了。

但 Isabella 不喜欢上中国课，应该说, Isabella 压根不喜欢上课。但在西班牙和法国读书时，就算不喜欢上课，也要去上，因为老师虽然不管你上不上课，但考试非常严厉，通过了就通过了，没通过就没通过，没有什么人情可讲。但中国老师不一样。他们讲人情。有事没事过去和老师多套套近乎，他们就不好意思让你不及格了。Isabella 刚来时，Abel 就这样给她传授经验。其实不用套近乎也能通过。后来 Isabella 了解到，因为学校国际交流部的政策不允许留学生考试通过率太低，太低会影响到学校之后的留学生招生呢。他们就读的学校，是一所"国际化"学校——至少他们自己是这样对外宣传的。而"国际化"学校对在校留学生的人数是有要求的，只有人数达标了才能称为国际化学校呢，才能拿到国家这部分的教育经费呢。所以老师轻易是不敢打学生不及格的。有一回，哲学系的一个年轻助教，在《中国哲学》这门课上，给两个留学生打了不及格——总共也就两个留学生选他这门课，等于百分百的不通过率，这怎么行呢？ 国际交流学院的副院长找到哲学系主任老禹，请他出面让助教顾全一下大局。但助教把卷子翻出来给老禹看，老禹就无语了。几乎是白卷呢，怎么顾全大局？ 后来还是教务处的相关领导亲自出面找助教谈了一次话，也不知怎么谈的，总之助教终于肯"顾全大局"了。如何"顾全大局"的呢？他又出了一张"难度适中"的试卷，让两个留学生补考。于是两个留学生都及格了。

既然上不上课都可以过关，何必天天去上课呢？ 有些天生喜欢上课的同学，比如Leon之类的另当别论。"不上课为什么交学费？ 不上课为什么千里迢迢来中国留学？"Leon问她。这话虽然不错，但Isabella就是不喜欢上课。比起课堂，Isabella还是更愿意在其他地方度过在中国的留学生活。

所以，当香奈喜让Isabella陪她去上什么《管锥〈管锥编〉》课，她不愿意。不愿意香奈喜有办法，香奈喜这个笑眯眯的日本女人，总是有办法让别人按她的意思来的。她的办法，按文化课老师教的，就是"以柔克刚"。文化课老师说，在中国春秋时代，有一个叫老子的哲学家，写了一本哲学书，叫《道德经》。他在这本书里，提倡"水的哲学"，所谓"水的哲学"，其实就是"温柔哲学"。这是中国文化的源头，所以中国文化是和平文化，中国民族是和平民族。Isabella对此也十分赞同，虽然她不太听得懂《道德经》，但有些理论她还是能理解的，比如"上善若水"，比如"牝常以静胜牡"。后一句本来很难，但她一结合香奈喜来理解，就豁然开朗了。香奈喜就是"牝"，Leon和戴维他们就是"牡"，他们一起就是"牝常以静胜牡"的生动实践。当然，香奈喜不是中国人，而是日本人，但Isabella认为日本文化就是发源于中国文化,所以香奈喜所受的文化教养,和中国女人是一样的,也信奉老子的"温柔哲学"。当然,香奈喜对 Isabella 如果只用"温柔哲学"是不够的,还需要用上儒家的"民以食为天"的哲学。香奈喜习惯用食物收买她。Isabella 看过《孤独的美食家》,看过《深夜食堂》,对里面的美食垂涎三尺。学校后街就有一家叫"佐佐木"的日料店,香奈喜带她去过几次,那里的鲣鱼寿司,还有天妇罗,还有加了洋葱生菜芝麻和五分熟煎鸡蛋的牛丼饭,色彩斑斓得像西班牙的海鲜饭,但吃起来和海鲜饭又不一样,有一种东方的素和清淡,她爱吃极了。可香奈喜说,这么难吃的牛丼饭也爱吃?如果你去日本吃了我御婆さん(祖母)做的牛丼饭,估计要离开中国去日本留学了。Isabella 于是开始惦记香奈喜御婆さん的牛丼饭了,还有寿司,还有蒲烧鳗鱼。香奈喜说她御婆さん做的寿司,也是很"うまい"(好吃)的。可什么时候去呢?香奈喜说"下回"。"下回"了好几次,把 Isabella 都"下回"灰心了。可香奈喜现在说,这个寒假如果 Isabella 不回西班牙的话,她可以带 Isabella 去京都吃她御婆さん做的牛丼饭和寿司。这下 Isabella 不反对了,欢天喜地陪香奈喜去上《管锥〈管锥编〉》课了。

是小班课,总共就十几个学生,香奈喜和 Isabella 一进教室,就招来了其他同学和季尧齐刷刷的目光。她们赶紧往后排坐。后排空荡荡的,一个学生也没有。

"两位同学,请前排坐。"季尧招呼她们。

十几个学生都坐在一、二排的中间位置,香奈喜红了脸,和 Isabella 一起挪到了第三排。

季尧这下看出来了,是两个留学生。

不是因为香奈喜,香奈喜长得和中国女生没什么两样,但绿眼睛高鼻子的 Isabella，一看就是留学生。

留学生来旁听课没有什么，可敢来旁听《管锥〈管锥编〉》的，还从来没有呢。

那天季尧讲的是《管锥编·毛诗正义》第四十三则的"蒹葭"，语速挺慢，还时不时有个小停顿，当然是为了照顾香奈喜她们两个呢，但即便这样，香奈喜还是听得云里雾里。

Isabella 更加云里雾里，不过，她本来也没听课，一直盯着季尧研究。她不明白香奈喜为什么会喜欢上这个中国男人，虽然他个子挺高，有一米七五以上吧，却瘦，是弱不禁风的体形——"弱不禁风"是 Isabella 经常用的一个中国词语，因为语言课老师说这个词一般用来形容女性。但 Isabella 觉得，这个词也可以用来形容多数中国男性，比如这个老师，看上去比 Isabella 还苗条呢，胳膊比 Isabella 的胳膊还细呢。这样的胳膊怎么谈恋爱？至少不能和香奈喜谈。香奈喜的重量 Isabella 是知道的，别看她个子不算高大，也不肥胖，可质量不小，不是那种身轻似燕弱不禁风的女性。如果非要用某种鸟类来形容香奈喜的话，应该是雁吧？是丰满的多肉的雁，而不是弱不禁风的燕子。胳膊那么细的季尧，抱得动大雁一样的香奈喜吗？Isabella 对此怀疑得很。

下课后季尧叫住了她们，他要问她们一两个问题，考查考查她们有没有听他课的资格。

蒹葭是什么？

老师，是一种植物。

他刚刚讲过的东西，又问她们，估计是想考她们汉语听力了。

什么植物？

——不是蒹葭吗?

那是古代的名字,现在这种植物叫什么?

不知道。

在水一方是什么意思?

在水的另一边?

它象征什么呢?

——不知道。

季尧挠挠后颈窝,一问三不知,这样的中文基础,怎么听他这门高阶课呢?

他建议她们去听中文系段锦年教授的《中国古典诗词赏析》。段教授曾经在法国普瓦提埃大学孔子学院待过两年,有给外国学生讲课的丰富经验。季尧听自己的研究生说,段教授给留学生上古典文学课时,有趣得要命。讲到"燕燕于飞差池其羽",就张了胳膊学燕子飞;讲到"氓之蚩蚩",就学氓笑嘻嘻的样子,特别生动形象。季尧把段教授上课的时间地点写在黑板上,让香奈喜她们记下来。

香奈喜点点头,听话地一笔一画记下了。季尧放下粉笔,拍拍手上的粉笔灰,心里有些小得意,他以为这就把两个女留学生打发到段锦年老师那儿去了。

没想到,下周一走进教室,就看到她们两个一端正一歪斜地坐在第三排的位置上。

三　薛宝钗的扇子

应该说，这个叫香奈喜的日本留学生是个好学生。

他本来以为她至多听上那么几次，就会知难而退的。毕竟他这门课，专业性太强了。对中国学生来说，如果没有扎实的古文功底，以及对钱锺书先生的热爱，都很难把这门课坚持听下来，何况一个连蒹葭是什么植物也不知道的外国学生。但香奈喜就是没走。那个左耳上按了好几个亮晶晶的耳钉，眼皮涂成蓝绿色妖怪一样的女生第三次就没来了，季尧以为接下来就轮到香奈喜了。但他想错了，香奈喜仍然堂堂课不落地来，来了还认认真真地做笔记。

季尧上课有提问的习惯，讲着讲着，突然把捏粉笔的手指停在哪个学生的桌上敲敲："你怎么理解这一句？"香奈喜特别怕他这个动作，所以每次都挑了第三排靠墙的里面位置坐。季尧一停下来看同学，香奈喜就吓得低头，满脸绯红地做眼观鼻鼻观心状了。

其实季尧不会提香奈喜的问。别说提问，就是眼神，他也很少看向她那儿。

他怕她难为情，他知道她听不太懂的。

但她听课的态度实在好，比中国学生还好。那十几个中国学生，已经是好学生了，但一堂大课上下来，中间也难免开开小差的，瞄一眼课桌下面，又瞄一眼课桌下面。季尧上课前要求学生把手机都调到静音模式放到桌子下面了，所以他们这是在偷看手机呢。也有学生在纸上涂鸦几笔，又涂鸦几笔。那两个爱涂鸦的学生，是季尧喜欢的学生——一个是建筑系的，叫陈科，另一个是美术系的，叫费丽丽——季尧这门课，是面向全校开的研究生选修课，所以十几个学生差不多来自十几个不同的系。陈科画窗外的树，随便那么几笔，光秃秃的老樟树就有美术馆作品的感觉。陈科总是把樟树画得光秃秃的，问他窗外的樟树明明有叶子，为什么画成光秃秃的呢？陈科说，我只对结局感兴趣。费丽丽也画窗外的樟树，却画得枝繁叶茂，花团锦簇，问她窗外的樟树明明没有开花，怎么画了一树密密实实的小碎花呢？费丽丽说，我只对过程感兴趣——成了心和陈科唱对台戏呢。他们应该是恋人，总是一起来，一起走。也可能不是，因为他们仅限于一起来一起走，从来没有更多的亲密。这两个学生季尧都喜欢，有才华，又有意思，所以偶尔开个小差，季尧不介意。他也是从做学生过来的，一堂课五十分钟呢，而大学的课，总是两节连排，加起来就一百分钟呢，很难做到从头到尾专心致志不开小差的。当然，对于开小差的方式，季尧还是介意的。他能接受上课涂鸦什么的，认为那个是比较古典和高级的开小差方式，而上课看手机，就是比较现代和低级的开小差方式。季尧虽然年纪也不算大，不过三十出头，却有老夫子一样的古板脾气，不太喜欢技术类的东西，尤其手机。他对手机这东西怀有敌意，认为他是"古典和诗意的生活"的破坏者，是一朵毒害校园青春生命的"恶之花"。所以每回那个新闻系的女同学一瞄手机，他就皱了眉头，板了脸，停下不讲。同学们都知道季老师不高兴了，那个新闻系的女同学也知道，但她就是忍不住。同学们课下埋怨她,她耸耸肩,两手一摊说:"我有什么办法呢?如果十分钟不看手机,我会死的。"

但香奈喜从不开小差,她总是一副十分认真听讲的样子,还记笔记。他很想看看她的笔记,她都记些什么呢?她能记些什么呢?毕竟他讲的东西,她应该听不懂几句的。

有一回,下课后他拎了讲义包要走,她绯红了脸叫住他,说有一个问题想请教他。

他哂笑着站住,有一个问题?她应该有无数个问题吧?

"老师,请问薛宝钗的扇子是怎样的?"

四　团扇，团扇，美人用来扑蝶

　　每年学校的元旦晚会，留学生们都会表演一个节目。

　　多数时候辅导员会让他们唱歌，这个相对简单，不用花太多时间排练，只要大家站在台上手挽手唱一首《我爱你，中国》，或者《友谊地久天长》，就 OK 了。

　　辅导员有时也想换个花样，让 Abel 说相声。Abel 会说马三立的《逗你玩儿》，中非合璧地说。荒腔走板的中国话，加上十分纯正的非洲表情和动作，戏剧效果那叫一个好！每次他一上台表演，气氛就变得十分热烈。校领导也喜欢这个节目，尤其主管国际教育的杜校长，中间鼓掌了好几次。要知道，杜校长可不是轻易鼓掌的人。但 Abel 只会说这一个，换一个，比如马三立的《吃元宵》，就不行了。他懒得学了。总不能让校长老听《逗你玩儿》吧？于是这一回辅导员打算来个高级点的，排演个戏剧。

　　排演什么戏剧呢？辅导员开会征求意见，大家七嘴八舌，来自美国南方的戴维建议排演《欲望号街车》，来自英国伦敦的艾米丽建议排演《仲夏夜之梦》，来自法国的莫伊拉建议排演《费加罗的婚礼》，来自俄罗斯的伊万建议排演《樱桃园》，来自爱尔兰的丹尼尔建议排演王尔德的《温夫人的扇子》。香奈喜坐在那儿，本来处于"女亦无所思"

的状态,听了丹尼尔的建议,突然来了灵感,兴奋地说:"要不我们排演一个《薛宝钗的扇子》?"

这个建议好,辅导员觉得,既表现了留学生对中国文化的喜爱,又表现了留学生学习中国文化的成果,可谓一箭双雕,一石二鸟,不错!很不错!可问题是,《薛宝钗的扇子》没有现成的剧本,怎么办?

Leon主动请缨写剧本,他在高中就写过剧本,有戏剧创作经验。不过他附加了一个条件,那就是薛宝钗要由香奈喜来演。

大家没意见,由香奈喜来演薛宝钗,再合适不过了。从身体到气质——薛宝钗丰满,香奈喜也丰满;薛宝钗温柔,香奈喜也温柔,她们两人,不仅形似,而且神似。整个留学生楼还有谁比香奈喜更适合演薛宝钗呢?

本来辅导员希望Isabella演薛宝钗的,她见过Isabella跳弗拉明戈舞,特别有激情,特别有感染力。更主要的是,由一个蓝眼睛的女同学演薛宝钗,更有戏剧性,也更能体现中西文化合璧的意义。领导看了听了,肯定更喜欢。而香奈喜演薛宝钗的话,看上去和中国学生演差不多,效果就没有那么好了。

但既然大家都同意香奈喜演,她也只好从善如流了。

这是她一贯的工作方式,引导但不强制,只要大方向正确,细枝末节就由他们自由民主好了。

对这些留学生来说,自由民主——至少自由民主的形式很重要的。

香奈喜也半推半就答应了。"半推"是基于性别和民族的谦虚习惯,"半就"是因为想到了季尧——事实上,她建议排《薛宝钗的扇子》就是因为假公济私地想到了季尧呢。季尧上课不是讲过《红楼梦》吗?

不是讲过宝钗扑蝶吗？如果他们的节目和《红楼梦》有关，那一有问题她就可以找季尧请教了——总是会遇到问题的吧？

这不，艾米丽在准备服装道具的时候，就犯难了，薛宝钗的扇子是怎样的？

Abel 说，他有一把漂亮的鹅毛扇，是他在湖北襄阳旅游时买的，能不能就用它？

戴维说，那根本不是鹅毛扇，而是鸭毛扇。

戴维是个鸟禽迷，有事没事就研究鸟禽图谱的。

Leon 说，既不叫鹅毛扇，也不叫鸭毛扇，应该叫羽扇。《说文解字》里，"羽"是"鸟长毛也"的意思。

一个贵族少女，拿把鸭毛扇——就算不叫鸭毛扇，而叫羽扇，艾米丽也觉得不像话。

应该是团扇，Leon 说，唐代诗歌不是有"团扇，团扇，美人用来遮面"吗？

可团扇是什么样子，艾米丽也不知道。

Leon 立刻上网搜了图片给艾米丽看，原来团扇就是圆扇。

这个好，有古典戏剧美。"团扇，团扇，美人用来扑蝶"——既然团扇可以用来遮面，自然也可以用来扑蝶。艾米丽闭了眼想象一下香奈喜在台上用圆扇扑蝶的样子，觉得很美。

可戴维说，《红楼梦》的故事，又不是发生在唐代，而是发生在清代。唐代和清代，中间隔了好几百年呢，两个不同朝代的女人，用的扇子难道会一个样子？

听起来也有几分道理。艾米丽又不知道怎么办了，她是个在细节上十分认真的人，而扇子在这部戏里又是这么重要的道具，不能出差错的。既然要排演一个中国的戏剧表演给中国师生看，就不能闹笑话。

Leon 有点不高兴，马上上网把《红楼梦》电视剧找了出来，里面薛宝钗扑蝶用的扇子，就是一把画了粉红荷花的团扇。

这下戴维没话说了。

团扇学校商业街没有卖，艾米丽打算自己制作一把，她手巧，什么都能自己做，小到饰品衣裳，大到木桌书架，没有她不会的。她有一个手工包，里面针线纽扣剪刀什么都有。她还有一个工具箱，里面电锯电刨钉枪什么都有。有一回，也不知她从哪儿弄了根竹子回来，做了个斗笠，一下雨就戴了它去上课，成为校园里的一景。这也是大家让她负责服装道具的原因。

至此，扇子的问题应该已经解决了，可香奈喜也不知为什么，会突然在课后问季尧："薛宝钗的扇子是怎样的？"

季尧挠挠后颈窝，他在课堂上明明讲的是《柏舟》，这个留学生为什么问薛宝钗的扇子呢？这也太离题万里了吧？

虽然有些困惑，但季尧还是微笑着回答了香奈喜的问题。

"应该是折扇吧。"

怕香奈喜不知道什么是折扇，季尧还在黑板上画了折扇的大概样子。

折扇什么样子香奈喜当然知道，《温夫人的扇子》里的扇子不就是一把折扇吗？可薛宝钗怎么也是折扇？Leon 不是说团扇吗？香奈喜之所以问这个问题，其实不是怀疑 Leon 说的团扇不对，而是想和季尧搭讪一下而已，和"请问几点了？"或"食堂怎么走？"本质上没有不同。但那一类问题属于街头或路上，不属于课堂。所以香奈喜一直煞费苦心地想问季尧一个高级一点、学术一点的问题，但一直找不

到 —— 问深了,她没这个水平;问浅了,又怕被季尧笑。好不容易发现艾米丽的问题很好,可以借用一下,没想到,还真问出了不同的答案。

"为什么是折扇呢?"香奈喜这下好奇了。

"你读过《红楼梦》吗?"

她当然读过《红楼梦》,她可是东京大学中文系的高才生呢,怎么可能没读过中国文学经典《红楼梦》。但她还是很谦虚地说:

"虽然读过,但读得不好。"

"你回去再读,第二十七回。你有《红楼梦》吗?"

"—— 没有。"

"那我下周上课时给你带一本过来。"

五　第九食堂

香奈喜书桌上就有一本《红楼梦》，几天前从图书馆借的。

可香奈喜怎么能说自己有呢？

她也不是演大观园里的傻大姐，她可是要演心思缜密的薛宝钗呢。

借书还书可是学院派恋爱的经典形式呢，全世界都通行的。

香奈喜一回公寓就开始认真读第二十七回了。特别是薛宝钗扑蝶的那部分，她仔细看了好几遍。

书里没有写到折扇，倒是写了团扇："忽见前面一双玉色蝴蝶，大如团扇。"这不是在说薛宝钗用的是团扇，而是蝴蝶的比喻，因为有"如"这个喻词，这个香奈喜可是看懂了的。但至少也说明，团扇是那时女人的常见之物，所以才会用它来形容东西呢。

还有一句关于扇子的："遂向袖中取出扇子来。"中国古代女人的衣袖，虽然宽大，也不好放团扇吧？而折扇可以开合，所以能放在袖子里。管锥老师的根据，是不是这句？

她拿了《红楼梦》去敲艾米丽的门。

艾米丽认为这事非同小可，要找 Leon 商量——显然，比起香奈喜，她还是更信任 Leon。

俩人又去三楼，敲 Leon 的门。

Leon 正埋头写着剧本呢,离元旦也没多少日子了,还要留出排练的时间,他必须快马加鞭。

香奈喜指了那句"遂向袖中取出扇子来"给 Leon 看。

Leon 之前还真没注意到这一句,一琢磨,也觉得有些不对。

薛宝钗的扇子,可不是《西游记》里铁扇公主的扇子,可变大变小,大的时候是一丈二尺的芭蕉叶,小的时候就成杏叶儿了。铁扇公主用的时候取出来,不用的时候就把它放在嘴里,方便得很。

但薛宝钗是住在大观园的贵族少女,不是《西游记》里的妖精,肯定不会把扇子变大变小的法术。如果是一把团扇,又要用来扇风,又要用来挡面,又要用来扑蝶,尺寸就不能小,直径至少要二十厘米左右。这么大的扇子,就不好放袖子里了。

也就是说,薛宝钗的扇子,真有可能是折扇。

怎么办?

艾米丽的团扇已经做好了,按电视剧的样子做的。竹子弯曲的扇骨,鹅黄色绢的扇面,上面还画了一大一小两朵紫红色的睡莲,很漂亮。Isabella 已经提前向艾米丽预定了,说等这个戏剧一演完,这扇子就归她。她要带回去给她祖母做礼物,她祖母自从看了电影《苏丝黄的世界》后,就开始收藏中国古董,当然都是些伪古董,在跳蚤市场买的。什么象牙鼻烟壶,顶端包银的鸡翅木筷子,琉璃胭脂盒,旧上海月历美人扑克牌,还有中国景德镇的花鸟粉彩花瓶,半个客厅都摆放了这些东西,看上去简直和巴黎孚日广场雨果纪念馆里的朱丽叶客厅一样有东方情调。如果 Isabella 把这个上面画了睡莲的团扇送给她,老太太非乐坏了不成。说不定即兴来上一段弗拉明戈舞呢。别看老太太八十多了,可跳起舞来,那风韵和妩媚不减当年呢。

这下好了,都不用等到节目后,Isabella现在就可以把团扇拿走了。

再制作一把扇子对艾米丽不是问题,问题是薛宝钗的折扇应该是什么样子呢?肯定和温夫人的扇子不同吧?毕竟一个是维多利亚时代的英国女性,一个是清代的中国女性。两人的扇子,从材料——是纸的,还是布的?是檀木的?还是象牙的?到扇面——是画了花朵的,还是素的?到尺寸——英国女性个子高,手也大;而薛宝钗是中国女人,个子不高,手也小,所以扇子的尺寸肯定也有所不同吧?这些她统统不知道。

不知道就问Leon,反正Leon是个中国通。

可Leon也不知道,他本来以为,在中国古代,男人用折扇,女人用团扇。这是中国在扇子方面实行的男女有别。他实在无法想象薛宝钗用折扇,就像无法想象贾宝玉用团扇一样。

艾米丽这下不知怎么办了,她一直信任Leon的,Leon说团扇就团扇,Leon说折扇就折扇,但现在Leon说他不知道,她就不知道怎么办了。

香奈喜说,要不下周上课时我再问问管锥课的老师?

也只能这样了。

连Leon也解决不了的问题,留学生楼里别的同学更解决不了。

艾米丽要香奈喜抓紧时间问,她怕来不及。扇子可是重要的道具,她需要花时间认真做好。

好在不用等到下周,第二天香奈喜就在九食堂碰到季尧了。

季尧住"青椒园",离留学生楼不远,中间就隔了档案馆和篮球场,平时一般也在九食堂吃饭。

季尧正端了饭盒急匆匆往外走呢,被香奈喜看见了。

"老师。"

食堂门口人来人往,嘈杂得很。香奈喜有些温柔的声音季尧没听见,继续急匆匆往外走。每回打好了饭菜他都这样,怕饭菜凉了,不好吃。

"老师。"

香奈喜只得提高了嗓门。

这下季尧终于听见了,停住脚步看过来,哦,原来是那个来旁听的日本留学生。

"我能不能问您一个问题?"

又要问一个问题,这个留学生,倒是勤学好问。只是这个时候,他不想任何学生来问问题。

"现在?"

"可以吗?"香奈喜脸更红了。

不可以。他很想说,当然没说。

季尧往边上站了站,等她问。

"要不,我们去那边?"

香奈喜手指的那边,是篮球场铁丝网外边的一片草地。草地中间有一棵大樟树,树下有一张灰绿色长木椅,椅子上没人,有几片树叶落在上面,一副诗情画意的样子。不是马致远"枯藤,老树,昏鸦"的年迈的诗情画意,也不是老树画画的看破红尘的中年的诗情画意,而是浪漫的青春的诗情画意。

校园就是这样,不论什么景,都有一种青春飞扬的美。

季尧犹豫了一下，还是往那边走了。

香奈喜亦步亦趋地跟在后面，两人走到椅子处，季尧正要一屁股坐下，却被香奈喜叫住了："欸，老师——等一下。"她低头从包里拿出一块叠得方方正正的淡蓝色手绢，一下，一下，又一下，很温柔地掸净了椅子上的树叶，再请季尧坐。

哪里脏了？不过几片树叶而已。季尧觉得这个叫香奈喜的日本女生实在有点小题大做。

不过，这个女生用手绢的样子倒是不错，仔细地打开，又仔细地叠好，不慌不忙，一丝不苟，整个过程看上去很有一种女性的仪式感。

他后来告诉香奈喜，他对她产生好感——不是老师对学生意义的好感，而是一个男性对女性意义的好感，就是从这个小动作开始的。

他经常看到女性——既有女学生，也有女老师，在食堂和教室擦桌椅，不是用手绢，而是用餐巾纸，风卷残云地擦，恶狠狠地擦，之后把脏兮兮油兮兮的餐巾纸随便一扔。他特别讨厌这个行为。有一回，一个女生在他的课上吃早点，这本来已经让他不高兴了，他这儿在讲着"帝子降兮北渚，目渺渺兮愁予"呢，她那儿在刺溜刺溜地吸牛奶，吧唧吧唧地吃包子——是韭菜馅儿的，一股子韭菜味儿在教室弥漫，把教室弄得像食堂和厨房一样，这实在破坏上课的感觉。他上课是很讲究感觉的，讲究情景交融。"'帝子降兮的北渚'，应该如诗如画，怎么会有刺溜刺溜声和吧唧吧唧声？怎么会有一股子韭菜味儿？"他想揶揄一下这个女生，但忍住了。现在的学生可不比从前的学生，从前的学生皮实，身体皮实，精神也皮实，老师怎么揶揄都可以，但现在的学生一个个可是水晶玻璃人儿，动不动就有心理问题的，万一揶揄出事情来可就不好办了。所以学校三令五申，老师对学生千万要小心，千万要爱护。他只好在刺溜声中吧唧声中继续讲课。女生喝完牛奶吃完包子，开始用餐巾纸擦手，翘了兰花指很优雅很仔细地擦，擦食指用一张餐巾纸，擦中指用一张餐巾纸，擦无名指又用一张餐巾纸，然后一张一张地扔到课桌下面，他本来想睁只眼闭只眼忍一忍的，到底没忍住，"啪"地放下手中的讲义，沉了声对那个女生说："同学，你给我把地下的餐巾纸捡起来。"全班鸦雀无声，几十双眼睛齐刷刷地看向那个女生，女生没料到，脸上立刻就一片云蒸霞蔚了，两眼亦闪闪烁烁，好像有星星坠落一样，同学们都不好意思看了，但季尧还是盯着她，两人僵持了一会儿，女生弯下腰把脚下的餐巾纸捡了，又低头把餐巾纸扔到教室角落里的垃圾篓里。那个女生后来再也没来上季尧的课。这事也不知怎么被系主任老尚知道了，老尚因此还找季尧谈过一次话，批评他教育方式方法不对，女学生自尊心强，脸皮薄，不能当众批评。要批评也要单独批评，批评时还要注意措辞和语气，总之作为一个老师，要掌握"批评的艺术"，"批评的艺术"可是"教育的艺术"最重要的一部分。再说，教室地上有餐巾纸那不是什么事儿，反正下课后有保洁来打扫。但如果学生出了事，那就麻烦了。一旦摊上了，季尧就吃不了兜着走，不单季尧吃不了兜着走，他也吃不了兜着走呢，整个中文系都吃不了兜着走呢。所以老师们要战战兢兢如履薄冰，要天干物燥谨防火烛。季尧虽然觉得老尚这么说有些夸大其词。但他也知道老尚是好意。后来遇到这类事情，也就不怎么敢管学生了。

不管归不管，但看到表现差的学生，还是会不喜欢，看到表现好的学生，还是会喜欢。

他自己在生活上是不怎么修边幅的，但他喜欢女生修边幅。

穿裙子的香奈喜，头发梳得一丝不乱的香奈喜，用手绢而不是餐巾纸的香奈喜，让季尧产生了好感。

"什么问题？"他用少有的和颜悦色问香奈喜。

"您上回说，薛宝钗用的是折扇。可在中国古代，折扇不是男人用的吗？不同的性别用不同的扇子，女人用团扇，男人用折扇。"

这是 Leon 的问题，香奈喜上一次借了艾米丽的问题，这一回又借了 Leon 的问题。

"中国古代也不能一概而论，要看是什么朝代，如果是明清之前，女人确实多用团扇，也叫纨扇、宫扇，因为多是宫廷嫔妃所用。比如唐代画家周昉画的《纨扇仕女图》，还有《簪花仕女图》，里面就画了嫔妃们持纨扇的各种慵懒姿态。五代宫廷画家顾闳中画的《韩熙载夜宴图》里的侍女，手持的也是长柄大团扇。但到了明清两代，折扇就比团扇流行了。在贵族阶层，尤其是知识分子阶层，不论男女，都喜欢随身带一把折扇，不仅用来扇风，也用来表现风雅，诗人在上面题诗，画家在上面画画——清代有一个叫郑板桥的画家，就喜欢在扇子上画竹子和兰花。竹子和兰花在中国文化里是象征文人精神的。谈恋爱的人也用它来作为信物，像《诗经》里的青年男女互相送植物一样，他们互相送扇子。清代有个戏剧叫《桃花扇》，里面的男主人公就用题了诗的扇子送给女主人公。《红楼梦》里写晴雯撕扇，晴雯撕了两把扇子，一把宝玉的扇子，一把丫鬟麝月的扇子。这里虽然没有明白写出晴雯撕的是折扇，但只能是折扇吧？如果是团扇，怎么撕？无法下手哇，边上有竹子弯的扇骨，一般都用竹子做扇骨的，竹子好弯曲呀。《扇赋》里不是也写'裂素为圆，剖竹为方'吗？晴雯虽然是丫鬟，可她是宝玉的丫鬟呀，手也很娇贵的，是补孔雀裘的手，怎么撕得动竹子之类的硬东西。所以说晴雯撕的不是团扇而是折扇。折扇上端没有边框，撕起来容易，晴雯才能一气之下，哧哧地连撕两把，如果是团扇，就只能用剪刀之类的工具铰了。而且，书里写到是因为晴雯不小心摔断了扇骨，所以才被宝玉骂'蠢材'。如果是团扇，竹子扇骨怎么摔得断呢？而折扇用的扇骨，一定是玳瑁、檀木之类的扇骨，中间又镂空了花朵，才易断易碎吧？这也说明那个时候，贵族公子和小姐——甚至他们的丫鬟，不论男女，都很作兴用折扇的。"

香奈喜听愣了。

一方面是因为听不太懂，不是因为汉语，她汉语好得很，大学三年级就通过了中国汉办 HSK 六级考试呢，听懂季尧有意放慢语速的汉语一点问题都没有，但季尧提到的那些画和人，她完全不知道，也没有多少兴趣知道，所以打他开始说这个画家那个画家时她就听不进了。当然，也因为她走神了。她突然注意到季尧白衬衫胳膊肘那儿有一块巴旦杏那么大的油渍，应该是刚刚买菜时蹭上的。油渍咖啡渍之类的东西，如果不及时清洗，之后就很难洗干净的。她有回房间拿洗洁精的冲动，这是她的习惯，什么东西出了一点纰漏，她就要立即解决它，一分钟都不能耽搁。水池里有个脏匙子还没清洗，鞋柜里的鞋子搁反了一只，天台上紫酢浆草的叶子有三分之一变黑了，都会让她焦虑不安。每次她逼弟弟慎太去洗脏匙子时他都骂她是英国老处女。他们家的家务是严格分工的，她负责煮饭，慎太负责洗碗，而天台上的植物是莉莉雅的事情。莉莉雅就是香奈喜的お母さん（母亲），但她不让香奈喜叫她お母さん。"我要做永远的莉莉雅。"莉莉雅最让香奈喜头痛。香奈喜既不能逼她去给植物浇水或施肥，还不能帮她浇水或施肥。如果香奈喜擅自把那三分之一片变黑的紫酢浆草叶子摘了的话，除非莉莉雅没注意到，否则会批评她妨碍了他人的自由。莉莉雅会说，摘不摘黑叶子是她的自由，她可以选择摘，也可以选择不摘，而香奈喜没有经过她的同意，就把黑了三分之一的叶子摘了的行为，可以说是独断专行的法西斯的行为，或者是法西斯思想在生活细节方面的初级体现。莉莉雅是在法国留学过的现代女性，崇尚波伏娃的思想和生活，也和波伏娃一样不爱厨房，爱咖啡馆。"你也要在咖啡馆写一本《第二性》吗？不不不，写一本《第三性》？"お父さん（父亲）这么讽刺莉莉雅。お父さん有时会开玩笑说莉莉雅在性别上既不属于男性，也不属于女性，而属于第三性别。莉莉雅不理他，依然在咖啡馆一坐就是小半天。她在一家女性杂志社上班，上班时间相对自由，所以能够坐在咖啡馆一边抽烟一边写作，或者一边抽烟一边思考。这也是お父さん不强烈反对莉莉雅去咖啡馆写作的原因，因为お父さん不抽烟，也规定莉莉雅只能在天台抽烟。关于这一点莉莉雅和お父さん作了很长时间的斗争，莉莉雅一开始又搬出她那一套自由论："在哪儿抽烟是我的自由，我可以在餐桌边抽，也可以在卧室抽。"一般情况下，温文尔雅的お父さん对咄咄逼人的莉莉雅是没有办法的，但抽烟这事お父さん认为是原则性问题，所以一直负隅顽抗，最后闹到离家出走了——お父さん逃到了御婆さん家，御婆さん支持儿子，并且打算一直支持下去。莉莉雅没办法，只好牺牲除天台外在家抽烟的自由。香奈喜有时真想不明白，为什么お父さん和莉莉雅这么两个琴瑟不和鸣的男女，竟然会结婚，会生儿育女，而且还乐在其中似的。婚姻真是一件神秘的事情。

所以，在季尧结束他关于团扇折扇的长篇大论时，香奈喜的表情完全不是听明白了的表情,而是一副若有所思的茫然状。

季尧挠挠后颈窝,这个学生到底是没听懂还是压根没在听呀?他已经讲得足够慢足够浅显易懂了,再听不懂,他就没办法了,只能再一次让她去找段锦年教授。

"老师,能不能请您到我们爱丽舍宫去坐坐?"

六　爱丽舍宫

爱丽舍宫就是留学生楼。

学校的每栋建筑基本都有号,像李白一样,名李白,号青莲居士。青年教工楼又号青椒园。这好理解,因为青年教工楼里住的都是青年老师,也就是所谓的青椒们,所以叫青椒园。与青年教工楼相毗邻的档案馆又号白宫,这也好理解,因为它多少和白宫能扯上关系:档案馆是白色的,且门廊有六根罗马柱,一到毕业季,学生们总爱把它作为拍校园纪念照的一个景点。还别说,照出来的效果,看着还真有几分白宫的意思。

但留学生楼又号爱丽舍宫,就不知典出何处了。

季尧不知道这个日本女学生为什么叫他去爱丽舍宫坐坐。是他听错了?还是她一时紧张,不知道自己在说什么。他满脸疑惑地看着香奈喜。

香奈喜绯红了脸,她不能说要给他清洗衬衫上的油渍,那太唐突了,太莫名其妙了。但她也不能说请他去她那儿喝一杯咖啡什么的,那太轻浮了,差不多是电影里的男女想和对方发生性关系的暗示。那要说什么呢?说什么呢?

"我们在排一个戏剧,叫《薛宝钗的扇子》。刚刚我问您的那个问题,其实是我们编剧 Leon 的问题——问题之一,他还有很多问题想问您呢——所以,能不能,能不能,请您去爱丽舍,把刚刚您给我讲的那些,再给他讲一遍?"

情急之下,香奈喜没有想出更好的说辞,只得把 Leon 的问题,老老实实地还给 Leon 了。

按说是不行的,季尧一向主张,学生有问题,在课堂上提,他在课堂上解答。这样的话,不仅一个学生受教,其他学生同时也受教了。而且,一个问题往往会带出另一个问题,另一个问题又带出另另一个问题,这样的教学方法,犹如顺藤摸瓜,犹如抽丝剥茧,有一种渐入佳境的酣畅淋漓。他平时也不是个话多的人,但他喜欢上课气氛热烈。他受不了那种"诲尔谆谆,听我藐藐"的课堂气氛。何况说:"你管他们藐藐不藐藐,你谆谆你的,他们藐藐他们的,各行其是,不是挺好?"

在中文系,季尧也就和何况走得最近。他们先后入职,季尧头一年进的中文系,何况后一年进的中文系。季尧是古代文学教研室的,何况是古文献教研室的,两个教研室门对门。其实在青椒园他们也是门对门,也还算谈得来——"谈得来"多半要归功于何况,何况是持"求同存异"的友谊观的,每当他们在某事上有可能发生抵牾,何况就不表态,笑而不言地由了季尧在那儿说。而季尧不知晓,还以为他们志同道合呢。季尧的友谊观,是要志同道合的。虽不至于志同道合到"巍巍乎高山,荡荡乎流水"的古典程度,但至少在三观上不能南辕北辙。所以他在中文系,人缘不算太好,当然也不算太差,因为没有机会发展到太差——如果没有"志同"的迹象,季尧就不和别人走近。不走近的坏处是不能成为朋友,好处是也没有成为敌人。何况这方面和季尧倒是殊途同归。何况不是要求志同道合——一个人和另一个人,怎么可能志同道合呢?莱布尼茨说,世界上没有两片完全相同的树叶。没有脑细胞的树叶尚且不会完全相同,有一百多亿个脑细胞的人怎么可能志同道合?不单在精神意义上不可能,在生物意义上也不可能。所以志同道合的友谊只存在于文学作品中;或存在于季尧这种理想主义者的想象中。在现实世界,人与人的关系,不是志同道合,而是貌合神离。不过,他对"貌合神离"的理解,和别人是不太一样的。别人认为这是个贬义词,但在他这儿,不是褒义,也不是贬义,它只是用来描述人与人关系的常态。一个人别说和另一个人,就是和自己,也经常处于貌合神离的状态吧?基于这样的认识,何况既不要求志同道合的友谊——那是缘木求鱼,何必呢?也对普遍发展友谊不积极——发展那么多貌合神离的关系,何必呢?所以,他和大多数同事的关系,都是若即若离。不过,因为他的表情常态是笑而不言,所以给人的感觉是"即"多一点"离"少一点。而季尧和大多数同事的关系也是若即若离,但因为他的表情常态是不苟言笑,所以给人的感觉是"即"少一点"离"多一点。不管怎样,表面他俩在系里都属于不那么合群的,大家在一起嘈嘈切切地议论某事的时候,他们都是坐在一边默不作声翻书的人。虽然一个不苟言笑地翻,一个笑而不言地翻。私底下季尧还是会和何况谈论某事某人的。

他俩虽然和别的同事不即,但他俩之间,还是比较即的,或者季尧即到何况的房间来,或者何况即到季尧的房间去。反正门对门,即起来方便。但后来就不那么方便了,因为何况结婚了,搬出了青椒园。季尧于是又过起了形单影只的生活。虽然有段时间他感到有些失落,甚至有几次还去敲了对面的门,等到一个穿着睡衣、首如飞蓬的女人打开门，惊喜莫名地看着他说"是季老师呀"，他才突然记起来何况已经搬走了，现在对门住的，是哲学系的孙老师，好像姓孙吧？但孙什么呢？记不清了。她刚搬来时，特意过来打过招呼的，带着一小罐腌柚子皮。柚子皮的味道他倒是记得，加了细长的紫皮花生米，加了豆豉小米椒和麻油，清煮面条时来上一匙，特别提味儿。可惜没几天就吃完了。

"喜欢的话，再到我那儿拿，我有一大坛子呢。"他记得孙老师这么说过的，但季尧怎么好意思。

虽然进进出出时，孙老师笑得热络，但季尧不想和她热络起来。

何况告诉过他，说孙老师是从隔壁师大调过来的，好像是因为离婚，想调到另一个地方重新开始生活。

季尧听了对孙老师倒是有些同情，但就算同情，他还是不想和孙老师热络。一方面是因为他寡合的个性，另一方面也因为感觉孙老师这个人——有点儿太随便了。

女人穿睡衣给人开门不合适，而且那睡衣还没有襟领没有扣子，只在腰间松松地系了一根带子，仿佛随时要散开一样。

这方面，季尧是很老派的。

他对香奈喜也是这么要求的。香奈喜所有的睡衣都要有襟有扣子，且扣子要真的派上用场，不能形同虚设，更不能穿了睡衣去开门——当然，这是后话了。

而那时，他们还没开始呢，香奈喜还在问季尧："老师，能不能请您到爱丽舍宫坐坐？"

他本来说不能的，但又被香奈喜"能不能"的婉约语气打动了——他后来发现这不过是香奈喜惯用的一种女性表达策略。她虽然用忐忑不定的语气问"能不能",仿佛很没有把握似的,但她早知道"能"的,她还没有遇到过"不能"的情况呢。

这一回季尧也不例外,只是略略沉吟了几秒,就答应了。

他之前从没到过爱丽舍宫,虽然它和青椒园相隔不远,风景又好 —— 他听何况说过。何况有散步的习惯,不是老尚那样的散步法,每日绕了人文学院大楼左三圈右三圈地转圈走法,而是徐霞客探幽索隐般的散步法,所以对学校的地理环境 —— 不论是宏观意义的,还是微观意义的,都有所了解。哪儿有什么没见过的植物,哪儿有什么没见过的花鸟鱼虫,他在散步时都会仔细考察。如果他认为哪个东西有"奇文共欣赏,疑义相与析"的必要,就用手机拍下来,回来和季尧一起研究。季尧虽然不喜欢散步 —— 他是典型的四体不勤的知识分子,能不动则不动,能少动则不多动。但看一看或"疑义相与析"一下何况拍回来的东西,还是可以的。虽然一般情况下,是没有多少疑义的,因为手机支付宝里有个 AR 识别功能,不论多么奇怪的植物,它都能识别出来。借助这个现代黑科技,许多原来只在书本里读到的植物名,现在可以对号入座了。比如"采薇采薇,薇亦作止"里的"薇",比如"有女同车,颜如舜华"的"舜",他本来还以为都是绝迹了的植物呢,像恐龙一样,结果他们校园里就有。那么诗意古老的"薇",不过就是一种豆科植物。何况说,行政楼后面一大片呢。"舜"呢,就更普通了,不过是木槿。校园里到处都是,人文学院楼前楼后,第三食堂前后,一大片全是开粉紫色花的木槿,叶子的形状有点儿像茼蒿,不过茼蒿的叶子是绿中带白的,而木槿叶子绿得更深些。季尧不明白,木槿花有什么好看的呢?那大剌剌的样子,看起来和喇叭花也差不多吧,古人怎么会说美人"颜如舜华"？为什么不说"颜如樱花"，不说"颜如桃花"？他这么说的时候，何况就笑而不言了。

他们俩在花的审美上，是要"存异"的。季尧尚小，所有小的花朵，樱花桃花李花梅花桂花茉莉花，他都喜欢，而花一大，他就不喜欢了。牡丹玫瑰木芙蓉茶花什么的，他一点儿也不喜欢。甚至十分文学的莲花，虽然看在古乐府《江南可采莲》和周敦颐《爱莲说》的面子上，他不说不喜欢了，但最多也是在文学里喜欢喜欢，一到文学外，他就不给面子了。系里组织老师们去瑞昌看荷花，这是多风雅的活动，还管吃管住，中文系的老师们都雀跃得很，但季尧不去。为什么不去？说荷花大了多了，"那么大朵的花，还开上几十亩。"大有嫌弃之意。何况对此是不以为然的。三秋桂子十里荷花，要的就是那阵势，那铺天盖地的大美。别说荷花这种高级花——如果花也像印度人那样划分阶级的话，那么荷花应该是婆罗门级别的，而油菜花蓼子花之类的，只能算吠舍和首陀罗了。可就是它们，只要大片大片地开，也美得惊天动地呢。不过，相对于站远一点看连是树叶还是花瓣都分不清的桂花、楝树花之类，他还是更喜欢牡丹、荷花。盛开的大花自带富贵相大家相，而那些小花小朵，有一种寒酸小家子气。不过，就算更偏爱大花何况也不会表明立场，就好像花是人一样，他一表明就会得罪了小花。何况做人周全，是连花也不想得罪的。这是何况和季尧的不同，何况喜欢不偏不倚，至少表面上看着不偏不倚，而季尧呢，就喜欢又偏又倚。喜欢什么不喜欢什么，爱什么不爱什么，总是旗帜鲜明，从不会遮遮掩掩欲言又止的。

在何况搬出青椒园之前，只要天气允许，他每天都要进行一回这种徐霞客式的散步。这种散步好处颇多，锻炼了身体自不必说，还让自己也让季尧"多识于鸟兽花木之名"了，还熟悉了学校的地理环境，还偶然了解到学校部分的"人文环境"——关于"人文环境"这部分，何况没有和季尧"疑义相与析"的意思，但有时也会和季尧说上那么一句半句。比如如今的学生如何如何开放，大白天的就在小花园搂搂抱抱；比如他在校园北面的一个偏僻处——他们校园很大，好几千亩呢，偏僻处不少的——探幽索隐的时候，无意中还撞到过某领导和他的女下属在做一些"不太好说的"事情。

季尧对何况这个言说风格有意见，说就说，不说就不说，弄个半说不说的，吊人胃口。不就是桑间濮上之事吗？有什么"不太好说的"。文学作品里多的是。"有女怀春，吉士诱之""邂逅相遇，与子偕臧"。不过，文学作品是文学作品，身边是身边，身边的这种事情，听听还是有点意思的。虽然属于"无聊得有意思"，可人不为无聊之事，又何以遣有涯之生呢？

但何况不说，季尧也就不问了，无聊归无聊，他可不是那种爱打听是非的小人。

说起来，香奈喜让季尧去爱丽舍宫坐坐的事情，差不多也属于"无聊得有意思"之类。至少一开始是。

不过，在季尧看来，无聊和无聊也是有点区别的，比如一个人喝酒或下棋是无聊的，一群人坐那儿开会或学习文件也是无聊的，但这两种无聊还是不同的无聊，比较起来，季尧还是愿意前一种无聊。

何况告诉过他，爱丽舍宫那边的风景很好。何况说，全校风景称得上5A级别的地方，就两处，一处是行政楼，那儿的风景可不是一般的美，有后花园，春天花团锦簇，秋天落叶缤纷。学校里大大小小的领导，或者虽然不是领导但也有领导身份自觉的核心部门工作人员，比如财务处人事处资产处的人，都在那儿办公。办公办乏了，或者中午的工作餐膏腴重了，他们喜欢到小花园散散步、赏赏花、赏赏叶，这有利于提高工作效率，更好地为师生服务。另一处是留学生楼，虽没有花园，但有湖。湖不大，不是张若虚"滟滟随波千万里"的湖，也不是范仲淹"皓月千里，浮光跃金"的湖，但好歹也是湖，有月亮的晚上，里面也盛得下李白和苏东坡的月亮。没有月亮的白天，湖就小了许多，那也还是个湖。全校也就这么个湖，学校把它给了留学生。这样留学生们中秋夜晚可以在湖边一边吃着中国的月饼，一边"低头望明月，抬头思故乡"——这是一个非洲留学生仿李白《静夜思》写的五言诗，发在校园网上，影响很大的。想想，如果留学生楼前没有湖，他们怎么写得出"低头望明月"这样的诗句？文学可是源于生活的。

即使在是季尧面前，何况说话的风格，也是婉而多讽的。也不单是何况，高校的老师，尤其中文系的老师，说话多是这样的。比如朱叟，说起行政楼的小花园，也婉得很，讽得很："天天在后花园逛，领导们会不会逛出个《游园惊梦》呀？"

季尧没有他们这样的酸醋。他对自己工作的文学院环境，对自己住的青椒园环境，都没有什么怨言。虽然这两处地方，谈不上风景好，既没有小花园，也没有湖，但它们离食堂近，离图书馆近，这就够了。食堂一天要去三次，图书馆不说天天去但也是频繁去的地方，所以离得近就很重要了。至于小花园和湖，他虽然也喜欢——风花雪月嘛，搞中文的人哪个又会不喜欢呢？但到底还是属于生活的附丽，是女人裙边流苏那一类的东西，而不是生活本身。

所以，季尧之前没去过爱丽舍宫。

但既然香奈喜说他们在排一个《薛宝钗的扇子》戏，编剧还有不少问题想问他，那么去一趟也不妨。既给留学生授业解惑了，自己也顺便看一看好风景，何乐而不为呢？

七 "您能不能当我们这个戏的指导老师?"

当坐在窗台上晒太阳的 Isabella 看到香奈喜和季尧一前一后走进爱丽舍宫,惊讶得大眼睛又大了一圈。

¡Mama mía!

香奈喜这速度,可不是东方的速度呀! 文化课老师不是说,东方的女人,恋爱起来都是很扭捏的吗? 很三寸金莲的吗? 怎么香奈喜这么快就把管锥老师往她房间带呢?

她都想好了回头和香奈喜开玩笑说的话:"和管锥老师合欢了吗?"

他们楼后面有两株夏天开粉红色花的大树,漂亮极了,叫合欢树,Leon 告诉她,合欢在中国有"sex"(性爱)的意思。

但没过几分钟,香奈喜就来敲她的门了。

"Bella,Bella。"

奇怪! 管锥老师不是来她房间了吗? 这个时候他们不应该在"合欢"吗? 怎么还有时间来敲她的门? Isabella 一脸懵逼。

"我的洗洁精是不是在你这儿?"

Isabella 记起来了,她前几天借了香奈喜的洗洁精,洗她牛仔裤上的果汁渍,忘记还回去了。

咦，香奈喜现在过来要洗洁精干什么？

难不成他们把床单弄脏了？

香奈喜是有洁癖的。大家都知道。

香奈喜告诉她管锥老师的衣服上有油渍了。

Isabella 说，¡Mama mía！我还以为你们要合欢呢。

香奈喜皱了眉："去去去，什么乱七八糟！你去叫一下 Leon 和艾米丽到我房间好不好？老师要给大家讲薛宝钗扇子的事情。"

Isabella 认为这是小题大做。又不是写科学论文，只是新年晚会的一个娱乐节目罢了，一把中国古代贵族小姐手里拿的扇子，团扇折扇，就算弄错了，又有什么关系？

但她还是去叫艾米丽和 Leon 了，他们和她不一样，对这把扇子，还是很认真的。

他们认真好，把扇子认真做成工艺品，反正最后要成为她祖母橱子里的中国收藏品。

而且，她觉得这几个人在一起很好玩，Leon 追香奈喜，香奈喜追管锥老师，都在利用那把扇子做道具。

老师在讲《红楼梦》时，说它是中国少有的悲剧。说中国人不喜欢悲剧，喜欢喜剧。所以中国作家喜欢写"有情人终成眷属"的大团圆故事，中国读者喜欢看"有情人终成眷属"的大团圆故事。她当时就不同意这说法。因为喜欢大团圆不是中国人特有的审美心理，而是人类普遍的审美心理。人类的情感需求不都是差不多的吗？比如她，她现在就想看 Leon 和香奈喜成眷属，也想看香奈喜和管锥老师成眷属。

问题是，香奈喜只有一个，她不可能和两个男人成眷属。

不过，如果 Isabella 是香奈喜，那她肯定会选 Leon 成眷属，Leon 是典型的日耳曼人，高大壮实得像一匹白马。而 Leon 身边的管锥老师呢，和马这一类高大壮实的动物就没有关系了。应该用什么来形容他呢？对了，用竹子，梅兰竹菊，中国读书人最喜欢的几种植物，数竹子和管锥老师最像了。

Isabella 看看 Leon，看看管锥老师，又看看 Leon，又看看管锥老师，就那么看来看去，一句也没听进去。

她反正对扇子是团扇还是折扇也不感兴趣。

而香奈喜呢，站在水池那儿低了头给管锥老师处理衬衫上的油渍呢。

Isabella 不知道她是怎么向管锥老师开口的："欸，您衬衫上有油渍呢，脱下来我帮您洗一洗吧。"或者惊讶地问："老师，您衬衫上沾的那是什么呀？"

按香奈喜的风格，应该是后一种。

但不论香奈喜怎么说的，反正她当时肯定是绯红了脸说的，男人们对绯红了脸的女人总是没有办法拒绝的。

和香奈喜一年朋友做下来，Isabella 对东方女性算是有了真正的认识，她们实施老子《道德经》里的"温柔的哲学"手段基本有两个，一个是笑吟吟，另一个是绯红了脸。

这也是她在中国留学学到的文化，虽然这个文化她没法学以致用。

她不会脸红。别说和男人只是说话，就是在男人面前一丝不挂，她也不会脸红的。她不明白有什么好脸红的，不就是身体吗？最自然的事物，和公狗、母狗、公牛、母牛一回事。可它们根本不穿衣裳，也没有因为不穿衣裳而羞涩。衣裳和人类道德发生关系，是从上帝那儿开始的。上帝让亚当用树叶遮挡他的生殖器，衣裳从此诞生了。Isabella 简直怀疑上帝是裁缝，只是为了自己的生意，才让亚当夏娃们有了不穿衣裳的羞耻感。她小时候和祖母这么说的时候，祖母呵呵呵地笑成了一只受惊的孔雀。Esta es mi chica！ Esta es mi chica（我的女孩）！祖母惊叹不已。并把 Isabella 的这句话，当作"了不起的思想"在电话里对她的朋友炫耀。这也是 Isabella 特别喜欢祖母的原因。家里也就祖母一个人会为她骄傲，会把她当宝贝到处炫耀。而父母——特别是 Isabella 的母亲，谈到 Isabella 时，总是耸耸肩，好像很遗憾似的。Isabella 也不在乎她的看法，她和母亲的关系一直不怎么亲密的。Isabella 在情感上不细腻，不知和这个有没有关系。戴维说她面部的交感神经可能还不如一只非洲灰鹦鹉发达，非洲灰鹦鹉都会脸红呢。

"老师，薛宝钗头上戴的钗子，用这个可以吗？"

艾米丽真是一个好的道具师，她竟然把薛宝钗的钗子也做好了。

是白珍珠做的，也可能是在学校商业街买的塑料珠子做的，造型是中国神话里的凤凰样子。艾米丽说，她是学了电视剧里薛宝钗头上的钗子做的，不过，电视剧里薛宝钗戴的是金钗，根据《红楼梦》原著，她觉得用珍珠做钗子可能更好，"丰年好大雪，珍珠如土金如铁。"也就是说，用珍珠也符合薛宝钗的身份，也符合薛宝钗的个性和审美，薛宝钗是个雪花一样冰冷的性格，她住的地方，贾母都说是雪洞。她穿的衣裳，也是素色衣裳。所以用白珍珠做钗子，对这个不崇尚奢侈华丽的贵族少女应该更合适。

季尧吓了一跳，他本来是带着好玩的心态过来看看的，留学生排演《薛宝钗的扇子》戏，听起来很好玩呢。没想到，他们是这么认真的玩法，几乎是专业的态度了。

看来外国学生和中国学生，有点儿不一样。

中国学生对考试十分认真，因为考试成绩与奖学金有关，与保研有关，与申请国外好学校有关，而对其他的事情，是不会这么认真的。

因为这个，他经常在何况面前发牢骚："怎么能这么现实和功利呢？理想主义呢？他们可是意气风发的年轻人呀，身上难道不应该闪烁着理想主义的光芒吗？"

何况不像季尧那样动不动就生气。有什么好生气的？学生现实也罢功利也罢，都是社会生态的结果。什么样的土壤，长什么样的树。什么样的树，结什么样的果。橘生淮南则为橘，生于淮北则为枳。是橘是枳，哪是树自己能做主的事？树犹如此，人何以堪！

有时何况又会拿水来喻说这事，说人们经常批评水随波逐流，或者水性杨花，其实这是不公平的，很不公平，作为水，除了随波逐流，它还能怎么样？作为杨花，除了随风飘散，它还能怎么样？这是天性，批判天性，是没有道理的。

但季尧不认同这样的消极理论，人不是树，栽到哪儿是哪儿。也不是水，只能随波逐流。人是动物，长了手和脚的，可以自由自在向东西南北走，可以逆流而上。溯洄从之，道阻且长。诗经里的人为了追求自己的理想"伊人"，还会溯洄呢，难道今天的人连这溯洄的能力都丧失了？

再说，人类除了长了手脚，还长了大脑呢，长了大脑意味着什么？意味着人类是有意志的，是有主观能动性的。可以与自身的生物性、与自身的环境做积极的反动。所以贝多芬说"我要扼住命运的咽喉，它决不能使我完全屈服。"如果人类只是受挈于环境和自身的生物性，屈服于自然的命运，那么人类就不可能创造出如此璀璨的文明了，其生存状态估计和其他飞禽走兽相差无几了。

何况觉得季尧的这种论调太书生意气了，这个世界有几个能成为扼住命运咽喉的贝多芬呢？多数人不都是被命运扼住咽喉然后庸庸碌碌地过？

就算要庸庸碌碌地过，那也应该是"然后"的事情吧，在"然后"之前——至少在学生时代，不应该有个反庸碌反市侩的人生阶段？不应该有个为理想的人生形式而奋斗的阶段？所以才有"中年油腻男"之说，而没有"青年油腻男"之说呢，如果从青年就开始油腻了，那么这世界也太让人倒胃口了。

季尧的这种论调，何况虽然不以为然，但以何况一贯的做人风格，不以为然归不以为然，却不和季尧理论了。

"老师，您能不能——能不能当我们这个节目的指导老师？"

水池那边的香奈喜突然扭了头，问他。

季尧猝不及防，挠一挠后颈窝，一时间不知如何回答。

八　中文系的必读书目

中文系有个传统，那就是每年九月新生开学伊始，各个老师都要给学生开出一个必读书目。书目长度没有规定，可长可短。但教授们的书目哪短得了？至少都要几十本的，有的教授，比如古代文学的章培树教授，上百本，书目单有好几页呢。系主任老尚开玩笑说，古代文学之所以每年招不满研究生，就是被章培树老太太裹脚布一样长的书目吓跑的。老尚和章培树都是中文系元老级人物，虽然老尚当了系主任，但学问没有章培树做得好。而章培树呢，虽然学问做得好，却没有"学而优则仕"地当上系主任——也不是当不上，而是不想当，但就算自己不想当，也还是看不上老尚当。所以两个人只要逮了机会，就要损对方几句。

老尚开的书目，按他自己的说法就是秾纤得衷，修短合度。

章培树教授嗤之以鼻："嘁！还'秾纤得衷，修短合度'，他以为自己的书目是宓妃的身材吗？"

不过，老尚的书目虽然不是宓妃的身材，但确实有环肥燕瘦各取所需之妙，他学梁启超，开了"最低限度的必读书目"，又开了"随所好选读数种"的选读书目。

章培树又讥讽了："一个书目，也有机关，真是习惯成自然呀。"

这种时候，系里的年轻老师都不太说话。一方面，是不知如何说才是，系里人多嘴杂，万一哪句话被传到系主任耳里，就不太好；另一方面呢，他们对开书目这类的事情也不怎么上心，他们上心的是其他事情，比如自己的论文能在一类期刊上发还是二类期刊上发，比如自己拿的课题项目是重点项目还是一般项目，比如各种各样的人才申请截止时间，这些事情才是他们现在"求之不得，寤寐思服"的事情。

至于开书目之类的事情，有什么好花功夫的。

所以有的老师，搞拿来主义，直接把北大或清华的必读书目拿了来发给学生了事。

学生又不干了："如果我们有这个水平，何苦读你们这三流大学，不会去读北大呀，不会去读清华呀。"

"这些书老师们自己读了吗？说不定他们也没有读过呢。把没读过的书开在书目上面，算不算作弊？"

学生们在背后七嘴八舌议论纷纷。

有的学生不仅在背后议论纷纷，还发扬亚里士多德"吾爱吾师，吾更爱真理"的求索精神，假装有问题向老师虚心请教，"杜老师，《尤利西斯》第三部的最后一章，莫莉说到马沙拉，马沙拉是什么？""杜老师，布鲁姆在小说里写了好几次两只苍蝇摞在一起，到底什么意思呀？"

杜老师就是外国文学教研室的杜丽娜。虽然她在课堂上也会把《尤利西斯》的主题思想和艺术手法讲得头头是道，但学生们不相信总是描眉画眼穿了高跟鞋踩着上课铃声"两波三折"地走进教室的杜丽娜老师，能看完上千页的《尤利西斯》——"两波三折"是中文系某个男生给杜丽娜取的外号，因为格调不高，仅在几个男生寝室小范围内传播。

学生也知道许多老师都不看原著,看看内容简介,再看几篇相关研究文章,就可以口若悬河地讲了,也可以长篇大论地写了。你姑妄言之,我姑妄听之。反正都没看,又都假装看了。所以谁也不敢往深里谈往细致里谈,一谈就把皇帝的新衣给谈出来了,彼此难堪。

但有的学生不管这个,他们就想用那细枝末节的问题,来让老师难堪。

像"马沙拉"和"两只苍蝇摽在一起"之类。

杜丽娜老师清清嗓子说——学生们都知道,杜老师一紧张就会用她白皙的左手半握成含苞待放的玉兰花状,搁在唇边,"咳咳咳"地清嗓子——"这个问题和我们今天讲的内容有关系吗?"

学生们挤眉弄眼地你看看我,我看看你。那意思是:呵呵呵,杜老师果然没看。

其实学生也是看人下菜碟,中文系有两个老师书单里开了《尤利西斯》,一个是外国文学教研室的杜丽娜,另一个是文艺理论点的闵雪生老师,但他们也就敢在杜丽娜老师这儿放肆撒野,从不会向闵老师提什么关于《尤利西斯》的问题,怕闵老师反问,那就露馅了。他们也没看《尤利西斯》的——"除了变态,谁能逐字逐句看完《尤利西斯》呢?"有同学说。所以他们只是随便挑一个细节,问杜老师。是求证的意思,也是娱乐的意思。听杜老师"咳咳咳"地清嗓子,看风情万种的杜老师花容失色两波三折,也是无聊上课时光里的一个乐子。但他们在闵雪生老师这儿却不敢造次。闵老师虽然年轻,却不是个好惹的老师。课上课下,都不苟言笑庄重其事。不苟言笑庄重其事的老师都让学生敬而远之,或者怕而远之。而且,闵老师可是"三北"出身——北大本科北大硕士北大博士,又到英国爱丁堡大学和伯明翰大学访学过,就凭他们这些三流大学的学生,几招三脚猫功夫,还想和他在课堂斗法?搞不好就自取其辱了。这些新生代的学生,聪明着呢,势利着呢。

季尧老师的书目在中文系的学生当中也是有口皆碑的,他不是以长取胜,也不是以难取胜,也不是以奇取胜;而是以"画梅花"而闻名全系。"画梅花"的出处当然还是老尚,因为季尧又旁逸斜出了。他一个搞中国古代文学的老师,给学生列的必读书目第一本,不是《诗经》或《楚辞》,也不是《红楼梦》或《世说新语》,而是罗曼·罗兰的《约翰·克利斯朵夫》或《巨人三传》,这就有点儿莫名其妙了,也僭越了。大家都有自己的门户和边界,搞外国文学的教授推荐外国文学作品,搞中国文学的教授推荐中国文学作品,而季尧一个搞中国古代文学的老师去推荐外国文学作品,说好听点是"画梅花",说难听点是"乱弹琴",或者是"挂羊头卖狗肉"。

关于这个,老尚找过一回季尧。说季尧老这样"画梅花"不好,既不尊重人家外国文学教授,也不尊重中国古代文学。就好比一个做中餐的厨子,菜单上列的不是全聚德烤鸭和宫保鸡丁,而是鹅肝和生蚝,怎么行呢?既侵犯了别人的领地,也没有专业上的权威性。所以,他建议季尧还是把《约翰·克利斯朵夫》或《巨人三传》拿掉,换成某本古代文学作品。"《红楼梦》什么的,不就挺合适?"

应该说,老尚的比喻,还是挺精妙的。季尧差点儿被说笑了,老尚是有比喻癖的,不单是老尚,中文系的教授差不多都有这毛病。与其说想通过比喻让对方理解自己的用意,不如说想通过比喻炫耀自己的修辞能力。当老尚把季尧上课和开书目比喻成"画梅花"、把季尧比喻成中餐的庖厨时，他已经沾沾自喜于自己修辞的高明，至于季尧听不听得进，之后会不会知错就改，他其实不太在意的。改了自然好，不改呢，下次又可以用"画梅花"之类的精妙比喻再教育一次季尧。

季尧没打算把《约翰·克利斯朵夫》或《巨人三传》从书目上拿掉，为什么要拿掉呢？对于读书，他有自己的一套理论。有些书适合年轻人读，有些书适合上了年纪的人读。有些书读了会做学术，有些书读了会做人。有些书读了让人清心寡欲，有些书读了让人血脉偾张。如果按老尚的比喻来说，那么作为食物的《约翰·克利斯朵夫》或《巨人三传》，不是鹅肝生蚝那类昂贵食物，而是用小麦做的法棍之类的平民食物，普通、日常、粗糙，却强筋健体，养血益脾，生命——尤其青春的生命，需要那种来自天地自然粗糙之物的滋养。

他清楚记得自己在大学读到这个作家写的书时的振奋状态，他一向不是个特别有激情的人，当同宿舍的那些男生因为什么而慷慨激昂时，他也不过是"风乍起，吹皱一池春水"的程度，所以同宿舍的人说他是闷骚型男，他不否认。或许吧。他不知道这是基因性的——他们家族的男人，自他祖父，到他父亲，都不是那种动不动就慷慨激昂怒发冲冠的个性——还是后天培养成的，他考上复旦中文系的时候，他父亲送他一个烫金笔记本，扉页上写的不是"大鹏一日同风起，扶摇而上九万里"之类——像大多数同学父亲写的那样——而是"高山不语，静水流深"。流深不流深的，他不知道能否做到，即便是父亲自己，应该也没有实现吧？一个中学语文老师，就算教学教得还不错，就能够说自己"流深"了？但静水父亲是做到了的，父亲一辈子，从来都是"清风徐来水波不兴"的淡定样子。最激动的时候，也不过眼睑微红，左手摩挲右手，右手又摩挲左手，如此反复再三而已，他虽然觉得父亲这样子也挺好，但怎么说呢，有时也会对那种"仰天长啸壮怀激烈"的男人生出崇敬向往之情。

大一读《约翰·克利斯朵夫》的时候，他清楚记得当时自己那个血脉偾张、那个豪情万丈，仿佛体内有江河奔腾，有千山竞起，有四牡彭彭，在载飞载奔。那是一段不知疲倦精力充沛的时光，即使读书读到夜深人静，早上起来到水房用冷水洗把脸之后依然目光炯炯神志清明。走在清冽的阒无一人的校园，他感觉自己生机勃勃，身上有无穷无尽使不完的力气。

他读其他书时从没有过体验到这种激越，这种血气方刚。书籍，尤其是中国古代书籍，读了总是使人更加沉静，更加深邃，正如他父亲写在烫金笔记本上的寄语——"高山不语，静水流深"。流深固然好，像大海，像天空，然而大海也有波涛汹涌的时候，天空也有风雷大作的时候。人至少在青春年华时，应该有一段波涛汹涌风雷大作的阶段吧？

所以，自从进学校中文系当老师以来，他每年给学生推荐书目的第一本就是《约翰·克利斯朵夫》或《巨人三传》。

不过，他不是梁启超"最低限度之必读书目"的斩钉截铁，也不是胡适"实在的最低限度的书目"的勉为其难，而是沿用了他本家季羡林老先生开书目的性情路子——"我喜爱的十种书。"

虽然他用的不是"喜爱"这么温柔的词，而是一个感情更加强烈的词语——"热爱"。"我热爱的三十种书。""十种"也被他改成"三十种"了，没办法，十种书实在太少了，他已经"郎心似铁"地删了又删，已经删到不能再删了。

这样一来，就算老尚不喜欢他"画梅花"，也只能建议他把《约翰·克利斯朵夫》或《巨人三传》换成《红楼梦》，而不能强行要求他换，因为学校或中文系没有哪个文件规定了搞中国文学的老师不能向学生推荐外国文学作品。

所以，每年九月中文系新入学的学生，都会从老生嘴里听说，教古代文学的季尧老师在他上第一节课时，会在黑板上龙飞凤舞地写下一句话：世上只有一种英雄主义，那就是在认清生活的真相后依然热爱生活。

那句话出自他推荐的罗曼·罗兰的《巨人三传》。

九　中文系的单身男女

中文系有两个半单身男老师。

一个是季尧，一个是"鹅鹅鹅"，还有半个是徐毋庸。

"鹅鹅鹅"当然是绰号，他本名刘光宗，但学生背后都叫他"鹅鹅鹅"老师，女同事背后说起他也是"鹅鹅鹅"。不过学生和女同事叫的理由可不相同。学生是因为他的口音，他上课时的口头禅是"鹅是这么认为的"，不论讲什么，前面总要加上一句"鹅是这么认为的"。有学生数过，一堂课下来，刘老师说了二十三遍"鹅是这么认为的"。于是学生在背后就叫他"鹅鹅鹅"老师了。

女同事这么叫就要怪骆宾王了，或者要怪才高八斗的朱叟老师。他个头矮，只有一米六几——这又是中文系的一个梗了，因为刘老师身高一米六几，但到底是六几没人知道，有人猜一米六一，有人猜一米六二，反正刘老师自己总是含糊其词，有哪个不怀好意的老师问起时，他就语焉不详笼统一句"一米六几"，所以女同事背后说到他，会用"一米六几"来借代。"我昨天在香樟书店看到'一米六几'了欸！"中文系的老师，特别是年轻的女老师，言语多刻薄，也不是对刘光宗老师有什么恶意，不过一个个都有点像张爱玲笔下的王娇蕊，学会了一种本事舍不得放着不用而已。许是因为个子不高，所以刘光宗老师走路就习惯昂首挺胸，脖子还总爱微微地往一边歪斜了往上伸展，也不知是看天上的云，还是看路边的树。有一回朱屿和一个女同事课间端了水杯站在窗前闲聊，远远看到刘光宗脖子一挺一挺地往文学院走来，突然嘴里就冒出一句诗来："鹅鹅鹅，曲项向天歌。"这几乎是神来之笔了。于是刘光宗老师在女同事那儿，又由"一米六几"，变成"鹅鹅鹅"了。"我昨天又在香樟书店看到'鹅鹅鹅'了欸！"

女同事之所以很兴奋地强调在香樟书店又看到"鹅鹅鹅"，是因为香樟书店是刘光宗老师相亲的固定地方。刘光宗四十多了，算是老单身，但他倒没有和系里几个单身女老师那样标榜单身主义，而是积极配合系资料室姚老太太的热心介绍。虽然总是不成——不是别人看不上他，就是他看不上人家。"天哪！他还看不上人家？"女老师都觉得不可思议。但事实就是如此，刘老师总会因为这个那个奇葩的理由拒绝别人。"她吃起东西来像只鸟！"什么意思？姚老太太不解。"一啄一啄的，吃那么少。"天哪！吃得少不正好吗？省钱呀，现在的东西那么贵，吃得少开销就少呀，不正好？再说了，现如今的女孩子不是作兴吃得少吗？吃得少才能保持身材苗条呀！也不是梁山好汉，要大碗喝酒大口吃肉。姚老太太巧舌如簧。但刘光宗老师有刘光宗老师的逻辑，吃得太少的女人要么胃有毛病，要么喜欢装模作样，这两样——不论是生理上的原因，还是性格上的原因，他都不喜欢，所以没法在一起过婚姻生活。"她竟然不知道夏目漱石！"这拒绝的理由更奇葩了！人家不过一个附小音乐老师，又不是中文系的教授，怎么可能知道夏目漱石？而且，你找结婚对象，又不是找书友，要知道夏目漱石干什么？但刘光宗说，她不知道夏目漱石就没读过《我是猫》，没读过《我是猫》结婚后两人谈什么呢？姚老太太气坏了。谈什么？什么都可以谈呀，柴米油盐，风花雪月，什么不可以谈上半天！再说，结婚了还谈什么谈？不都是"无声胜有声"的吗？不然，怎么只有"谈恋爱"一说，没有"谈结婚"一说。姚老太太大光其火！

然而，光火归光火，姚老太太还是觉得刘光宗比季尧好，更比半个单身徐毋庸好。徐毋庸之所以算半个单身，是因为他情况不明朗，他时而有女人，时而没有女人，到底算单身还是非单身，实在不好说。基于学院派的谨慎，只好折中算半个单身了。徐毋庸刚调到他们学校时，姚老太太听说他是个离异的鳏夫，还挺高兴的，因为学校有不少上了年纪的单身女性，等着她介绍男人呢。钱锺书不是说，做媒和做母亲是女人的两个基本欲望吗？姚老太太后一个基本欲望早就实现了，现在需要满足的，是前一个基本欲望。而且，她前一个基本欲望比别人要炽烈。只要看到落单的男女，就好像一个称职的家庭妇女看到一只落单的鞋袜那样百般不自在，非要把另一只找出来配上对才称心如意。于是徐毋庸刚来不到一个月，她就想方设法帮他牵过几回线，比如把图书馆也是离了婚的刘慧芬介绍给他，把财务处丧偶的诸会计介绍给他，他不说好，也不说不好，每回都不置可否地笑笑。姚老太太还以为他要一门心思搞学问不打算再找女人了呢，后来才知道，他是嫌对方岁数大了。这真是让人无语，他自己明明也是奔六的人了，而刘慧芬和诸会计哪一个都比他小上好几岁呢，他还嫌人家岁数大。乌鸦看不到自身黑呀，不，应该说，白头鸭看不到自身白——徐毋庸虽然看上去鸦鬓粉腮，可因为鸦鬓太鸦了，反有一种过犹不及的假。全中文系的人都知道，徐毋庸那一头的鸦鬓是染出来的。但让姚老太太愤怒的是，徐毋庸找的女人还真是一个比一个年轻，一个比一个鲜嫩，现在同居着的，是个80后，听说是在某次学术会议上勾搭上的。姚老太太真是不懂现在的年轻女人，"自古嫦娥爱少年"，或者用段锦年老师更典雅的说法，"贾氏窥帘韩掾少"。怎么现在的年轻女人反着来了呢？不爱青春正好的少年，倒爱"只是近黄昏"的老头了。也不结婚——"为什么要结婚呢？"当姚老太太好心好意劝他既然找到了意中人，就干脆有情人早成眷属时，徐毋庸这么反问姚老太太，那意思，似乎还要再接再厉，把姚老太太气个半死。"什么学科带头人？什么双一流引进人才？就是一个老流氓！一个老流氓！"她在家里对着姚先生嗤之以鼻。姚先生一脸无辜地说："你嗤我做什么？我又没有找个80后女人同居。"

而季尧的情况不同。和刘光宗"一米六几"不同，季尧玉树临风；和徐毋庸"老流氓"更不同，他洁身自好。姚老太太对季尧老师的印象特别好，很想帮他张罗一个美满婚姻。以姚老太太的经验，季尧老师这样的人，一旦结婚了，婚姻一定是美满的。但每次她在资料室逮住他说这事时，他都忙不迭地说"不用不用"，好像是姚老太太请他吃点心，而他客套着不肯吃一样。姚老太太觉得好笑，又有些气恼，这个季老师，真是不懂人情世故呀！就算你自身条件好，找对象不需要别人帮忙，但看在前辈同事这么好心好意替你张罗的分上，好歹也去见一个呀，成不成的，再说呗。怎么能每次都是"不用不用"呢？姚老太太再热心，也拿"不用不用"的季尧没辙了，只好按捺住自己的热心由了他单身着。

虽然姚老太太由了季尧，但还有一个无论如何也不能由了季尧的人，那就是季尧的姆妈。

和季尧一般大的同学，一个一个的，都结婚生子了；比季尧小的表弟表妹，一个一个的，也结婚生子了。姆妈一直笑吟吟地对那些好心或半好心问起的人说："他们大学里的人，都作兴晚结婚。"大家嘴上"是是是"地答应着，心里却是半信半疑的。虽然他们这个小镇，除了季尧，没有几个在大学教书的人。他们也确实不知道大学里的人一般什么年纪结婚，应该要晚一些的吧？又是读大学，又是读研究生，又是读博士。这么一样一样读下来，可不就要"作兴晚结婚"吗？但读书教书再了不起，也不能耽误结婚生子呀。小镇人有小镇人的生活逻辑和人生哲学，除了生事死事，什么也比不上结婚生子重要，在大学教书也比不上。

这些别人没有说出来的，季尧姆妈都从他们意味深长的笑容里看出来了。所以，季尧的姆妈虽然面上淡淡的，心里却着急上火得不行。一上火，就顾不上贤良淑德了。"都是你那静水流深的教育害的，把儿子教成了不会恋爱的书呆子。"她抱怨。季尧父亲委屈得很，当初季尧考上复旦时，她对他的教育方式，可是很崇拜的。如今却怪上他了。真是此一时彼一时也。妇人性情，一如天上云雨，都是说变就变的。他拿天没办法，也拿妇人没办法，只能以一以贯之的静水流深来对付了。

但季尧姆妈现在可不想静水流深了。

她电话季尧，不是用以往征询意见的语气，而是用"我意已决"的坚定语气说，某日某时，苏荣珍会去他们学校，需要他到学校门口接她，然后要带她到他学校到处转转，然后要请她吃饭，然后再带她到他住的地方坐坐。

苏荣珍是季尧姆妈同事的女儿，几年前就听说过的，也在省城工作,好像是妇幼保健医院的医生。不过几年前姆妈说起她时的口气是"有时间就见一面吧。"是无可无不可的意思。但现在却是"带她到你住的地方坐坐。"

姆妈说"坐坐"两字的声音放得有点低,怕人听见似的,还反复说了好几遍,有耳提面命的性启蒙性教育之意,好像季尧这方面完全没开化,所以她要点拨他,就像通常姆妈们点拨出阁之前不谙风月的闺女一样。

电话这头的季尧被姆妈弄得不好意思了。他确实没恋爱过,也确实没和女性有过任何程度的身体接触,但也不至于需要姆妈点拨这方面的知识。他可是研究过《诗经》的,诗经里的风,尤其郑风卫风,按道德家朱熹的说法:"郑卫之乐,皆为淫声。"所谓淫声,不过就是男欢女爱罢了。他也读过《金瓶梅》,也读过《查特莱夫人的情人》,大学和研究生阶段在宿舍,也听多了那些男同学吹嘘他们这方面如何如何厉害的经验,都是绘声绘色的描述,过程细节都有,怎么可能还需要姆妈这种入门级别的性教育?他为姆妈的天真好笑,这种天真,也只有在小地方的人身上才化石般保存着。那些生活在大城市的父母,也为儿子担心,但他们所担心的,已经和他的父母完全不是一个问题了。他大学同学潘亥年,到美国哥伦比亚大学读的硕博,毕业后回母校教书,也一直单着,他父母也担心得不行,不是担心他不会谈恋爱,而是担心他是同性恋,还跑到他住处来查看有没有其他男性住过的痕迹,有关系好的男学生到他家里来玩,父母就坐在一边,目光炯炯猫头鹰般地守着他们。季尧听了乐得不行。潘亥年说,中国式父母真是可笑,也可恶,完全没有隐私的概念,也没有人权的概念。他们可以仗着父母的身份,理直气壮地干预儿子的私生活。这在美国,是不可思议的事情。儿子成人了,什么时候谈恋爱,跟谁谈,都是他的事,他们不会管 —— 也管不着。

但季尧还是在某日某时去校门口接了苏荣珍苏医生。毕竟他是在中国,不是在美国。

而且姆妈要挟他,很有教养的要挟。她在电话里说,如果季尧"有课去不了"——他本来想这么说的 —— 也没关系的,她可以来省城。和郝阿姨一起来。郝阿姨就是苏荣珍的姆妈。反正她们都退休了,赋闲在家,出来走动走动,挺好。也顺便陪郝阿姨看看房子。听郝阿姨说,苏荣珍打算买房呢。郝阿姨不放心。虽然苏荣珍很能干,才三十岁,已经是妇幼保健医院的副主任医生了,很快就要提拔当主任医生了,但买房不比给小孩看病,脖子上挂个听诊器用左耳听听右耳听听就行了,那可是要有丰富的生活经验以及敏锐老辣的眼光才可以的。所以郝阿姨要到省城来帮苏荣珍把把关。姆妈自己呢,听了郝阿姨的话,也萌生了帮季尧看房的想法。虽然她没有把这个想法告诉郝阿姨,她和郝阿姨性格不同,郝阿姨是个高调的人,苏荣珍还没当主任呢,她就嚷嚷得大家都知道了,苏荣珍的房子还没买呢,她又嚷嚷得大家都知道了。但姆妈不一样,姆妈是那种之前不言不语等事情办成了才不经意间云淡风轻地提一句半句的人。

也就是说,季尧如果说自己"有课去不了"的话,姆妈和郝阿姨就来了。

郝阿姨也是这么对苏荣珍说的。当他们坐在香樟书店喝蜂蜜柚子茶的时候,聊到这事,苏荣珍说:"这肯定是你姆妈的主意。我姆妈可不会以退为进这一套,她从来都是'急急如律令'的。我还纳闷呢,老太太这是被我消磨意志了？还是长本事学会迂回战术了？'你不去也可以，我们来。'这不是我家老太太说话的风格，她从来都是'你去不去？你去不去？'那般斗志昂扬的。"

苏荣珍长相一般，不好看，也不难看，倒是落落大方，不论打扮，还是谈吐，还是神情，都让季尧感觉不错。不是作为男女的不错，而是作为朋友的不错。他本来朋友不多，异性朋友更是寥寥。像这样面对面坐上一两个小时，竟然还能相谈甚欢，也是难得。

苏荣珍也知道季尧对她没那个意思。她是有经验的，和一个有妇之夫交往过五六年呢，最近才分的手。不是她提出来的，而是他提出来的。理由是不想再耽误她了。她也确实到了该谈婚论嫁的年龄了，而他无法和她结婚，这在一开始他就声明了的。是她自己心甘情愿和他好这么久的，或者说，和他睡这么久的。她还记得自己刚到省妇幼保健医院实习时，他已经四十多了，而她才二十五。"小苏，你脑门亮得像灯泡一样"，他对她说。就因为这个原因吧，他才在下班后请她到医院门口的"蜀记"吃火锅，一次两次三次，就在第三次，他送她回宿舍，不知是因为走廊里的灯太昏暗，还是喝了两杯四特酒的缘故，她手上的钥匙总也插不进锁孔，他站在她身后，两手就从后面包抄了过来，摁住她的手帮她插钥匙。他身体贴得那么近，近到她能感觉到他咻咻咻的气息，还有他身体某个地方的强烈意志。门一开，两人几乎以一种四脚兽的姿势进入房间。她没有太挣扎。她是学医的，对这种事情会从科学而不是道德的角度来看。她二十五了，生理上早就成熟了。之所以一直没有过性生活，不是因为她要守身如玉，而是因为功课实在太忙，医学院的学生差不多都这样，繁重的学习是会消弭荷尔蒙的。弗洛伊德说艺术是荷尔蒙的转移和升华，其实科学也是。至少在医学院学习阶段，大家都没工夫想这事做这事。但一到毕业前夕，学习上稍微可以松口气了，那些长期被压抑的荷尔蒙就汹涌地冒了出来，她的脑门所以才亮得像灯泡呢。她自己还没有反应过来，她的脑门先替她反应了。而他是这方面的老手，一下子就看出来了。于是瓜熟蒂落，于是水到渠成。不过，他们也就有过一段时间的如饥似渴欲火焚身，后来就是不冷不热的一周两次的规律性交往。除了年轻，她也没什么其他资本能维持一个中年男人长久的激情。好在，他也不算太差劲，至少在她实习结束后把她弄进了医院。他不过一个主任医生，在人事方面权力是有限的，所以也算是在她身上用了他"不到万不得已不轻易用的人脉"，这是他对她说过最接近表白感情的话了。好在她这方面对男人没什么要求。她和其他女人不同，其他女人要听"我爱你"或"没有你不能活"之类的情话，她对这个不迷恋。倒是对那个男人的身体，她一时间有些放不下，也不是因为爱情，她觉得，不过是习惯性依赖。就像抽烟的人突然戒烟，总要经过一段没着没落的难挨时间。到底在一起五六年了。除了和他，她也没有过别的男女关系。她虽然在道德上没有洁癖，但也不是泛滥的人。然而他说分手，她不纠缠，很干净利落地答应了。

　　这些事情姆妈都不知道，任何人都不知道。如果季尧妈妈知道了这事，或者季尧知道了这事，能接受吗？肯定不能的。他们那种小地方，对女人的贞洁看得很重，谈论起这事，还是用"开苞""破瓜"之类的旧时代语言。"某某家的女儿，眉毛散得不像话，肯定早就被男人开过苞了。""某某家的女儿，读高中时就被男人破瓜了。"好像她们不是人，而是玉米或瓜果之类的农作物。这也是她为什么拼命读书的埋由。只有在大城市，她才可以逃离那种农耕风格的流言蜚语，才可以过上自由自在的属于自己的生活，她以为可以，其实并没有。她和那个男人的事情，后来医院里的同事应该也知道了，所以才没有男人把她当作结婚对象认真考虑，也没有女同事主动提出帮她介绍结婚对象什么的。呼吸科倒是有个姓杨的女医生帮她介绍过一个男人，不是很正经的介绍，而是晚上约她出去喝酒时故意把她安排在那个男人身边，还挤眉弄眼地对那个男人说："你可要把我们小苏医生照顾好哟。"她不知道杨医生为什么会约她出去喝酒，她和杨医生并不熟，自己应该也没有热衷社交的名声，接到电话时还狐疑过，但那段日子实在太孤单了，所以也就去了。酒还没喝过三巡男人对她就有些不尊重了，肥胖的身子总往她这边挤，开始她没发作，只是尽量把自己往另一边挪。他挤过来一点，她就挪过去一点，还不是马上挪，而是稍微等上一会儿，怕人家面子上下不来。好歹是同事介绍的男人。但男人越来越没有分寸，最后竟然丧心病狂地把手伸进了她裙子里。他把她当什么人了？她蹭地站了起来，"啪"的一耳光就过去了。后来才知道，杨医生根本不是给她介绍结婚对象，而是拉皮条。那个男人是有妇之夫，想找个年轻一点的妍头鬼混。这是那场交往的后遗症之一，另一个后遗症就是和他分手后经常感到寂寞，是生理意义的寂寞，没有多少情感意义的，这个她能清楚地区分出。这也是为什么那个姓杨的女人可以把她叫出去喝酒的原因。

坐在季尧的对面，她也没多少内疚或羞耻感，没必要，她都三十了，准确地说，是三十七个月，有性经验是正常的，没有性经验是不正常的。季尧比她大两岁，已经三十二了。以年龄而言，他们还是挺般配的。年龄般配也是很重要的，她后来明白。她和那个有妇之夫的根本问题，其实就是他们所处的生理阶段不同，也就是性阶段不同。她处于上升期，性能力凶猛得很，蓬勃得很，而他开始走下坡路，不客气地说，是强弩之末了，所以分道扬镳是必然的。"不想耽误你的婚姻"不过是体面的说辞，实际是他已经力不从心了。他没有能力满足生命力正旺盛的她了。虽然她对自己"脑门亮得像灯泡一样"没有办法，在其他方面已经尽量不表现出她的旺盛了，但他还是感觉到了吧？男人这方面其实是敏感和软弱的，为了自己可怜的面子，他也是知难而退。

当然，男女——尤其是要结婚的男女，除了生理年龄的般配，还需要其他方面也般配。比如社会身份，他们一个是大学老师，一个是医生，都处于社会职业的上层。还比如家庭背景，他们都来自小地方的知识分子家庭，他们的姆妈甚至是同事，差点儿就可以说青梅竹马了。

而且季尧的举止，她也看得上，既没有医院男同事那种过度社会化的油腻世故，也没有小地方那种拘谨小气——那两种特征，都是她所憎厌的。

再而且，季尧的长相也好，有点儿太好了，对长相普通的她来说。但她一直喜欢长相好的男人。那个有妇之夫也是，衣冠楚楚时，颇有几分陈道明的翩翩风度。"癞蛤蟆喜欢吃天鹅肉呢。"她听到同科室的女同事背后这么损她，她憎厌这样的议论。她们真是狗拿耗子多管闲事，她喜欢吃癞蛤蟆肉也好，喜欢吃天鹅肉也好，是她的食性偏好，关她们什么事呢？这个世上，总有这样无聊的人，对别人的生活，远比对自己的生活感兴趣，特别是别人的性生活。但她从来不回损她们。

她不会这个,也觉得没意思。

大多数时候,她都是严肃的,不像许多女人,有没有必要都卖弄风情。她不这么浪费自己的表情和语言。她是个讲究效率的人,不论在工作方面,还是其他方面。

以她一贯的干练作风,她应该问季尧"我怎么样"的,毕竟他们是带相亲意义的见面,需要得出一个结论的。何况老太太还等着她报告见面情况呢。就像那些做了乳腺彩超和钼靶检查的妇女一样,会既紧张又急切地等着看检查结果。"怎么样怎么样怎么样?"她能想象电话那头姆妈急不可耐的连珠炮一样的问话。"不怎么样。"她也准备好了对姆妈这么冷淡地说一句。不然还能怎样?

但和季尧并肩走在风景如画的校园,天空那么瓦蓝,风儿那么温柔,身边来来往往的年轻学生的脸,那么青春明艳,那么生机蓬勃,让她突然间生出了一种前所未有的贪恋,希望那条通向校门口的大路——两边木芙蓉花红艳艳盛开的大路,长一点,再长一点,长到没有尽头才好。

"老师好。"

迎面过来的,是两个女学生,其中一个还是蓝绿眼睛高鼻子的外国女学生。奇怪,季尧怎么还有外国学生?她朝那个打招呼的女学生看过去,是个珠圆玉润的美人儿,应该是日本女学生吧?她说话的腔调,还有笑的方式,还有看人的方式,感觉有日剧里苍井优的味道。

"老师,我们刚刚排练回来。"

"嗯。"

"明天的读书会还是老时间吗?"

"嗯。"

"还是老地方?"

"嗯。"

应该和那个看起来有苍井优味道的女学生有点关系吧,在地铁口和季尧分手时苏荣珍突然笑了说:"哪天有空,我们再约了一起吃饭?"

她性格里,到底还是有争强好胜的东西。

"—— 好的。"季尧略微迟疑了一下,答应了。

十　读书会

季尧的读书会，规模不大，通常只有十几个人。

一开始只是三三两两的学生私底下来找季尧聊天。如今的老师都忙得很，也吝啬得很，"一寸光阴一寸金"，这话原来不过是个关于时间的比喻，但现在老师们——至少那些牛皮哄哄的老师会用它来标榜自己的身价，"课后你们别找我，我的时间可是论秒计的。"有老师公然在课堂对学生这么说，很快就流传甚广成了校园金句。这话不仅影响不好，而且很反动，人民教师应该有无私奉献的精神，有鞠躬尽瘁死而后已的精神。"春蚕到死丝方尽，蜡炬成灰泪始干。"教师的境界不应该是这样的吗？怎么能说出"课后你们别找我"这样的话呢？书记一开始听到这金句时，勃然大怒："我们不要这样的老师。"那意思，是要请这位老师另谋高就了，至少是在用"另谋高就"的说法来吓一吓这位不知死活的老师，这也是学校行政领导管理老师的一贯策略。哪个老师如果不听话，试图桀骜一下，试图和领导颉颃一下，领导就要暗示他"另谋高就"了。这策略一般是管用的，因为多数老师都有"既来之则安之"的想法，或者根本没有"高就"的地方，只能乖乖地做犬儒了。但书记后来了解到，说这话的是材料学院的李抱昌教授，李抱昌教授是学校好不容易不惜花重金，从某所985学校挖过来的大牛，材料学院要上双一流学科,学校要拿国家重大项目,甚至化学系要上博士点,都要指着他和他带过来的科研团队呢,根本不是可以用"另谋高就"来恐吓的普通老师。书记没办法,只好把他的怒火发泄到其他老师身上。反正学校大,几千个老师呢,其中大牛少,犬儒多,所以书记多数时候不需要压抑的。

不过,理工科教授的时间,确实比文科教授的时间更值钱,他们的项目,不论是横向的还是纵向的,或者合纵连横的,小则几十万,大则上百万上千万,不分白天黑夜做都做不过来呢,哪有闲工夫和学生聊天?

当然,文科教授也不能一概而论,如果在本学科领域混得有点儿名气了,也忙着呢,要忙着坐飞机满世界去开名目繁多的学术会议,要忙着申报各种各样的课题和人才计划,要忙着做礼尚往来报酬不菲的讲座,"连看月亮的时间都没有"呢——"连看月亮的时间都没有"也是一句校园金句,金句的出处是中文系章培树教授,杜校长有一回在饭桌上感慨:"章教授,怎么现在的文人再也写不出苏东坡'明月几时有,把酒问青天'那样大气磅礴的诗了?"章培树鼻子一哼说:"现在的文人连看月亮的时间都没有,怎么可能写出关于月亮的好诗?"

"连看月亮的时间也没有"显然比"我的时间论秒计"要来得风雅,没有铜臭味,所以后来学校大大小小的领导要表明自己很忙时,都会笑着说上一句:"我现在连看月亮的时间都没有。"

当然,有些人是真忙,而有些人是伪忙,之所以喜欢标榜自己忙,是因为忙是体现个人价值的方式,这个时代崇尚忙,忙就像劳力士,男人一戴上它,可以让平庸的手腕熠熠生辉。

而闲呢，是男人手背上的老年斑，别人看见了，不说可耻，至少觉难堪，所以要千方百计遮掩住它。

于是走在校园里的老师们，都行色匆匆目不斜视，风一样来，风一样去——即便有些老师，风一样回到家后，也不见得有多重要的事情做，不过是到厨房洗菜做饭，或者百无聊赖站自家阳台上看楼下的风景。

以前系里开例会，两点开会，一点就有人来了，或者聚集在会议室，或者聚集在资料室，说话的说话，家事国事天下事，七嘴八舌地说上一通；下棋的下棋，一盘两盘三四盘，反正不到会点是不散的。四点散会，到五点六点大家也不走，说话的继续说话，家事国事天下事，又七嘴八舌地说上一通；下棋的继续下棋，一盘两盘三四盘，反正家属不来电话催是不散的。

而现在，两点开会，老师就两点到；四点散会，书记或主任刚说完"今天的会就到这儿"，大家马上就鸟兽散了。再也没有在会议室或资料室盘桓不去的老师了。

上课也是如此，从前课前课后，学生总要围着老师叽叽喳喳地问这问那问个不休；而现在，学生没机会问了。老师踩着上课铃声来，踩着下课铃声走。

也有个别没眼色的学生，跟着老师身后"老师老师"地叫，那老师也不会停下脚步，而是一边走，一边嗯嗯哦哦几句敷衍了事。

反正老师们，不论真忙还是伪忙，都没几个人愿意在课后花时间和学生聊天。

季尧却是"几个人"里的一个。

他不仅在课后和学生聊天，还搞起了读书会。

人文学院也有其他老师在搞读书会，比如徐毋庸，他的"夜航船"搞了好多年了，是沙龙性质的，地点就在他家。他家离学校不远，骑共享单车过去五六分钟，走路过去十几二十分钟，一般是周五晚上，有时是周六晚上，看徐教授的时间和心情。倒不一定非要心情好，有时徐教授心情糟了，也会弄一个读书会调剂一下。学生们喜欢参加徐教授的读书会，徐教授是二级教授，工资高着呢，又单身，没有师母管束着，所以对学生特别大方，每次读书会都会准备丰盛的零食，良品铺子的各种干果和山姆的抹茶大福，或者他自己烤的戚风蛋糕，徐教授是生活达人，自己会烤面包和蛋糕，还会做葡式蛋挞。都是女生爱吃的东西。来参加读书会的，大多是女生，这不奇怪，中文系的学生，本来就男生少，女生多，大观园一样。而且徐教授家更欢迎女生，男生也是知道的，所以也不去自讨没趣。还有现磨现煮的阿拉比卡咖啡。坐在徐教授家地中海风格的棕黄色皮沙发上，或者干脆席地而坐于沙发前的土耳其墨绿色藤蔓图案灰色地毯上，谈着文学，或者听面若桃花的徐教授谈着文学——璀璨的枝形水晶吊灯下的徐教授，虽然年近六十，气色却好得很，看起来真是面若桃花的——这就更有文学沙龙的意思了。学生们喜欢，尤其是热爱家庭生活的女学生，谈论起徐教授的读书会，就不免带有炫耀之意。说徐教授家如何如何有格调，到底是在法国待过两年的，客厅墙上挂的画，是高更的《你嫉妒了吗》，而不是某某教授家的老气横秋的"淡泊明志"；卫生间马桶对面墙上挂的是马奈的《奥林匹亚》，鞋柜上方摆放的花瓶都和凡·高静物画里的样子差不多；又说徐教授家的咖啡如何如何香，小点心如何如何好吃，如何如何文学——他们在徐教授家吃过《百年孤独》里的番石榴甜点，喝过《包法利夫人》里的"一碗洋葱汤"，甚至还在徐教授的指导下,像《我的叔叔于勒》里两位太太那样头微微往前伸了吃牡蛎。把其他女同学都"如何如何"恼了。要知道,不是所有的女同学都可以参加徐教授的读书会的。不能参加的女同学,听了这些就会酸溜溜地说:"有什么呀? 一个老光棍的家,谁要去!"当然是背后说说,不然传到徐教授那儿,就不好了。不过,徐教授的"夜航船"虽说搞了好几年,在学校影响并不大,这一方面是因为它始终是一个小圈子的活动,另一方面也因为它时断时续的,不太规律。什么时候断什么时候续,取决于徐毋庸其时有没有女朋友,没有了就续上,有了 —— 特别是有了比较稳定的女朋友 —— 就中断了。所以姚老太太对此嗤之以鼻,"一个读书会,叫什么不好? 叫'夜航船'! 怎么不叫'夜总会'? 我看他搞读书会是假,想借这种活动和女学生厮混是真。"

其他老师其实也是这想法,只是没人像姚老太太那样直率地说出口罢了。

还有语言点的顾春服教授,也搞了个"书法之美读书会"。顾春服教授是搞徽方言研究的,但业余爱好书法,不是一般的爱好,而是爱好到了相当专业的程度。他是省书法协会的会员,时不时地在《书法》杂志上发表作品的,有一幅作品还得过兰亭奖呢。人文学院的走廊上,甚至中文系许多老师家的客厅里,都挂了顾教授的作品。顾教授有送人书法作品的习惯。别人请他吃饭,他送人一幅书法作品;别人送他一坛花雕,他送人一幅书法作品。别人什么也没送他,只是空手到他家坐坐,喝个茶聊个天什么的,天还没聊上几句呢,茶也还没喝上几口呢,他就请人移步书房,看他最近的"涂鸦"——"涂鸦"是他自己谦虚的说法,他说一天不"涂鸦"几个字,手就痒痒呢。"多指教多指教",他把"涂鸦"之作当宝贝送给客人。客人只得收下,有些十分礼貌的客人,收下时还会做出"惊喜莫名"状。当然,也有客气着推辞的客人,"不敢不敢"。这时顾师母就会在一边帮腔,"务必收下务必收下",她是真心真意的,顾春服"涂鸦"之作实在太多了,家里塞得到处都是,连床底下都塞满了。最后客人推辞不了,只得收下了事。收下之后还没完呢,顾春服还有下文,他暗示客人:"这几个字很适合挂客厅的。"或者:"这几个字很适合挂玄关的。"面软的客人,回去后只得乖乖地把那几个字裱了挂客厅或玄关。当然,多数"涂鸦"的命运还是被客人束之高阁了,束之高阁一段时间之后,又会被爱整洁的女主人搞卫生时处理掉。也没关系,顾教授的作品,一向是以"多多许胜少少许"的。而且,顾教授是一条龙服务,不仅在学校开了门《书法之美》的选修课,还写了本《书法之美》的书,还搞了个"书法之美读书会"。顾春服花时间搞读书会,按他自己的说法,是为了"发扬光大传统文化",而在姚老太太嘴里呢,就成了"什么读书会?我看就是个卖书会。"

　　姚老太太这也不算乱说,因为顾春服的读书会,实行的是会员制,每个参加读书会的同学,都要买他的《书法之美》。虽不是强制性的,但买了这本书的同学,在《书法之美》选修课的成绩就会比较好。同学们都知道的。所以顾教授《书法之美》这门课就很热门,大家趋之若鹜地选 —— 只是买本书的事儿,就能以不错的成绩拿两个学分,很便宜了,很划算了。如今的学生,都很精明的。《书法之美》这本书因此成了省美术出版社的长销书,销量虽然不很大,但相对稳定,所以也重印好几回了。顾教授因此拿了好几回版税。至于版税多少,顾教授是颇讳莫如深的。

在季尧的"露台读书会"出现之前，中文系说得上的，也就这两个读书会呢。

一开始只是要好的几个学生晚饭后去季尧那儿聊天。南方的夏天天黑得晚，六点钟在食堂吃完饭，出来一看天空还光灿灿的。西边一个金色的太阳，东边一个银色的月亮，都又大又圆地挂在天上呢，心就被照耀得波光潋滟起来。这时候去图书馆或教室自习就有点儿不情愿。"时光荡漾，我只想做一些美好的事情。"有浪漫的学生在诗里这么写。夏天傍晚六点美好的事情是什么呢？如果正在恋爱的学生好办，只要和恋人在一起，什么事情不是美好的事情呢？低头看鱼，坐在走廊发呆。短的沉默，长的无意义，一起消磨精致而苍老的宇宙。借了青春生命的光芒，最日常最无聊的事情都会美好和梦幻得一塌糊涂。但没有恋爱的学生呢，怎么办？去图书馆和教室自习？不想，那是书呆子干的事情；宅在寝室打《英雄联盟》看《鬼吹灯》？也不想，那是渣生做的事情。而坐在露台和季尧聊天呢？就正好，没有过犹不及的用功，也没有过犹不及的颓废，对得起父母老师和伟大的祖国，也对得起自己的青春和盛夏傍晚六点的光阴。

青椒园的顶楼东端有一个公用露台，不很大，六七十平方米。原来天气晴好的日子，会有女老师上去晒被子，那儿离太阳更近，十三层高呢。可以把被子晒得像现烤出的面包一样，热乎乎的，芳香无比，学文科的女老师这么说，物理系的男老师就笑话她们，你们知道太阳离地球有多远吗？天文单位呢，近日点也有1.471亿公里，远日点有1.521亿公里呢，在这么个大距离下，一楼和十三楼的楼层差算什么？在一楼和十三楼晒的被子温度哪会有区别？就算有，也是忽略不计的。文科女老师懒得搭理他们。不过是说一下十三楼离太阳更近，晒的被子更热乎，他们就弄出个近日点远日点，真是没意思。物理系男老师看她们一副不服气的神情，更有兴头了，不信？不信咱们就和伽利略一样做个实验，同一天在一楼和十三楼晒被子，然后同一时间用温度计测量被子的温度，如何？不如何。文科女老师更懒得搭理他们了，这些有实验癖的理工男最会煞风景了，什么都要做实验，好像世界就是一个他们的大实验室，里面的万事万物都是他们的实验对象。女老师们没有被他们败兴，还是会在天气晴好的日子抱了被子上十三楼去晒。也有老师上去抽支烟，眯了眼远眺一下风景，想想心事什么的。在那么高的地方想心事是很危险的，毕竟人生在世，烦恼的事不少，想着想着，说不定就有"人生到处知何似？恰似飞鸿踏雪泥"的幻灭感，一幻灭，就要学飞鸿了。几年前材料系有个青年男老师，平日经常到上面"整理一下思路"——好像他的思路，是菜园子，时不时需要整理一番。有一天也不知是没整理出来，还是其他原因，两手一展，学飞鸿了。就摔死在楼前面水泥路上的一个窨井盖上，许多人都看见了那血肉四溅的场面。那之后就不太有人上去了。

但季尧还是会去那里，尤其有学生来找他的时候。房间小是一个方面，才十几平方米，一张椅子，一张方凳，来上几个学生，就不够坐了，只能坐到床上去，男学生还好，女学生就有点不合适了。他房间又凌乱，书本杂物衣裳扔得到处都是，衣还好，裳的话——尤其是内裳，被女学生看见就不太雅观。带他们去楼下边走边聊倒是可以，但他一个老师，身边身后跟着一群学生，一边走，一边谈文学，那样子看起来，前呼后拥的，近乎招摇了。"季老师，你这种教学方式，太有古希腊之风了。"哲学系一位姓赖的女老师这么打趣他。"什么古希腊之风？明明是我们自己的春秋之风好不好？'暮春者，春服既成，冠者五六人',不,冠者只一人,童子四五人,'浴乎沂,风乎舞雩,咏而归。'季老师,不咏几句?"朱臾老师也揶揄他。季尧被说得不好意思了。她没有恶意,他知道的。虽然系里其他男老师说朱臾这些年变得越来越刻薄。不单说话,就连长相也是如此,原来颌下还有几分圆润,现在下巴愈发尖了,连前牙看着也比以前长呢。个性也越来越像张爱玲笔下的女人那般刁钻古怪。季尧倒不觉得。人瘦了,骨骼之类自然会更凸出些,这就是所谓的"瘦骨嶙峋"。牙不就是骨吗?至于言语刻薄,不过是另一种"瘦骨嶙峋"的表现而已。生物都是生态环境的结果。他虽然不是个女性主义者,但对波伏娃在《第二性》里提出的"女人是后天生成的"这个理论还是基本认同的,说到底,波伏娃的理论和达尔文的理论逻辑大抵一致,不过一个从自然环境出发,一个从社会环境出发。大龄未婚女博士的社会环境可是不太友善的,不然,怎么会被看作"第三类人"呢?"男人,女人,女博士",好像女博士不是男人也不是女人,而是另一种生物性别。在如此不友善的环境下,女博士的个性,很容易发展成阴郁沉默的蚌类蛤类,如白玫瑰孟烟鹂那种;或者发展成"特别能战斗"伶牙俐齿的刺猬类,如《金锁记》里曹七巧那种。朱臾属于后一种。当然她是一只有文化的刺猬,所以她的刺完全脱离了曹七巧的低级趣味,而有一种诗意美。比如"鹅鹅鹅",比如"春秋之风"和"不咏几句?"作为男性的季尧虽然谈不上有多喜欢女人的这种个性,但作为知识分子的季尧又欣赏这种机智和不屈不挠的精神。这是季尧的矛盾。就像他读《红楼梦》,既喜欢袭人的温柔,又喜欢晴雯的刚烈不阿。但多数时候,还是晴雯更占上风。他始终认为,人类之所以比别的物种更高级,是因为不屈从,人是因为有反抗精神而成为人的,不像别的物种会屈从于自然和生物命运。

所以，虽然他也和其他男老师一样对朱臾敬而远之，但他的敬而远之是真正的敬而远之，而其他男老师的敬而远之只是一个贬义词，只有"远之"没有"敬"的。而且，季尧的敬而远之也是一视同仁的，对朱臾也罢，对其他女老师也罢，距离都一样，没有孰远孰近的区别。想必就因为这个吧，朱臾揶揄季尧的频率，明显比其他男性老师高。"一种'温柔的揶揄'。"何况说。带点儿幸灾乐祸，又带点儿酸醋。也是奇怪，明明何况更亲切，更懂人情世故，但女老师从来不和何况开玩笑。不仅女老师，就连校园里流浪的猫狗也是如此。见了季尧，喜欢摇头摆尾，或者"汪汪汪""喵喵喵"几声，打招呼似的。而见了何况，就好像没看见一样。"吾未见好德有如好色者也。"何况说。何况长得没有季尧好看。

大概有好几个月的时间，季尧的读书会就在青椒园的露台上进行。一开始并不是什么正儿八经的读书会，不过师生几个晚饭后的聊天。陈科——就是那个喜欢把樟树画得光秃秃的建筑系学生，也不知从哪儿搞来了几张蓝色塑料椅子，几个圆木墩子，大家或坐或站，围绕某个话题，聊上一两个小时。一般是课堂上问题的延续，有时也会是季尧所列书目中的某本书，有时也会是与之相关的某部电影，甚至某栋建筑风格和某幅画。建筑风格和画这类话题一般是陈科和费丽丽挑起的——费丽丽就是那个喜欢把樟树画得枝繁叶茂的美术系学生，他们总结伴而来找季尧。比季尧嫡出的学生——中文系学生说陈科和费丽丽是季尧庶出的学生——还积极些，几乎次次不落地参加季尧的"露台读书会"。有同学不满意"露台读书会"这种基于地理意义的简单命名，觉得这命名几乎和顾春服的"书法之美读书会"一样不讲究，一样不风流蕴藉，完全没有徐毋庸的"夜航船"那样的文学意蕴，想改成"海棠读书会"——青年教工楼前种了两株海棠，所以也算应景了。虽然"海棠读书会"还是基于地理特征的命名，但《红楼梦》里不是也有个"海棠诗社"吗？所以至少它在文学意蕴上不输徐毋庸的"夜航船"了。但又有同学反对，说"海棠读书会"太俗滥了，她家保姆就叫海棠呢——汤海棠，还有她们那一栋的楼管阿姨也叫海棠呢——陈海棠。她这么一说，大家也觉得别扭了。于是给读书会改名的事也就不了了之了，"露台读书会"还是叫"露台读书会"。

陈科和费丽丽这两个庶出的学生不但次次不落地参加读书会，而且在读书会上还活跃得很，出风头得很，不论当晚的主题是什么，他们最后都能往他们专业上扯，扯的风格和他们画樟树风格差不多，陈科是言简意赅地写意扯，费丽丽是繁花似锦地工笔扯，有时费丽丽扯得实在太过了，季尧嫡出的学生就会"吁！"一声，是提醒她言归正传的意思。季尧倒不怎么在乎。他自己在课堂上就是爱"画梅花"的老师，何况在课堂外，更可以"野渡无人舟自横"了。但当中文系学生"吁"费丽丽的时候，他也会和大家一起笑，起哄般。不是真的起哄，是气氛使然。而且费丽丽的话也实在太稠密了，密不透风，别人都插不上嘴了。这多少会影响读书会的讨论意义。尤其到后来，"露台读书会"搬到了人文楼。老尚也不知从哪儿听说了季尧的读书会，主动来找季尧谈话。"读书会在露台怎么可以呢？天晴还好，下雨天怎么办？夏天还好，冬天怎么办？露台也没有灯，黑灯瞎火的，男学生女学生坐在一起抽烟喝酒，影响可不好。"季尧无语。学生当中，是有一个抽烟的，也是闹着玩般地抽过那么一次，当时坐他边上的女学生扭过头去作势咳了两声后，那个学生就掐灭了，后来就再也没人抽过烟了。至于喝酒，也有过几次的，听装的啤酒，是陈科请大家的。有一回陈科喝起兴了,还想学苏东坡"欢饮达旦",季尧可不会让他们"达旦"。他虽然不是那种在时间上"一寸光阴一寸金"锱铢必较的老师,但他也有自己的事情要做,也有自己的作息规律。大概十点洗漱,十二点关灯睡觉。而十点至十二点之间,如果没有特别的事情,一般是季尧"我和书周旋"的时间。多年来都是如此,季尧习惯了的。所以他们读书活动从来不会超过十点的。一般六点半开始,八点半结束,有时大家聊起兴了,要延宕一下,也就延宕到九点,不会更晚了。陈科想"欢饮达旦"的那回,费丽丽喝了两听雪花纯生啤酒之后,唱起了王菲的《水调歌头》:"明月几时有,把酒问青天。"声音缠绵悱恻,清旷澄冷,把大家都听痴了,坐在那儿一动不动,好半天回不了神。这是他喜欢这两个外系学生的原因之一,中文系老师都不喜欢艺术学院的学生,嫌他们纪律散漫,嫌他们文学基础差,但季尧这方面没有偏见,基本持孔夫子"有教无类"的教育观,艺术类的学生纪律差不假,文学基础差也不假,但他们有他们的优点,那就是比较放得开,也有艺术才华,他喜欢,甚至还有几分羡慕。他自己在有些方面不是很放得开的人,至少不能当众说唱就唱了起来,还能唱得那么投入那么带感情。但他对放浪形骸还是很向往的。那样的夜晚,季尧觉得是超出了文学意义的,应该升华到了美学的阶段。现在大学没有设美育课程,季尧对此觉得遗憾,古代的教育其实是有美育的,"暮春者"就体现了孔子的美育思想,柏拉图对美育更是重视,把它和智育体育相提并论。但这么美好的事情传到老尚那儿,竟然是"黑灯瞎火的,男学生女学生坐在一起抽烟喝酒。"

不过,比起徐毋庸和顾春服各怀鬼胎的读书会,还是季尧的读书会比较契合杜校长的教育理念。主管教学的杜校长提出了一个"情怀教育说"。他们学校为什么一直搞不上去呢？有老师说是因为学校穷，他们学校处在政治经济文化各方面都落后的中部省份，所以教育落后也是理所当然。梅贻琦不是说过吗？"所谓大学者，非谓有大楼之谓也，有谓大师之谓也。"而大师也要吃饭的，即便鲁迅那样的大师，也爱吃北京"广和居"的炒腰花，也爱吃上海"梁园"的扒猴头菇——扒猴头菇可是和熊掌、海参、鱼翅并列的名菜，写文章之间还要吃吃日本零食羊羹和法国奶油蛋糕，也就是说，如果处在鲁迅的时代，以他们学校的经济条件，无论如何也请不到鲁迅那样的大师来他们学校执教，也请不到鲁迅的朋友胡适那样的大师来他们学校执教。只能请来三四流的学者，和现在一样。所以经济水平决定文化水平，经济水平也决定教育水平。老马在《资本论》不是说经济基础决定上层建筑吗？这是唯物主义的核心思想。老师们都是唯物主义者，所以也认为学校搞不上去不是他们的责任，而是地方经济基础的责任。杜校长对这种推诿责任的说法十分不满，在大会小会上不止一次痛心疾首地批评这种经济一元论。当年西南联大有经济吗？1941年后，教授们的工资水平，相当于码头搬运工，而年轻教员和助教的工资，还不如扫马路的。为了贴补生活，闻一多教授都去刻印章卖了；化学系的高崇熙教授都种剑兰花卖了；而那些教授夫人呢，冯友兰夫人炸了麻花到街上去卖；梅贻琦校长夫人要去做保姆，别人认出来后不敢请她，没办法，又做小点心去卖。那可都是一代名媛呀！哪像现在的那些教授夫人，资产阶级阔太太般，天天牵了哈巴狗去散步。大家都听出来了，杜校长这是在影射李校长呢——李校长的夫人养了一只小狗，天天牵了它一前一后去散步的。杜校长主管教学，李校长主管科研，两人在学校有"小李杜"之称。之所以被称作"小李杜"，表面是奉承他们诗写得好——两人有事没事都喜欢写几句打油诗发朋友圈的,其实还有另一层意思,因为他们都是副校长,所以称之"小李杜",还是很合适的。正校长还有两年就要任满,下一届校长人选据说要从这两个副校长当中产生。所以两人现在是你死我活的政敌关系,面上虽然风和日丽,面下却是风刀霜剑。杜校长的"情怀教育说"就是针对李校长的。李校长一直持"重赏之下必有勇夫"论,所以在激励老师科研热情方面的政策就是用奖励政策,一个国家重大项目奖励多少,一个国家部委项目奖励多少,一篇权威刊物论文奖励多少,一篇C刊论文又奖励多少,都是实打实的。"我们不玩那些虚头巴脑的东西。"李校长在会上说。大家都听出来了,李校长嘴里"虚头巴脑的东西",就是指杜校长的"情怀教育说"。两人的教育理念如此南辕北辙大相径庭,搞得下面的人实在不知如何是好。不说下面的人,就连周校长似乎也左右为难。周校长对两个手下既莫衷一是,也莫衷一非,有时"是"这个,有时又"是"那个。有时"非"这个,有时又"非"那个,表现得很没有立场一样。但也有人说,这正是周校长的政治韬略。让两个手下相互掣肘,相互消耗,这样他们就没有力气对付他了。到底是哪种情况,大家也搞不清楚,于是一个个都有那英歌里唱的"雾里看花水中望月,你能分辨这变幻莫测的世界"的迷惘。怎么办呢?虽然混到这个层次的人,都是玲珑之人,可面对这种镜花水月的局面,也不知道怎么做。既然周校长都可以莫衷一是莫衷一非,那他们也只能依样画葫芦了——只能画半个葫芦,因为他们不敢莫衷一非,即便在私底下,他们也不敢非哪个校长,万一传到哪个校长那儿,就不好了。稳妥谨慎是知识分子安身立命的原则,更是官场知识分子安身立命的原则。所以两个校长的教育理念都要学习,也都要贯彻实施。不过,贯彻实施李校长的理念容易，贯彻实施杜校长的理念就难了。"情怀教育说"到底是个什么东东，要如何操作，杜校长从来没有具体说明过。他倒是写过一首《致情怀》的诗，登在校园杂志《青春》上："情怀是阳光呀，照耀我们的满园桃李，情怀是雨露呀，滋润我们的莘莘学子。"这诗后来又被艺术学院声乐系的一个老师谱了曲，之后每年的教师节上师生都要同唱这首歌。不只教师节，学校大大小小的活动，只要有杜校长参加，总有人提议唱《致情怀》的。杜校长自己也唱，唱后眼眶还红红的，湿湿的。"为什么我的眼里常含泪水，因为我对这片土地爱得深沉。"中文系现当代教研室，有老师引用艾青这句诗替杜校长的又红又湿的眼眶加注。杜校长不置可否，表情仍然是庄严肃穆的。庄严肃穆一直是《致情怀》这首歌表情的标配，直到李校长的"炒情怀"一说出现。据说有一回李校长一行人在"云境生态园"吃饭，是私宴性质的，所以气氛比较好。酒过三巡，美貌如花的领班进来问大家还要添点什么下酒菜，李校长一本正经地问领班："有没有'炒情怀'这道菜？""什么菜？"美貌如花的领班一脸茫然，李校长笑而不言，大家几秒之后才反应过来，一齐哈哈大笑起来。这之后《致情怀》的标配表情就不是庄严肃穆——至少在学校领导阶层——而是憋住了不笑的出恭般的表情。而"炒情怀"这道菜，就成了学校领导阶层互相逗乐的段子。"吃了吗？""吃了。""吃了啥？""炒情怀。"这段子估计没有传到杜校长那边，因为杜校长在大家唱《致情怀》这首歌的时候，庄严肃穆的表情一如既往。

而系主任老尚之流，还不够资格听到"炒情怀"这种校级领导层的段子。所以唱歌的表情仍然是庄严肃穆的，并且还在努力琢磨情怀教育的实践方法。"情怀是阳光呀情怀是雨露呀"，只能唱唱，不能用来指导教学工作。怎么办？杜校长倒是有过建议的，那就是要教授们多读读《联大八年》。《联大八年》是杜校长的案头书，听说看过好几遍。"里面有铮铮铁骨，有民族大义，有知识分子的情怀——尤其有知识分子情怀。"关于这"尤其有知识分子情怀"，杜校长最喜举的例子是陈岱孙教授的"静坐听雨"。当时联大条件差，教室的屋顶是铁皮的，一下雨就叮当作响，有一次雨声实在太大，吵得没法上课。如果是现在的某些老师，肯定要抱怨教学条件太差什么的——有不少老师抱怨教室电扇嗡嗡响、教室对面厕所尿骚味儿太冲以至于没法上课之类的；或者干脆一走了之——学校一遇到停电什么的特殊情况，上课老师就会一走了之呢；或者姑妄言之姑妄听之——我讲我的，你们听得见听不见不关我的事情，估计不少老师会这样解决问题的，这种方式好像没有过错，但其实是推卸责任的消极方式。但陈岱孙教授如何做的？转身在黑板上写下"静坐听雨"四个字，然后和学生一起正襟危坐安静听雨。要知道，这可不是文人"雨打梨花深闭门"那种闲情逸致式听雨，更不是文人"留得残荷听雨声"颓败落寞式听雨，而是杜甫"国破山河在"沉郁顿挫的听雨，是岳飞"收拾旧山河"壮怀激烈的听雨，这是何等大爱国！何等大情怀！还有比这更有内涵更有情怀的教学吗？杜校长的这个例子老师们都一再听过，他在上面声情并茂地讲，老师们就在下面声情并茂地嘀咕，静坐听雨？听上去很美，可这么浪漫这么名士派头的做法，我们岂敢？我们敢这么搞的话，被督导一报告教务处，估计学校就要请我们"另谋高就"了吧？这倒也是，老尚想。杜校长的例子老尚觉得很好，"静坐听雨"确实称得上情怀教学的经典案例，内涵丰富，寓意深远，既是美的教育，又是情感教育，典型的"意在言外大音稀声"的东方教育方式。陈岱孙教授是真正的大教育家风范,几乎可以和孔子的"浴乎沂,风乎舞雩"相媲美。老尚觉得,能举出这样的例子,说明杜校长还是很懂教育的。不过,老师们的嘀咕老尚也理解,毕竟西南联大是西南联大,那个时候学校没有那么多条条框框,教授们相对自由,可以这样教,也可以那样教,没人管。但现在不同了,教什么?如何教?都有统一的标准,老师们不能自由发挥。所以"静坐听雨"之类的教学法,只能进教学博物馆,像达·芬奇的《蒙娜丽莎》那样,供人瞻仰的。中文系之前有一个女老师,姓司马——后来因为待不下去调走了,或者说"另谋高就了",就这么搞过。她在上写作课的环境描写课时,就不好好在课堂上讲,而是把学生乌泱乌泱地带到了法学院楼的侧面,那儿有几棵大楝树,她让学生看了一节课的楝树花,然后又让学生坐在楝树下的草地上,写了一节课的楝树花;上人物肖像描写课时,她又不在课堂上讲,而把学生乌泱乌泱地带到了学校后街,让学生看了一节课后街的各种小贩,然后让学生回到教室写了一节课的小贩。学生倒是高兴了,一高兴就到处乱说,某某老师是如何如何上课的,本来是夸这个老师呢,但其他老师听了,就不是这个意思了。"倒是省力气,两节课就这么打发了。""如果带学生去看花逛街也叫上课的话,那连门卫老泊也能上课了。"司马老师后来被处分了,就在老尚手上受的处分。一开始老尚没想处分她的,虽然他也觉得司马老师有点过于自由散漫了,上课就是上课,很严肃很认真的事业,怎么能这么无组织无纪律呢?但年轻人嘛,批评教育为主,行政手段为辅,所以他就去找司马老师谈话,好心好意地提醒她上课至少要在教室里上,不能跑到教室外去上。就算要让学生看花,从窗户往外看也可以嘛,人文楼教室外没有花看,那看树也可以嘛,环境描写又不是非要写楝树花,写一写树不也可以？像杜甫的"无边落木萧萧下"，鲁迅的"一棵是枣树，另一棵也是枣树"，不都是关于树的名句；就算要做人物肖像描写的练习，也可以在教室里让同学们你看我，我看你嘛，哪里一定要到后街去看小贩呢？老尚像手艺人那样手把手教她。他这是爱才呢！司马老师有才华。应该有才华吧？曾经在《收获》杂志上发表过一篇小说呢。《收获》可不是乱七八糟的杂志，而是巴金创办的杂志！在那上面发表的小说，应该是有相当文学水准的。基于对《收获》的信任，老尚对司马老师，一直另眼相看，在路上碰见，司马老师不招呼他，他也不计较，主动"大作家大作家"地叫她。她高兴了就礼尚往来地说一声"尚主任好"，不高兴了就用鼻子"嗯"一声。老尚不以为忤。恃才傲物也是文人传统。李白不也有"天子呼来不上船"之举吗。但这一回司马老师傲得有点过了，当老尚对她诲人不倦的时候，她不但不听诲，还学了阮籍的样子，翻了白眼问他："尚主任，您这是在教我怎么上写作课吗？"那意思，老尚没资格教她。这是不知好歹不识抬举了。不说系主任的身份，单是教龄，他也比她多出十几二十年呢，怎么就不能教她上课呢？他本来还有"众人皆欲杀，吾意独怜才"之意，但既然她不需要他"怜才"，他也就不必客气了。于是她"上课时间带学生逛街"就被反映到了有关院领导那儿，有关院领导又以书面形式把这个问题反映到了教务处，教务处对这种事情从来"杀无赦"的，于是司马老师就被"停课一学期，两年之内不能申报专业职称"。司马老师后来"另谋高就"和这次处分有没有关系，老尚不得而知。反正老尚觉得自己仁至义尽问心无愧。他对年轻老师从来都是爱护有加的，但前提是，年轻老师也要尊重他的爱护。先礼后兵是他做人的风度，也是他做领导的艺术。如果司马老师谦虚一点，那"上课时间带学生逛街"

也可以有另一种说法，那就是"上课时间带学生看花"，也可以"上课时间带学生采风"，"看花""采风"和"逛街"性质还是不一样的，"看花""采风"更接近陈岱孙教授的"静坐听雨"，如果再升华一下，甚至可以作为杜校长"情怀教育说"的范例呢。

但年轻女老师不懂谦虚，老尚有什么办法？

要说，年轻老师适当清高一点，老尚还是能理解的。像季尧那种程度的清高。不卑不亢，不趋不往，就正合适。太亢的人，老尚受不了；太卑的人，老尚也信不过。他当领导多年，阅人无数，见多了前倨后恭，更见多了前恭后倨。一个人之前可以多卑躬屈膝，之后就可以多趾高气扬。"没什么，作用力和反作用力，这是物理世界的平衡法则。"他和对门的何教授聊这个问题时，何教授像英国绅士那样耸耸肩说。何教授是物理系教授，喜欢用物理原理来解释这个世界。不仅用物理原理解释自然界，还会用物理原理来解释社会，还会用物理原理来解释文学。比如他会用摩擦力学原理，来解释文学作品中爱情一波三折的描写，《红楼梦》里林黛玉动不动就不理贾宝玉，这是为了增加有益摩擦力 —— 摩擦力还分有益摩擦力和有害摩擦力，老尚还真是长知识了 —— 因为它不但不会破坏贾黛之间的爱情，还会加强他们之间的爱情。"爱情都需要摩擦力的，没有摩擦力的爱情长不了。太光滑的面，会导致物体运动速度过快。速度过快也不行。一下就到头了。可男女在一起，要一辈子呢。但摩擦力也不能用力过猛，用力过猛就成有害摩擦力了。比如前段时间新闻里报道某女士在恒茂时代广场当众踢老公的裆部，这就是有害摩擦力了。不过，有害摩擦力一般在现代女性身上发生，而古典女人，哪怕是晴雯那样性格刚烈的古典女人，也不会这样呢。晴雯闹脾气时也就撕个扇，撕扇产生的也是有益摩擦力。

不过，有益摩擦力也分好几种，有静态摩擦力、滑动摩擦力和滚动摩擦力，林黛玉是静态摩擦力，而晴雯是滑动摩擦力或滚动摩擦力。而我家那位更厉害，经常静态摩擦力和滑动摩擦力、滚动摩擦力交替使用，吃不消她，吃不消她。"何教授把头摇得像拨浪鼓。把老尚逗得哈哈大笑。"老何，你干脆写本书吧，书名就叫《爱情与摩擦力学》。"老尚一本正经地开玩笑。"好主意！好主意！这还是多学科交叉研究呢。既有物理学，又有社会学，又有爱情心理学，老尚，要不我们合作申请一个国家项目吧？你说说，这项目是在我们自然科学基金这边申报呢，还是在你们社科基金那边申报呢？"何教授一本正经地问。

"兹事体大，再斟酌斟酌？"老尚说。

"好，兹事体大，再斟酌斟酌。"何教授说。

说完，两人煞有其事地各自回家吃饭。

老尚喜欢和理工教授聊天，也喜欢和他们做朋友。怎么说呢？比起文科教授，理工教授更简单，更孩子气，有"一派天真烂漫"之可爱。

老尚自己是比较复杂的，也有八面玲珑的能力。但不知为什么，他却不喜欢复杂和八面玲珑的人，尤其是年轻人。

而季尧不玲珑，这在老尚第一次叫他吃饭时就知道了。有一回系里请了个学术圈的大牛来做讲座，因为那个大牛和季尧的博导是同门师兄弟，所以讲座后的宴请老尚就让季尧也作陪了。这要是其他年轻人，真真假假，会表现出受宠若惊的样子。但季尧不仅不受宠若惊，还挠挠后颈窝，一副勉为其难的样子，"主任，我有点事情。"老尚不理解，对一个年轻学者来说，有什么事比作陪一个学术大牛更重要呢？一问，原来是和学生有约。可和学生有约算个什么事？真是没开窍。虽然最后在老尚的要求下，季尧还是去了，宴席间却没有好好表现，一直低头吃自己的、喝自己的，好像老尚请他专门来喝酒吃菜。老尚那个恼火。其实大牛对季尧挺客气的，席间几次"小季小季"地叫，而且还主动聊起了当年和季尧导师的一些往事。这是多好的机会呀！可季尧也不知是傻还是狷，兀自坐在那儿且吃且喝，当大牛叫到"小季"时，他就抬头应景似的笑一笑，一点儿没有接茬的意思。老尚在边上赶紧提示，"小季，不敬你师叔一杯？"这也是顺水推舟而已，因为论起来，大牛可是季尧的正宗师叔呢。季尧但凡玲珑一点，这时候就应该站起来亲热地叫一句或几句师叔，然后敬上一杯或几杯酒，然后要个电话加个微信什么的，这就接上头了。之后再把自己的论文或打算申报的课题请师叔过目指点，就不唐突了，就名正言顺了。学术界向来也讲裙带关系的。季尧的这条裙带，可是货真价实的裙带呢，不像院里有些年轻老师，弄个山寨版的裙带也系得十分自然，十分妖娆。再说，结交前辈让前辈指点提携，也不是什么不要脸的事情，自古以来许多文人没有出道之前不都要走这条路吗？李白清高不？不也写了"但愿一识韩荆州"的谒诗？杜甫高尚不？不也有"朝扣富儿门，暮随肥马尘"的时候？这是文人传统，风雅着呢！但季尧完全没有趁机认个师叔的想法，虽然在老尚的一再授意下，酒也敬了一杯，却没敬出什么诚意来——"我敬您一杯"。没说"敬师叔一杯"，只是泛泛的"敬您一杯"，这算什么？他和收发室的老泊同桌喝酒，都是"我敬您一杯"呢，他倒是一视同仁！

什么叫"朽木不可雕也"？什么叫"粪土之墙不可杇也"？这就是了！后来系里又请那个大牛来过一次，老尚再也不叫季尧作陪了。

系里善系裙带的年轻老师有的是，比如鲍小白，只一次，大牛就成她的"师叔"了。

老尚一面佩服那些年轻人的厉害，也笼络他们；一面又略略地警惕那些年轻人，也疏远他们。

　　所以何况才说老尚"是只老狐狸，琢磨不透"。

　　何况也就在季尧面前说说，他知道季尧嘴风紧，但说无妨。

　　但朱臾这个人，就不分对象场合逞口舌之快了，她说老尚这是"水性杨花"。

　　水性杨花本来是一个用来骂女人的词语，但朱臾用它来骂老尚了，这是朱臾的双重刻薄。

　　传到老尚耳里——是老马传过来的，老马和老尚走得比较近。系里但凡有什么关于老尚的不好言论，老马都会告诉老尚，有体己之意，也有给老尚添堵之意——这后一个意，是老尚的揣摩。虽然有点儿"以小人之心，度君子之腹"，但老尚总觉得老马对他，多少是有一些羡慕嫉妒恨的。

　　所以老尚当时打着哈哈，没有说什么，一副大人不记小人过的雅量样子。

　　一回到家，就气急败坏地骂朱臾："狗嘴里吐不出象牙。"

　　尚师母听了，也气急败坏："母狗嘴里吐不出象牙。"

　　说完了还不解恨，又气咻咻地补充一句："单身母狗嘴里吐不出象牙。"

　　尚师母在学校图书馆上班，对尚主任很崇拜的——自从老尚当上中文系副主任，她就开始叫老尚"尚主任"了，不仅和别人说到老尚称"我家尚主任"，就是在家她也是一口一个尚主任的，"尚主任，今天我买到南瓜花了，回头给你做个南瓜花炒牛肉。""尚主任，外面下着雨呢。"儿子小尚不爱听，"你肉麻不肉麻？尚主任尚主任的，别人听不清,还以为你在叫主人呢。"尚师母是南方人,普通话不怎么标准。"主任"听起来和"主人"确实没什么区别。但老尚似乎挺受用这个称谓。

对尚师母来说,老尚受用就行,至于小尚,他爱听不听。

皮之不存,毛将焉附。有老尚,她才是尚师母,没有了老尚,她什么都不是,这一点,她拎得清。所以无论老尚说什么做什么,她从来都夫唱妇随的。

不仅要夫唱妇随,还要多随一点,所以她在老尚的"狗嘴里"创造性加上一个"母"字,变成"母狗嘴里",又加上"单身"两个字变成"单身母狗嘴里",这是为了在老尚这儿表达她在卖力帮腔了。当然,加上"单身"二字,还有另一层表达。因为她和老尚过着美满幸福的婚姻生活,所以尚师母平日最是同情那些到了结婚年龄却没结上婚的女人,也最是看不起那些没结上婚或离了婚的女人。在她眼里,女人只分两种,结婚的和没结婚的。没结婚的女人,不论多优秀多出色,在她这儿,都是被同情和轻蔑的对象。

平日老尚如果听到"母狗"之类的语言,肯定要皱眉,觉得太粗俗了。他可是搞古文献学的,最讲究语言的含蓄典雅。但这种语境下听到尚师母说这两个字,他却觉得无比酣畅和愉悦。语言这东西,很奇妙的,"雅语言"有时候真不如"俗语言"有表现力。

他们两口子,倒是珠联璧合:一个崇拜对方的雅,真心实意地崇拜;一个讨厌对方的俗,表面讨厌其实却喜欢对方的俗——确切地说,是时雅时俗。

尚师母该雅时也是可以雅的,可以非常雅呢。当年他们恋爱时,有一回他在电话里问她在做什么,她深情款款地说"在看婵娟呢"。他当时听了挺高兴,觉得和这个把月亮叫作婵娟的女子结婚后会有共同语言的;即使现在,家里来了有身份的人,她也会说"蓬荜生辉"之类的文绉绉语言。

但有时候,从她说"婵娟"和"蓬荜生辉"的嘴里,突然又会蹦出"风骚""母狗"这样的词语。"我们单位的那谁谁谁,可风骚了。"第一回听到她这么说话时,老尚被惊得瞠目结舌。在中文系,不,应该说在他们这个圈子,几乎不可能听到"骚"这类字眼的,汉字那么多,同样的意思,完全可以用不同的字替代,比如他们议论徐毋庸又换了女人时,会说他"风流成性",议论学校某个生活作风不好的女老师,会说她"卖弄风情"或"不正派",没有谁会直接说"骚"这个字——说不出口的。

可尚师母说得自然而然,说得行云流水。

那个强烈反差的效果,在老尚这儿,差不多是李白《望庐山瀑布》的"飞流直下三千尺,疑是银河落九天"。或者是苏东坡《水调歌头》的"乱石穿空,惊涛拍岸,卷起千堆雪"。

当然,用李白的"银河"和苏东坡的"千堆雪"这样美好的意象来描述尚师母嘴里蹦出的"骚"字给老尚带来的冲击,实在是不敬——既是对李白和苏东坡的不敬,也是对"银河"和"千堆雪"的不敬,按说作为中文系的系主任,一个搞了几十年古文献的教授,听到如此粗俗不堪的字眼,应该有不堪入耳之反感,应该马上对她进行谆谆复谆谆的教诲的,但很奇怪,他听了没有一点儿反感,也没有一点儿不堪,反倒觉得十分刺激,心理和生理几乎同时生出了一种按捺不住的兴奋和蠢蠢欲动。怎么说呢?类似于第一次看没有删节的《金瓶梅》,第一次读到薛蟠的《女儿乐》酒令,或者第一次在荷兰阿姆斯特丹看橱窗里只穿了大红丁字裤的妓女,用惊艳来形容也不过分。

虽然这艳,是俗艳,和李白的"银河"苏东坡的"千堆雪"的雅艳不是一回事,但俗既雅,大俗既大雅,也是异曲同工了。

当然,"大俗大雅"这冠冕堂皇的说法,老尚并没有告诉尚师母,不但没告诉她,甚至在表情上还流露出一副"你怎么说出这种话来"的嗔怪。

尚师母虽然文化程度不如老尚,只是一个中专生,但在如何揣摩和迎合尚主任的心理和生理需求方面,也很有自己一套的。她一下子就看破了尚主任那欲迎还拒欲就还推的崔莺莺做派。

知识分子,尤其是高校里的知识分子,在尚师母看来,一个个都是《西厢记》里的崔莺莺。面上是知书达理能诗能赋的千金小姐,私底下也是不知礼义廉耻的骚货。

她在大学图书馆工作几十年了,别的没见过,知识分子可是见多了。

虽然第一次在老尚面前说"我们单位的那谁谁谁,可风骚了"是她一时疏忽大意。她把老尚当成图书馆的同事了。她一直有两套语言系统的:一套学院语,一套非学院语。她在家和老尚说话都用学院语的,在广场或菜市场之类的地方也用学院语——和老尚说学院语还好理解,毕竟夫妇需要共同语言嘛,并且尚师母又喜欢夫唱妇随,可为什么要在广场和菜市场说学院语呢?这似乎有些费解。但尚师母有尚师母的逻辑,或者说心得体会——对那些不会讲学院语言的人讲学院语言,才显出自己的文化背景,显出自己的大学人身份。"你们这些大学里的人",一起跳广场舞的女人动不动就这么说,语气里不无羡慕之意,她听了总是矜持地笑笑。老实说,也就在那些人那儿,她是个货真价实的"大学里的人"。而在大学里呢，她一个大专生，一个图书馆员，倒像个冒牌货。所以尚师母很迷恋和珍惜自己在外面的这个身份。在外面说话行事的作风，从来都是很学院派的。她这是反弹琵琶了。女人都有这种小聪明的，或者说小伎俩。和女人爱涂脂抹粉一个道理。谁不需要在别人眼里活得漂亮些、身份高贵些呢？但她也不能整天说学院语，毕竟另一套语言系统才是她的母语，是嫡亲的，根深蒂固的。就算不高级，也还是不能不说的，不过是在小范围说，就他们过刊部的几个女人，身份处境和她差不多的。也许都憋坏了，所以在一起说起话来就有一种过犹不及的粗鄙放肆。尤其那个负责外文期刊的郝敏。但郝敏喜欢夹杂了英语说非学院语——好像夹杂进几个英语单词的非学院语，就变得和学院语一样高级了。"你看看那个赵 bitch，她以为她的大屁股是牡丹花呀？扭成那样，想让男人 fuck 吗？"尚师母一开始没听懂，以为 bitch 是荸荠呢，还觉得蹊跷，人家赵燕子白白净净细细长长，看起来像新剥出来的茭白一样，和紫不溜秋圆咕隆咚的荸荠有什么关系？但她把蹊跷藏在肚子里，不问。别人笑，她也笑，还比别人笑得响亮些。后来还是大周忍不住问郝敏："你总 biqi、biqi 的，biqi 到底什么意思？"郝敏撇撇嘴："什么意思？就是母狗的意思，就是婊子的意思。""那 fake 呢？"郝敏也喜欢说 fuck，一天到晚要 fuck 无数次呢。"fuck 呀，就是操呗。"三个女人咯咯咯地笑了起来，尚师母这下笑得心领神会笑得花枝乱颤——很粗壮的花枝，所以颤起来动静颇大，但没关系，过刊部在图书馆顶楼呢，和其他部门隔得远远的，所以她们可以自由自在不知羞耻地说笑。尚师母一边笑，一边又开始腹诽郝敏。郝敏的老公是外语学院的副院长，所以郝敏能用英语单词骂人，这是狐假虎威了，也是炫耀了，和有钱人家的女人穿金戴银炫富一个道理。尚师母还是坚持用中国话骂人，中国人用中国话骂人才正宗才地道，一个中国人用英语骂人，就好像一个中国人做西餐，怎么说都是不伦不类。郝敏不在时，尚师母的腹诽就会变成口诽。大周也觉得尚师母说得很对，骂一个女人 bitch 确实像隔靴搔痒似的，不得劲儿。"你看看那个赵骚货"听起来多地道多有感觉，这才是不折不扣的中国风，和旗袍一样。所以她们俩聊天时就把郝敏的 bitch 翻译成了骚货，刘 bitch 赵 bitch 谢 bitch，图书馆里有好几个 bitch 呢，在大周和尚师母这儿统统成了刘骚货赵骚货谢骚货。简称刘骚赵骚谢骚。有一回，赵燕子到过刊部来有点什么事，大周还对了她本人问："赵骚来了？"倒不是故意，只是说溜嘴了。好在赵燕子一时没听清，还以为叫她赵嫂呢，当时就不高兴了："谁是赵嫂？"赵燕子虽然也三十多了，但她喜欢当赵小姐，永远的赵小姐。大周马上改嘴："我错了，是赵小姐，赵小姐。"这才作罢。尚师母那句"我们单位的那谁谁谁，可风骚了"也是说溜嘴了，她一时搞混了她的两套语言系统。别说老尚听了猝不及防，她自己反应过来也难堪得很，好像把睡裙穿到了单位一样。

然而，让尚师母没想到的是，老尚没有怪罪她，不但没有怪罪她，而且奖励了她。那天中午，尚主任竟然没有和往常一样饭后就急着去办公室工作，而是在小酌几杯后，满脸酡红地和她"午嬉"了。

老尚已经很长时间没有和她"午嬉"了，别说"午嬉"，连"夜嬉"现在都约等于无呢。但那天，他很酣畅淋漓地和她午嬉了一回。

这真是歪打正着。

打那之后，尚师母对老尚说话，就画风大变，由学院语变成非学院语了。

虽然老尚每次听到她说"这个骚货""那个骚货",依然会装模作样地皱皱眉,但皱眉之后,他们总是会有一次高质量的"午嬉"。

很灵验,简直像阿里巴巴的"芝麻开门"一样。

所以尚师母的非学院语,用得越来越花哨百出越来越变本加厉。

骂朱臾"母狗"什么的,在老尚听来,已经没有什么刺激性了。他更爱听尚师母骂鲍小白——"你们系里那个鲍小白,听说读博士时和导师睡过的。"

"众女嫉余之蛾眉兮,谣诼谓余以善淫。"尚师母和她同事的话,应该属于那一类谣诼吧?不然,鲍小白和导师睡没睡过,她们怎么知道?子非鱼,安知鱼之乐!不,安知鱼之睡!不过,也难讲,女人这方面的直觉很可怕的,老尚发现,尚师母每次谣诼的对象,似乎都是老尚比较喜欢的类型,有时老尚自己都还没察觉出自己的心意呢,她那儿先谣诼上了,简直有"春江水暖鸭先知"之本事。比如鲍小白。老尚一直以为自己是不喜欢鲍小白的。这女人太玲珑了。他不喜欢太玲珑的人。虽然系里有活动或应酬的时候,他总是叫上鲍小白,但老尚觉得那是为了工作。毕竟鲍小白能干,或者说拿得出手,风度举止有一种见过世面的落落大方。所以不论学校的大小领导,还是从外面请来的大牛学者,对她印象都很好。每次只要她在,场面都是如沐春风的。老尚因此理解了鲍小白的博导——如果那个"和导师睡过"的传言是真的。鲍小白在一般人眼里,长得也就那样,至少不是"手如柔荑,肤如凝脂"的美人。她虽然叫鲍小白,皮肤却不白,几乎算得上黑了。但她身材好,走起路来有一种学院女人所没有的曲折窈窕。胸部也饱满,相对她的身材,有点儿太饱满了,也不太符合老尚传统的审美精神。但老尚在尚师母开始谣诼鲍小白之后,才发现自己好像也不怎么讨厌鲍小白的，至少每次看到她曲折窈窕的身影心情是很愉悦的。

但也就仅止于这种愉悦，不会有更多。他在这方面持中庸之道，"中庸之为德也，其至矣乎。"老尚很赞赏这种道德观，什么事情得体就好，不能太过头，过犹不及。像章培树那种，听说他和他夫人几十年如一日相敬如宾举案齐眉，那也太古板了，人家汉代的张敞还懂闺阁画眉之乐呢。一个现代人——按他们家小尚的说法，还不止现代呢，都后现代了——一个后现代人，老夫老妇还在那儿举案齐眉，实在太没意思了。但像徐毋庸和鲍小白导师那样，又太风流了，那也不行，会坏了自己的名声。相比之下，老尚还是认为自己尺度把握得最好，既没有失去夫妇生活的乐趣，又顾全了读书人的名声。

这也是老尚一直比较欣赏季尧的原因。孔子说：不得中行而与之，必也狂狷乎！如今的年轻老师，就是不爱中行，要么狂，狂成司马和朱舆老师那样；要么狷——狷用现代网络语来说，就是很佛系，什么都不为，清心寡欲。作为领导，这两种人其实都让他头痛，狂自然让他吃不消，但一味狷着也不行。学校还是希望年轻老师要广阔天地有所作为的。而季尧的"露台读书会"在老尚看来就正好，不狂不狷，有所为，又没有太有所为。

当然，最关键的还是季尧的读书会合乎杜校长的"情怀教育说"。徐毋庸和顾春服虽然也搞了读书会，但他们读书会的猫腻，老尚心知肚明。姚老太太说"徐毋庸的读书会是夜总会，顾春服的读书会是卖书会"虽然尖刻了点，但也没冤枉他们，不但没冤枉，甚至可以说一语中的。不过，顾春服的读书会，老尚倒不太担心。老顾这个人，怎么说呢？也就是有点小农意识，捅不出什么大娄子的。倒是徐毋庸的

"夜航船",万一出点事,那就不得了。这个徐毋庸,老尚是看不惯的,一个单身老男人,成日把自己打扮得山青水绿花枝招展的,还把女学生弄到家里来,"他想干吗呢?"老尚问,当然也就在尚师母面前问问。尚师母听了,比老尚还愤慨呢,"是呀,他想干吗?"两夫妇又一次同仇敌忾鸾凤和鸣了。尚师母比老尚还讨厌那些喜欢老牛吃嫩草的男人了。"太肤浅了!"她嗤之以鼻,"这些老牛,不懂岁月美,在他们眼里,圆明园还不如新建的公共厕所美呢。"还别说,这比喻还真是有点水平,老尚忍不住沾沾自喜,这也是他的教育成果呢,是长期受他熏陶的结果。可惜,这个成果不能用来填表,不然,个人业绩方面又多了一项。尚师母建议他私下找几个女生过问一下"夜航船读书会"的事情,一方面是为了保护女学生,另一方面也是为了保护自己。到时真发生点什么,他这个做领导的,也算作为过了。老尚觉得这建议不错,既冠冕堂皇,又明哲保身,十分合乎老尚的行事风格。夫妇做久了,就有你知我知的好。于是老尚果真去找了两个经常参加"夜航船读书会"的女生谈话,还打开了手机的录音,但两个女生也不知是思无邪,还是其他,把徐毋庸和徐毋庸的读书会吹得天花乱坠。说徐老师如何风趣幽默如何知识渊博,读书会又如何如何有意义,既开拓了学生的视野,又陶冶了学生的情操,又加强了师生之间的情感联系,这么听下来,简直可以作为杜校长"情怀教育说"的典范来推广。但老尚才不会把徐毋庸的读书会当成典范呢,他信不过徐毋庸。

但他信季尧。

而且,比起徐毋庸的客厅读书会,季尧的露台读书会也更接近杜校长的意思。杜校长"情怀教育说"的经典例子不是陈岱孙的"静坐听雨"吗? 那季尧和学生在露台上"静坐看月",效果和意境应该也差不多吧?

不过,老尚认为在露台搞读书会也只能偶尔为之,要季节合适,比如秋季,秋季的月亮又大又美,才有看头,春花秋月嘛。所以曹雪芹夸宝玉的长相是"面若中秋之月,色若春晓之花"。可见秋月是美的事物。苏东坡的月亮词,李白的月亮诗,也都是看着秋天的月亮写的。至于其他季节,比如春季,读书会可以放在小花园搞嘛,"花下读书",那又是一个陈岱孙"静坐听雨"了,两者的意境差不多。这么一想,季尧的读书会真是可以大做文章呢。

不过,文章的谋篇布局可以慢慢来,但开篇老尚已经想好了,就是给季尧配一把教师休息室的钥匙。

读书会秋天可以放露台搞,春天可以放小花园搞,但夏天和冬天呢? 夏天有蚊子,他们学校绿化好,蚊子可是有名的凶猛;冬天有风,他们学校在江边,风也是有名的凶猛,被学生叫"妖风"呢。"我站在校门口,妖风中凌乱。"有学生戏仿舒婷的《致橡树》,作了一首叫《致槭树》的诗,还谱了曲,可是流行得很,尤其冬天,经常会听到学生吼这一句。所以老尚觉得,读书会还是需要一个教室。

本来配钥匙这事老尚完全可以交代办公室的小喻去做的,系里杂七杂八的事情一般都是小喻做,系办公室主任嘛,职责不就是这些吗? 但这事老尚只让小喻做了前一半 —— 去商业街配钥匙,至于后一半 —— 把钥匙交给季尧,是老尚亲自做的,这也是老尚的风格,喜欢平易近人地做好人好事,系里但凡要给哪位老师一丁点奖励或好处,老尚都是事必躬亲。老师们有好消息了,比如上了职称,拿了课题,或者指导的学生论文得了优秀论文奖,老尚也会在第一时间喜气洋洋地给那个老师打电话。所以章培树把老尚叫成"尚喜鹊"。与之相对应的，系里还有一只倒霉的"李乌鸦"，那是副系主任李榆枋。李榆枋是老尚一手栽培提拔的，因为"有任劳任怨的美德"。这话是老尚当时在院领导面前的推荐语。"什么任劳任怨的美德？还不是因为好用。"顾春服说，那语气似乎是在说一只夜壶。

大家笑笑，没人接顾春服的茬，因为知道他们之间的恩怨。顾春服当时也有"学而优则仕"的想法，并且参加了副系主任职位的竞聘。以顾春服的年龄和资格，这是降贵纡尊了，然而竟然没竞聘上，没竞聘上的原因是老尚反对。老尚认为顾春服没有领导的基本素质。一个领导，且不说能力如何水平如何，首先要有"天下为公"的思想，但顾春服这个人，正好倒过来，不是"天下为公"，而是"天下为私"。卖书给学生从中渔利这事众所周知，还有许许多多众所不知但老尚知的为私行为：把办公室的拖把拿回家用，在系打印室弄虚作假——系里为了方便老师，让老师们考试期间可以用系打印室免费打印学生成绩单什么的，这也是考虑到有些老师家里没有打印机，别人一般也就打印个几张或十来张，但顾春服每个学期可以打印上百张成绩单，至少在备注栏里他写的是成绩单。鬼才信呢，什么成绩单需要打印上百张？老尚让李榆枋去找打印室的小苏了解一下情况，果然顾春服打印的不是什么成绩单，而是《多肉植物图鉴》之类的东西。听说顾师母爱养多肉。老尚听了李榆枋的汇报之后，只是笑吟吟地说了句"这个老顾呀"就没有下文了。李榆枋还纳闷，既然这样，何必让他去调查呢。

这就是李榆枋和老尚的差距了，引而不发才有威慑力呢，就如一个人持枪一样，持枪只是防身，并不是为了开枪。老尚不是那种动不动就砰砰砰乱射一通的人，老尚沉得住气，不到万不得已他是不出手的。中文系是大系，一百几十号人呢，林子大了，什么鸟都有，对付不同的鸟要用不同的方法，有些鸟不听话要冷落它，或者用黑布罩上笼子关禁闭，有些听话的鸟要利用条件反射奖励它食物，有些呢时不时用手给它温柔地捋捋毛——多数时候老尚喜欢用这一招，柔能克刚，老尚虽然认为自己是儒家，但他对道家的某些思想，特别是《道德经》里的"天下之至柔，驰骋天下之至坚"特别推崇。对付那些刺儿头，有时怀柔效果更好。而对付那些"温良恭俭让"，就不妨倒过来，可以铁腕一点。当然，这也不能一概而论，有时也需要以刚制刚，不然，那些刺儿头最后会骑到你头上来拉屎拉尿。文人都喜欢捏软柿子。所以刚柔并济是最好的，或者说外柔内刚。掌握顾春服弄虚作假的事实就属于"内刚"之一种，但这些道理李主任不懂——系里也就老尚叫李榆枋李主任了，老尚这么叫是有继往开来之深意的：一是提醒他不要忘记过去是老尚提拔了他，他才成为了中文系副系主任；二是暗示未来老尚还可能让他成为名副其实的李主任，至于未来到什么时间，那就不知道了，总要等老尚退下来之后。老尚已经五十五了，学校规定院系领导的年龄不能超过五十八的。这也是李榆枋为什么对老尚忠心耿耿的原因。顾春服嘴里的"好用"，在文化人耳里，是很难听的，因为"君子不器"。但李榆枋一直是老尚的器，或者用朱舆老师的叫法，是老尚的"拙荆"。反正系里没有谁喜欢李榆枋，但喜欢老尚的人，还是有不少的，尤其是那些刚来不久的年轻人，或者那些"一派天真烂漫"的人。毕竟中文系的好人好事都归老尚做了，而丧事都归李榆枋做，谁会喜欢一只"李乌鸦"呢？

但老尚的好人好事在季尧这儿却碰了个钉子。

季尧忙不迭地推辞说:"不用不用。"好像老尚手里的钥匙,是一个烫手山芋。

老尚没指想看到季尧受宠若惊的样子,季尧没有那个脑筋,他对那个在学术圈不说呼风唤雨,至少有相当话语权的大红大紫的师叔尚且那么不冷不热,还能指望他会对系主任手里的一把钥匙表现出受宠若惊的样子? 不可能的。但老尚也没想到他郑重其事递过去的钥匙会遭遇季尧一连声的"不用不用"。为什么不用呢? 在人文楼有间可以自由使用的房间不好吗? 前不久鲍小白还在"青年教师风采"的校园主题活动上搞了个讲座,题目就叫"两个维度看高校青年女性的生存现状——从伍尔夫的《一间自己的房间》谈起"。他去听了,坐在前排,鼓励和支持青年老师嘛。鲍小白从家庭和职业两个维度谈了女老师的困难,呼吁学校给每个女老师一间办公室,省得女老师的学术不断被家务所打断。大家热烈鼓掌,尤其是那些年轻女老师。老尚也鼓掌了。是支持鲍小白,不是支持鲍小白的观点。对鲍小白的观点,老尚不敢苟同。各有各的难。女学者要在家务和学术之间找平衡,用鲍小白的话来说,是"戴着镣铐跳舞",确实不容易。但男学者虽然不用做家务——有的男学者其实也做家务呢,比如文艺点的老孟,每天也要买菜做饭,有时他急匆匆走进教室或会议室的时候,首如飞蓬,衣衫不整,讲义包里还会探头探脑地露出绿油油的芹菜叶子莴苣叶子来呢。"老孟匆匆进教室,一叶莴苣出包来。"有学生写了打油诗调侃孟老师。可老孟的学问不是照样做得很好? 可见家务和事业也并非是顾此失彼的关系,处理好了的话,两者也是可以兼顾的。

当然,老孟属于朱臾嘴里的"奇葩男",没有代表性,因为多数男学者在家里是"十指不沾阳春水"的。但她们不懂,男学者的难,比家务难多了，女老师买个菜做个饭算什么？诗意一点看，那是"采菊东篱下"，是"洗手做羹汤"。那画面，清新得很，旖旎得很。就算不诗意地看，那也是劳逸结合，类似于广场舞瑜伽一样的身体动作。可男老师要面对的，是你死我活的竞争，是逐鹿沙场的残酷。事业对女老师来说从来可进可退，愿意的话就搞搞，不愿意的话就躲进温馨的厨房。可事业对男老师来说，那是华山一条道。只能进不能退的。就算不愿意，也只能硬起头皮搞，因为他没有厨房可躲。厨房里的女人是好女人，厨房里的男人是窝囊男。不过，这些和鲍小白相抵牾的想法老尚不会说出来，君子和而不同。但鲍小白的有些观点，他还是同的，比如房间的重要意义。人在世上，说到底不就是为了争取一个相对大的空间？打江山之类的说法，到底有些大而不当，还是房间更适合表达普通人的愿景。"从《一间自己的房间》谈起"，鲍小白的讲座题目，真是直抵当下的世道人心。不论女老师，还是男老师，都十分认同房间的意义，都在为了实现一间自己的房间而奋斗。可季尧竟然对他主动提供的房间钥匙说"不用不用"。

老尚不悦，十分不悦，说季尧不识抬举虽然有些言重，但季尧的"不用不用"确实属于不识抬举的行为。

"为什么不用呢？"老尚按下不悦耐烦地问。

"露台就挺好的。"季尧说。

"万一遇刮风下雨呢？南方上半年雨水多，特别是春天，经常下雨呢。"

"那要看下什么雨了。"

"怎么讲？"

"如果下的是小晏的'微雨燕双飞'那种雨，就不妨了。"

"如果下大雨呢？"

"下大雨就改时间，或者停一次。"

"这总归不太好吧，既然是教学活动，就要有规律。怎么能随意改动或停办呢？而且，露台是大家的露台，也不是你季老师一个人的，万一有别的老师先占用了，怎么办？"

这倒是发生过的。有那么几次，他们上去的时候，已经有别的老师站那儿半闭了眼怡然自得地吹着风呢，春夏在楼顶露台吹风，确实有心旷神怡之美妙。有浪漫的老师，还会拿上啤酒，做把酒临风状——三楼哲学系的一个老师，应该是哲学系的吧？季尧和他不熟，但一个楼住着，彼此间照面还是经常打的——就喜欢拿瓶啤酒站露台上一边喝着一边吹着。那也没关系，露台很大，他在那边吹他的，他们在这边谈他们的。

当然，因为季尧他们人多，你一言我一语的，就算声音不大，也还是影响到人家吹风的心情和意境，毕竟在露台吹风这种事情，还是要意境的，如果不要意境，何必上露台来呢，干脆就在房间里吹，房间都有电扇呢。何必舍近求远来露台？所以每当季尧他们上来不久，吹风的老师就会悻悻离开。

季尧对此多少还是有些不好意思的，怎么说呢？还是妨碍到了别人，而季尧不喜欢妨碍别人。

所以老尚这么一说，季尧就心动了。或许有间教室也不错。至少不妨碍别人到露台吹风了。

季尧挠挠后颈窝，勉为其难般地把钥匙接下了。

老尚觉得好笑，明明季尧应该感谢他的，结果呢，倒成了自己煞费苦心地求他了。

不过，老尚不和季尧计较。老尚还是那个理论，林子大了，什么鸟都有，对付不同的鸟要用不同的方法。季尧这只鸟，属于——属于什么鸟呢？老尚觉得不太好归类。反正绝不是"百啭千声随意移"的画眉类，也不是其飞戾天的鸢类。那是什么呢？好像有点像小尚说的鸮鹦鹉。小尚说新西兰的鸮鹦鹉是世界上最蠢萌的鸟，有翅膀却不会飞，不会飞却喜欢爬到树梢上登高望远，结果经常从树上掉下来摔死。而且有掠食者来了还不会逃跑，就那么一动不动地待在原处坐以待毙。所以全世界这种鸟只剩一百四十七只了，高度濒危。

季尧似乎就是一只鸮鹦鹉那样的濒危鸟种。

这么一类比，老尚之前的一点不悦就不翼而飞了，并且还生出了给它捋捋毛的温柔心意。"季老师，如果你的读书会需要活动经费，系里也可以适当支持的，回头我和李榆枋主任好好研究一下，看看这部分经费从哪里支出合适。"

老尚自己都被自己感动了，他对季尧真是好哇。"同样都是读书会，为什么厚此薄彼？为什么区别对待？"万一顾春服知道了，一定会这么说，搞不好还要闹将起来。徐毋庸这方面倒是不必担心，那个人一向骄傲，对经济嗤之以鼻，系里年终发津贴，什么时候发，发多少，他从来不过问一句，甚至发没发，他可能都不知道呢。这一方面说明徐毋庸不关心经济，另一方面也说明系里发的钱实在不多。"仨瓜俩枣的，有什么好盯着的？"徐毋庸不屑地说。但顾春服对于这"仨瓜俩枣"屑得很，会一再找小喻核对，自己是多少，别人是多少。不但要知其然，还要知其所以然。搞得小喻一听到顾教授叫"小喻小喻"就很紧张。倒不是怕账目有问题，而是和顾教授说不清楚。"这个是怎么算出来的？"差不多对每一项金额，顾教授都要求小喻再当面给他演算一遍。不仅要算他的，还可能要算其他人的，有时一遍不行，还要再来一遍，前一遍和后一遍数目如果没对上，那么就得再算一遍，把小喻都逼疯了，远远看见顾教授的身影，就吓得像老鼠见了猫那样绕着走。所以老尚不怕那样的顾春服闹，厚此薄彼怎么了？区别对待怎么了？教育部还厚此薄彼呢，还区别对待呢，如果不厚此薄彼区别对待，为什么设985学校设211学校？为什么搞百万千万这个江那个江人才项目？就是为了重点发展嘛，以点带面嘛。如果顾春服闹，老尚正好借这个机会，向校长汇报他的工作思路，他对年轻老师的支持和政策的导向。校长在会上三令五申，要各院系"激励青年老师的积极性"，他这就是在激励青年老师的积极性呢。

但季尧没有理解他的用心良苦，又挠了他的后颈窝说，活动经费？为什么需要活动经费？

没办法，老尚又只得循循善诱了。

"你们这个读书活动不可以搞得丰富多彩些？比如去香樟书店，搞一个'在香樟读书'的活动。比如去师大，搞一个'和师大中文系学生共读什么什么书'的活动。比如去附近哪个小区，搞一个'文学进小区'活动。搞这些活动都需要经费的嘛，交通费呀，午餐费呀，茶水费呀，等等。"

"不用不用。"

天哪！又是"不用不用"。这只鹦鹉。

"为什么不用呢？"

"我就是和自己的学生随便聊聊读书心得而已，不想搞那么多花样。"

"这怎么是搞花样呢？这是致敬校园青春生活呀，之前不是有学生搞了个毕业献礼主题活动，我记得海报标题就叫'致敬我们的校园青春生活'，你这个读书会不就是致敬校园青春生活的最好方式吗？比他们宣传的什么看电影呀，校园马拉松呀，后街撸串呀，专业多了！有意义多了！日后他们毕了业，回忆起季老师的读书会——虽然'露台读书会'也不错，但如果活动再丰富多彩些，不是让学生更难忘？形式的意义有时就是内容的意义，所以人类才需要仪式呀。同样是看日出，在露台看，和在泰山日观峰看，会一样？同样是一朵牡丹花，在我们隔壁农科所看，和在洛阳看，会一样？季博士，你是文学博士，这个道理自然比我更懂的。"——老尚对季尧的称谓有好几个，有时是小季，有时是季老师，有时是季博士。叫什么要视情况视心情而定。

可季尧就算懂，也不愿为了看日出千里迢迢去泰山看牡丹千里迢迢去洛阳。季尧虽然不否认形式的意义，但他也不认同老尚的"形式的意义有时就是内容的意义"。形式是形式，内容是内容，用形式取代内容，怎么说，这也是舍本逐末了，是买椟还珠了。但现在学校上上下下，形式主义风气似乎十分浓郁，大家都在认认真真做表面文章。那些行政机关，标语口号日新月异，但工作效率和工作态度却一直是老爷风官僚风；老师们也一样，PPT课件做得花里胡哨，上起课来就照本宣科；课题申报材料做得很用心，课题完成得却很浮皮潦草，甚至还会弄虚作假。然而这些表面文章也行得通，不但行得通，还"春风得意马蹄疾"呢。但反之的话，就处处受掣肘，处处受欺负。学校里老实教学的老师本来就不多了，这样一搞，还有谁会认真教学呢？认真做科研呢？老师不认真教学，教育不是殆矣？季尧和何况聊到这种事情的时候，总是一副既义愤填膺又忧心忡忡的杜甫式表情。"这些事情，自然有肉食者谋之，你一个食草小民，又何间焉？"何况有时真觉得季尧大而不当，自己不过是一个普通老师，又不是教育部长，又不是校长，你去操心教育做什么？教育殆矣不殆矣关你什么事呢？有这替教育忧心忡忡的工夫，不如闭门造车写文章，然后找关系在C刊上发了，早点评上副高才是正经。不然，教育还没殆矣，你先殆矣了呢。当然这后半句何况不会说，就算说了，估计季尧也不会听。不是所有的好话都有好结果的。史湘云好心好意劝宝玉仕途经济，结果被宝玉皱了眉恨恨地说："林妹妹不说这些混账话，要说这话，也和他生分了。"薛宝钗小心翼翼劝宝玉读书做学问，宝玉也生气骂她"沽名钓誉"。虽然季尧不至于像宝玉那样不知好歹，但季尧这个人不好说，有时疏可走马，有时又密不透风。一般情况下，他不太吱声，但如果哪句话正好和他卯不对榫，他也会梗得像斗鸡，憋红了冠子和人理论。而何况不是爱理论的人。没用。谁不爱风流高格调呢？但风流高格调不能当房子住，也不能当饭吃。你季尧再清高，一到饭点，不也得拿了饭盒往食堂走？比我走得还快呢，比我吃得还多呢。但这话何况不能说，一说，朋友就做不成了。再亲密的朋友，也是有所言有所不言的。所以当季尧在那儿或慷慨激昂或低回婉转时，他就同情地笑笑，一副"深以为然"的样子。也正因为此，他们的友谊之树才得以长青。这都要归功于何况。如果是两个季尧，那友谊的小船早翻了无数回了。

不过，就算季尧爱理论，他也不会和老尚理论的，不是因为老尚是系主任，而是他们之间没有理论的基础。辈分不同，关系不同，尤其教育理念不同。两个人的理念要大概差不多，才构成理论的可能。如果完全南辕北辙，还理论什么呢？季尧也是有所言有所不言的，这一点和何况相同，何况言与不言主要看事，季尧言与不言主要看人。

人对了，就言，人不对，就不言了。老尚就属于季尧不言之人。说对牛弹琴可能有些不妥，因为失礼了，但至少可以说一句"道不同不相为谋"。季尧迂，却也没有何况和老尚以为的那么迂。许多事情也是明白的。比如老尚吹得天花乱坠的所谓的"仪式"、所谓的"丰富多彩"，在季尧看来，是一种典型的校园形式主义。季尧很反感各种主义，尤其形式主义，认为它比其他主义危害更大。其他主义，比如官僚主义，比如教条主义，比如犬儒主义，那些主义当然也不好，但大家知道它们是不好的，所以不能大行其道。而形式主义那么冠冕堂皇，总是以这样那样的名义，开展这样那样的活动。劳民伤财是小事，关键是它伤害了真实。真善美是教育的首要目标，真育排第一，比善育重要，比美育重要。所以亚里士多德说："吾爱吾师，吾更爱真理。"伤害真，就是最大程度的伤害教育。

"一语天然万古新，豪华落尽见真淳。"这是元好问评陶渊明诗的话，也是季尧的教育原则和美学原则。

老尚那些"丰富多彩"的活动建议，在季尧看来，就属于"繁华"。而季尧不要"繁华"，要"真淳"。

老尚见季尧不吱声，还以为他的循循善诱起作用了，于是继续为季尧出谋划策。

"搞这些活动，首先要印海报，这些海报我们系打印室印不了，因为他们没有彩打，彩打你可以去商业街，那边有好几家文印店呢，其中一家叫'美佳文印'，他们可以做很漂亮的海报，你到时把打印票据保留好，找李榆枋主任签字，就可以去财务那儿报销了。"

季尧一听，更不想搞那些"丰富多彩"的活动了。为什么要搞呢？他们现在就好得很，十几个同学，差不多每次都来的，下周读什么书，主题是什么,这周预先就说好了,下下周的书呢,下周又说好了。就算偶尔有变化,因为进度有时会快一点,有时会慢一点,也无所谓,反正也没有什么教学计划,也没有督导监督——对季尧来说,这也是读书会美妙的地方,他可以天马行空地讲,学生就天马行空地听。或者学生天马行空地讲,季尧天马行空地听,听到一定时候,他再把天马的缰绳收一收,就行了。季尧喜欢这种教学方法。不愤不启,不悱不发。让学生在那儿且愤且悱着,既对学生开动脑筋有意义,也可以节省自己的口舌,何乐而不为?

当然,这种教学法也只限于研究生,上本科生的课就不能用了,一是因为本科生还没到且愤且悱的阶段,二是因为有老督导来听课,督导会认为这是老师在偷懒。但读书会督导就督不着了,谁爱讲谁讲,谁爱听谁听,没人管。所以他们的关系,比在课堂上随便多了,自由多了。老师经常不像老师,学生也经常不像学生。有时气氛好过了头,有的学生甚至不叫季尧季老师了,而叫季尧老季了。"老季,你有没有女朋友?"费丽丽问。费丽丽经常变着花样套季尧的话:"老季,芸娘这类型的女性是你心目中理想的女性吗?"讲沈三白的《浮生六记》时,费丽丽突然插进这么一句。"老季,《红楼梦》里的七十三个丫鬟,如果让你随便挑,你会挑谁做你的丫鬟?"讲《红楼梦》时,费丽丽又突然插进这么一句。陈科这时就会批评她:"费丽丽,你别捣乱行不行?""你闭嘴,陈科,我怎么是捣乱?我这是理论联系实际,用人文楼走廊墙上的那句话来说,就是'用文学关照现实'呢。"费丽丽歪了头,明眸皓齿看着季尧说。

读书会上的其他人,主要是中文系的几个女生,这时会意味深长地互相看上一眼,她们是不喜欢费丽丽这么反客为主的。明明是她们的老师，可这个美术系的女生却总"老季老季"地叫，显得她和季老师关系多亲密似的。其实季老师对所有学生一视同仁。这是季老师的好，没有门户之见。不像有的老师，只对自己门下的学生好，而对别人的学生就提防着疏远着。女生一方面看不起那种狭隘的老师，一方面又希望季尧也狭隘一点，至少分出个亲疏远近，省得费丽丽这样的外系女生，蹬鼻子上脸，不把自己当外人。不过，费丽丽关心的那些八卦——虽然她自己美其名曰"用文学关照现实"，她们也感兴趣，哪个女生不爱听男老师的八卦呢？尤其还是季尧这样男神级别的男老师的八卦。所以她们面上虽是一副云淡风轻、不以为然的样子，耳朵却像小老鼠那样支棱了起来。可季尧这时候总王顾左右而言他。

季老师似乎不喜欢在学生面前谈自己的私生活。有的老师是喜欢谈的，比如杜丽娜老师，最喜欢谈她的保姆，有一次关于她家保姆的审美问题足足谈了二十分钟，还有一次关于她家保姆的道德问题又足足谈了三十分钟，学生计了时的。有一个学生甚至据此写了一个小小说，叫《我家的保姆》，发表在校园杂志《尔雅》上。小说仿的是冰心《太太的客厅》的那种写作手法，极其幽默，也极其讽刺，里面的女主人除了右唇边上多了一粒黑痣，其他方面和杜丽娜老师简直惟妙惟肖。这小说在中文系流传很广，也不知杜丽娜老师看了没有，反正之后她再也没讲过她家保姆的事了。不仅杜丽娜老师不讲保姆了，其他老师，比如以前上课特别喜欢讲他家猫的老孟——老孟养了一只叫小白的母猫，各种古灵精怪，被他称为"中年的慰藉"，老孟爱它爱得不行，微信的个性签名都是"我与小白不出门"，同学每每会拿这个打趣孟教授："原来和孟老师执子之手与子偕老的，不是孟师母而是小白呀"。"师母的老三防——'防火防盗防女生'，看来不适合孟师母，孟师母的三防要改成'防火防盗防小白'。"老孟听了也不以为意，仍然在上课时动不动就迤逦到小白那儿，但现在刚一说出"小白"两个字，就会想起什么似的戛然而止了。前车之鉴呢，老孟也怕学生写一个叫《教授的猫》或《中年的慰藉》小说呢。现在的学生和以前的学生可不一样了，以前的学生就算对老师有意见，总还有"为师者讳"的禁忌，最大程度也就腹诽或者私诽一下。而现在的学生百无禁忌。他们是后现代，最擅长和热衷的事情，就是解构和否定权威——还不是革命年代那种简单粗暴方式的否定，而是"精致的否定"。钱理群先生不是说过吗，大学是培养精致的利己主义者的地方。利己主义其实不是大学的特色，那是人类的共性，精致才是大学的特色。所以，学生一面精致地嘲讽着，一面又听得津津有味，毕竟老师的私生活比专业知识有意思多了。

但季尧不讲自己的私生活。不是因为怕学生写他，而是不好意思。张爱玲说，谈自己的文章，相当于把自己的肚脐眼儿给别人看。季尧虽然不怎么喜欢张爱玲的小说——这一点，他和老尚倒是一致的，季尧也不喜欢张爱玲笔下的人物，老尚觉得张爱玲笔下的人物太变态了，而季尧觉得张爱玲笔下的人物差不多都是小市民，一个个太精括了，男男女女都精括，你算计我，我算计你，明明是在谈恋爱，结果搞得像在做生意，还是小生意，没意思得很。谈恋爱是要不顾一切的，"妾拟将身嫁与，一生休，纵被无情弃，不能羞！"什么利益，什么名声，哪管得了这个，真爱上了，命都是要豁出去的。像林黛玉那样，像托尔斯泰笔下的安娜那样，是血气方刚光芒万丈的。可张爱玲笔下，不论是人物或叙事背景，少有那样的壮志凌云风云激荡，别说风云激荡了，连风和日丽阳光灿烂都少有，总是晦暗，总是阴冷。看完一个短篇,就好像在潮湿阴暗的地下室过了半天。看完一个中篇,就好像在潮湿阴暗的地下室过了一天。如果看一个长篇,他相信会看出风湿性关节炎来的。

有一次他在读书会上这么说。也是一时兴之所致。他总这样,说着说着,就感性了。文学当然是感性的,但文学老师太感性的话就不严谨了。当场就有一个叫马来来的女生站出来质疑这说法:"季老师有没有一点医学常识? 风湿性关节炎发病与A组溶血性链球菌感染的过敏性有关,和气候有关,和地理环境有关,但和张爱玲的小说无关。"马来来的话音未落,立刻又有一个学生站出来捍卫季尧:"你知不知道象征手法? '采采流水,蓬蓬远春',这是在说流水吗? '窈窕深谷,时见美人',这是在说美人吗? 文学就是一座象征的森林,没有象征就没有文学,不懂象征就不懂文学。所以你不要卖弄你的什么溶血性链球菌专业知识,因为季老师压根不是在说风湿性关节炎,而是在说文学风格,文一学一风一格! 懂不懂? "马来来被气得面红耳赤,"你少在我面前背你的《二十四诗品》,我当然懂象征手法,也懂文学风格,但季老师用地下室和风湿关节炎来象征张爱玲的文学风格就是不行。象征也有政治立场的,也有审美倾向的。人们用美好的事物来象征美好的事物,用丑陋的邪恶的事物来象征邪恶的事物,所以波德莱尔用《恶之花》来象征巴黎的丑恶,艾略特用《荒原》来象征西方世界文明的没落。'癞蛤蟆想吃天鹅肉'也是象征呢,你愿意用癞蛤蟆象征你吗? 你愿意吗? "马来来反唇相讥。"有什么不愿意的? 我觉得癞蛤蟆挺好,人家比你高级多了。蟾宫折桂,你知道蟾宫在什么地方? 月亮上! 风花雪月的月亮上,李白'举杯邀明月,对影成三人'的月亮上,苏东坡'我欲乘风归去'的月亮上,你在地球上买个小房子还得还银行贷款，还得当房奴，但人家癞蛤蟆住在琼楼玉宇的月亮宫里呢。还不用交房租，还有嫦娥美女姐姐做邻居，你有什么资格嫌弃癞蛤蟆？所以，我很乐意你用癞蛤蟆象征我，但如果你用癞蛤蟆象征我，那就不能用天鹅象征你——当然不能用天鹅象征你，因为两者之间没有任何可象征的关系。"

太毒舌了！马来来气得要命。她其实也是喜欢季尧老师的。但吾爱吾师，吾更爱 Eileen Zhang（张爱玲）。所以才反对季尧用地下室来象征张爱玲呢。怎么能用地下室来象征张爱玲呢？既不符合张爱玲的文学地位，也不符合张爱玲的才华和个性，实在是个很糟糕的象征。就算这个象征是季尧老师的象征，她也要说这是个很糟糕的象征。如果让她来用一种建筑象征张爱玲的话，她决不会用地下室。用什么呢？反正要有孤高清绝、遗世独立的气质。哪种建筑才有这样的气质呢？她对建筑不懂。不懂没关系，正好可以请教那个建筑系男生陈科，她听过陈科如数家珍般谈建筑，世界各地的建筑，各种风格的建筑，什么巴洛克式，什么拜占庭式，什么哥特式，可都是真实存在或曾经存在过的建筑，而不是那个中文系男生胡诌的蟾宫之类神话里的建筑。太搞笑了！他难道不知道神话和现实的区别吗？她准备找个时间约一下陈科，她对这个建筑系男生挺有好感。长得有点儿像胡歌，至少鼻子和眼睛是有点像的；书读得多，教养也好，决不会说出"不能用天鹅象征你"这么没风度的话。

但讨厌的是，陈科总是和那个美术系叫费丽丽的女生在一起。他为什么总和费丽丽在一起呢？两个人完全不搭嘛，一个那么高，一个那么矮；一个思想那么有深度，一个思想那么肤浅；一个总是言之有物，一个总是言不及义，这样的两个人，在一起有共同语言吗？有一回她很认真很苦恼地问室友，室友也是"露台读书会"的核心成员。室友说，马来来你好笑不好笑，人家陈科又不是找书友，要思想深度干什么？人家是找女朋友，只要这儿有足够的高度就可以了。室友一边睥睨马来来的胸，一边在自己胸前比画着说。马来来赶紧双手护住自己一马平川的胸。她才不相信室友这种以小人之心度君子之腹的说法呢。陈科那么优秀的男生，怎么可能只从生物意义上来择偶呢？室友对男性的认识，过于简单化了。这个世界有那么多男性，好几十亿呢！好几十亿的男性，又不是好几十亿的单细胞生物草履虫，怎么能一概而论？应该还要看他们个体的进化程度，有的进化得不好，或许就还停留在生物择偶的水平，而有的进化得好，可能就超越生物择偶到达精神择偶这个高级层次了。而季尧和陈科这种男性，绝对属于进化得好的。所以，陈科不可能只因为费丽丽胸大就选她做女朋友的——她是不是他的女朋友还有待考察呢。

  季尧没想到自己兴之所至的地下室比喻，会惹来两个学生如此针锋相对的激烈争论。学生有自己所热爱和拥护的作家，这是好事——总比去热爱追捧什么主播或脱口秀明星强吧？但热爱到非理性程度，就过犹不及了。然而青春不都是过犹不及的吗？所以他不想用他这个已经是后青春时代老师的话语去说教，说教多了有时会适得其反呢。这些来参加读书会的学生，其实都是爱读书的好学生，大道理是懂的，小道理也懂，之所以争着争着开始感情用事，不过是因为好勇争风、恣逞意气，这是青春综合征的表现。季尧不是弗洛伊德主义者，对泛荷尔蒙论也和鲁迅一样，持不以为然的态度。但对血气方刚这种气概，还是很理解和欣赏的。这是生命力呀，是社会创造和人类进步的力量，是弥足珍贵闪闪发光金子般的东西。比起唯唯诺诺，比起人云亦云，季尧更想培养出那种有勇气当众站出来反对的学生，这是独立思考的表现。所以季尧对学生过犹不及的争论，从来不批评，不但不批评，还双手抱了胳膊在一边听得津津有味。

他经常这样的，有学生说季老师最喜欢坐山观虎斗。季尧笑而不言。这可不是坐山观虎斗，而是孔子"不愤不启，不悱不发"教学思想的古为今用，也是苏格拉底"产婆术"教学思想的洋为中用。所谓思想火花，就是在碰撞中产生的。当然，有时他们碰撞得过于厉害或者过于偏离正确的轨道，季尧也会打断他们。比如当那个男生说："如果你用癞蛤蟆象征我，那就不能用天鹅象征你 —— 当然不能用天鹅象征你，因为两者之间没有任何可象征的关系。"他马上说："不对，这世界万事万物之间都存在着可以象征的联系。不论是地下室和张爱玲的小说，还是马来来同学和天鹅，还是这棵树和任何什么 —— 季尧拿起费丽丽随手画的一棵树，她总是这样，不论是上课，还是读书会，只要别人说的不是她想听的她就开始画树了 —— 就看你会不会在象征本体和被象征体之间，发现它们之间的联系。"

季尧只要一开讲，就会打不住，这是他的上课风格，然而再打不住，季尧也不会谈到他私生活那儿去。"谈自己的文章，就好比肚脐眼儿展览。"张爱玲的这句话，真是俏皮机警，比张爱玲的小说敞亮。其实不单谈自己的文章是肚脐眼儿展览，谈自己的私生活更是肚脐眼儿展览。

至于老孟说到的读书会的海报，季尧也理解为把他的肚脐眼儿暴露于大庭广众之下的展览。

所以，他又赶紧说"不用不用"了。

对于季尧的死脑筋，老尚是了解的，没办法，老尚只得又诲人不倦了:"季博士,海报不是通知,海报是用来广而告之的。"

"可我们是读书会,不是讲座,也不是学术报告,为什么要广而告之呢?"

"为了扩大影响呀!这么好的事情,为什么要悄没声息呢?完全可以把声势搞大一些,搞隆重一些。你看法学院那帮年轻人搞的'模拟法庭',哪一次不把海报贴得铺天盖地?社会学院的年轻人,搞个田野调查报告,海报都贴到行政楼去了。校长在大会上点名表扬他们呢,号召其他学院的年轻老师向他们学习,学习他们知行合一的精神。所以,读书会的事情,不是季尧你个人的事情,是中文系的事情,甚至是人文学院的事情,它如何开展,开展得如何,可关系到整个中文系整个人文学院在学校的声誉和影响力呢。"

季尧觉得老尚实在太能上纲上线了。

十一　岸芷汀兰，郁郁青青

大约在季尧和苏荣珍见过一周后，季尧接到了苏荣珍的电话。

"有事吗？"季尧问。

"季教授，没事就不能电话你？"苏荣珍反问季尧。

"不是不是，只是苏医生那么忙，没事不会给我打电话。"季尧赶紧解释。

"我还惦记着那顿饭呢。"苏荣珍说。

什么饭？季尧没听明白。

"上次分手时你不是说有空了要一起吃个饭的吗？我一直等一直等，也没等到，只好厚着脸皮打电话讨饭吃了。"

季尧这才想起来，自己好像是说过的。

临近期末，乱七八糟的事一大堆。要出两门课六套试题的卷子呢，教务处规定每门课要出 A、B、C 三套试卷，A 卷 B 卷用来随机抽考，C 卷用来给学生补考。对老师来说，出题可不是轻松的事情，教务处对题型题量都有明确要求的：填空题要出多少多少，名词解释题要出多少多少，论述题不能超过多少多少。这是以防有的老师偷懒。也真有这样的老师，比如徐毋庸一张试卷就出一道论述题。"一道题怎么了？就是半道题我也可以考出学生的水平！"当李榆枋因为这事找徐毋庸谈的时候,徐毋庸十分倨傲地说。这话倒也没有错,不少老师也持相同的意见。章培树就附议过:"其实半道题都不用,只要让他们写上一两句就行了。"章培树也是反行政那一派系的,认为学校行政过度干预教学了。一直以来,学校都有两派,一派是学校行政人员,另一派是院系老师。行政人员希望在学校各个层面加强对老师的领导和管理,老师又特别反感这种被领导和被管理,希望教学有相对的独立和自主。章培树还在教代会上提过"把教学还给教学"的提案,且十分尖锐地指出"高校行政是服务而非管理""高校行政是服务而非监督""高校行政是服务而非权利",可惜这个"三非"提案也只能在教代会上提提而已,让老师们在教师节前高兴高兴,并没有落实的可能。怎么可能落实呢?让权利者交出权力,就好比让猫交出嘴里的鱼,让狗吐出嘴里的肉骨头,都是与虎谋皮的事情。所以,当徐毋庸的"半道题"和章培树的"半道题都不用"论调被反馈到教务处那儿,教务处长听了汇报觉得这帮老师偷工减料的行为"是可忍,孰不可忍",结果对试卷的要求更加严格和细致了。除了题型题量,试卷的难易程度,有具体入微的要求,还要给出标准答案,以防老师在改卷打分时有过多的灵活性,要知道学生每门课程的得分,都可能会影响学生保研之类,所以也是一个可以导致腐败的环节呢。"我们这也是保护老师。"教务处的领导如是说,多体恤似的。但老师们不领情,"这简直是把老师当贼防了"。大家本来想托章培树教授那些人的福呢,没想到处境更糟糕了,于是就在背后抱怨遭了池鱼之殃。这样一来,老师派当中,就更没有人愿意出头反对行政派了,遇到不公平的事情,大家也只是抱怨几句,一边抱怨着一边犬儒着。知识分子嘛,当被枪打的出头鸟不行,当犬儒还是很擅长的。

不过，季尧向来置身事外。他不属于任何一个派系。倒不是因为个性孤僻，也不是因为"事不关己，高高挂起"，而是——按他父亲老季的说法，是"没有集体主义观念"，季尧不以为然，老季那一代人，怎么说呢？总是把集体的概念看得至高无上，但季尧觉得集体主义有时是会妨碍个人独立性思考的，也会催生那种人云亦云随波逐流的流弊。但如果两派都不属于，自由虽然自由了，却也成了散兵游勇。真遇到什么事情的话，是没有人会站出来替他说话的。

季尧考前不搞答疑——很多老师考前都会搞答疑的，所谓的答疑，其实是划考试重点。有的学生平时学习不上心，但一到考试前，就表现出一副如饥似渴的求知欲。"季老师，这个地方要不要重点复习？""当然。""这个呢？""当然。"学生窃喜，以为搞到题目了，回去重点复习这些内容，结果考试时一打开试卷，上上下下一看，傻眼了，压根没有考之前问到的那些地方。学生气得要命，什么人呀！不划重点也就罢了，还设局陷害学生，太不仗义了，太不道德了！不过，学生气归气，却在一届又一届学生的口口相传之后，都知道了季尧的课不好糊弄，于是学得相对认真了——相对那些好套题的老师来说。不仅平时认真，考试前也相对认真。季尧虽然对考试前认真的学生烦不胜烦，也还是有问必答，毕竟给学生解惑是老师的本职工作。所以那段时间季尧不仅要出几套试卷，还要回答考试前认真的学生各种问题，还要去看香奈喜他们节目的彩排。元旦眼看就要到了，《薛宝钗的扇子》的排练也正紧锣密鼓。自己既然是他们的指导老师，就要对这个戏负责，至少不能闹出太大的笑话。所以季尧忙得焦头烂额。

但还是要找时间和苏荣珍吃个饭。

不单是因为要兑现自己说的话，他也很愿意和苏荣珍一起吃饭呢。

他本来想等到放假,元旦学校有三天假呢,两天用来出试卷和标准答案,还有一天,可以无所事事。季尧无所事事的方式通常是待在宿舍翻翻书,再睡个大觉什么的。但如果半天用来和苏荣珍吃饭,半天用来逛逛青苑书店也不错。青苑书店是季尧最喜欢的书店,在城东,有点远,但他隔段时间就会抽个空去逛逛,一是因为偶尔会有意料不到的收获,比如那本九九年版的《纪德散文精选》,还有五九年版的《诗义会通》,当时可都是让他着实手之舞之,足之蹈之了一番的。一是花少少的钱,买难得的好书,那种乐趣,实在是"妙处难与君说";二是因为喜欢那儿的气氛,有一种不合时宜的冷清。冷清总是比喧嚣更让他喜欢。香樟书店不行,香樟书店太时尚太热闹了。

但季尧的想法被苏荣珍否了。"离元旦还有十多天呢!我可等不及。"苏荣珍直截了当地说。

女别三日,当刮目相看。记得从前的苏荣珍,并没有这种亦庄亦谐的落落大方。"我可等不及",差不多有陶渊明诗歌的"一语天然万古新"之妙。

季尧的心情被苏荣珍逗得"良快良快"了。

一良快,时间就有了。

就在第二天。他们约了中午见。

地方是苏荣珍选的,离她单位很近的一家饭店。"上次我去了你那儿,这次轮到你来我这儿了。"苏荣珍不客气地说。

有道理,礼尚往来嘛。季尧同意了。

季尧不怕走路,如果天气好,路也好 —— 季尧所谓的路好,就是人不能多。像上海的南京路,成都的春熙路,总是人来人往熙熙攘攘，那样的路在季尧这儿，就算不上好路了。而朱自清《荷塘月色》里的小煤屑路，"白天也少人走，夜晚更加寂寞"，就是一条好路。他们学校也有一些这样的好路，比如图书馆后面的小路，杂草丛生，人迹罕至，但偶尔会碰到一只猫，一只狗，甚至一只在路中间啄食的麻雀。季尧和它们两相望望，然后各自走开，挺好。

当然，最美的路还是吴越王笔下的路——"陌上花开，可缓缓归矣。"吴越王一介武夫目不知书，没想到可以把路写得这么姿致无限深情款款。假如走那样的路，别说走一小时，就是走几小时，走一生，也没问题吧？

不过，那样的路现在是没有了的，要走，怕只能穿越到五代十国去。

季尧感慨万分。

"就算要怀古，你怀点别的什么不是更好？像苏轼那样，'遥想公瑾当年，小乔初嫁了'，或者像木心那样，'从前慢，一生只够爱一个人'，怎么会怀路呢？一条路，再风情，也只是路而已。"何况有时会调侃季尧。

但季尧就是对路情有独钟的人。当然，说"独钟"可能过了点，准确一点说，应该是情有所钟。

季尧也喜欢木心的《从前慢》，还根据自己的所好替木心这首诗加上了一句："从前的路，叫陌，陌上有花，可缓缓归。"

这加上的几句，让香奈喜喜欢得不得了。为了表达她的喜欢，整整花了一晚上的时间为这几句谱了曲。"怎么样怎么样？"谱成之后她轻哼给季尧听，急切地问季尧。季尧不知道怎么样，因为他完全不懂音乐，是真正意义的门外汉，不但对香奈喜谱的曲子说不出意见，甚至也没有办法和香奈喜一起听舒伯特的小夜曲之类。"多美呀！"香奈喜总是一脸沉醉地对他说。他浑然不觉。他音乐方面的造诣，也就只够欣赏个"天籁之音"——"处处闻啼鸟"那种，而对于大提琴小提琴，柔板慢板，就算香奈喜再三讲解，他也听不出什么名堂。艺术鉴赏还是要有基础的，季尧承认。对此他心里也遗憾的，也羡慕香奈喜的沉醉，那应该和孔子在齐闻《韶》"三月不知肉味"的感觉差不多吧？但季尧嘴里说的却是："吃饭就吃饭，还弄个丝竹之乱耳。"可香奈喜就喜欢一边吃饭，一边放音乐。不过，这都是后来的事了。

那天季尧本来打算十一点之前出门的，他们约的是十二点。反正那路也不用缓缓归，略微走快点，一小时应该足够了。但就在他准备出门前，香奈喜和Isabella来青椒园找他了，说有一个问题要请教季老师。什么问题？薛宝钗的眉毛问题。《红楼梦》里的女人，个个长得都不一样。她们的长相，哪怕只是眉毛，都不是随便长的，而是有象征意义的。之前中国文化课的老师这么对他们讲过。所以他们不能随便画薛宝钗的眉毛，随便画的话，就太不尊重曹雪芹先生了，就太不尊重博大精深的中国文化了。他们都是热爱中国文化的人，所以才来中国留学呀，才排演中国文化瑰宝《红楼梦》节目呀。书上写薛宝钗的长相："脸若银盘，眼如水杏。"银盘是见过的，这没问题；杏这种水果他们虽然原来没有吃过，但网上一查就出来了，图文并茂，也没问题。但薛宝钗的眉，实在让他们费解。林黛玉的眉毛是"似蹙非蹙罥烟眉"，王熙凤的眉毛是"两弯柳叶吊梢眉"。"罥烟"和"吊梢"，字面意义对他们来说有些困难，但一查字典，也恍然大悟。罥就是缠绕，就是弯曲；而吊梢是斜飞入鬓，也就是凤眉。这都是典型的东方女性的长相。但薛宝钗的眉，书上写的是"眉不画而翠"，翠不是绿色吗？"两个黄鹂鸣翠柳""偎红倚翠",写的都是绿色的意思。"难道薛宝钗长的是绿眉毛？"香奈喜这一问，把季尧的"解惑癖"问发作了。"翠这个字，在古代不一定指绿色的，也可以是鲜艳之意。比如苏东坡——苏东坡你知道的，宋代最伟大的词人和美食家，食堂卖的东坡肉就是典出他写牡丹的名句，'一朵妖红翠欲流'，这个翠字的意思，就不是绿，而是鲜艳。因为一朵牡丹花不可能又红又绿，如果又红又绿，那就和笑话诗'一树黄梅个个青，打雷落雨满天星'一样自相矛盾了。还有他的'樽前不用翠眉颦，人生如逆旅，我亦一行人'。苏东坡的眉，难不成是绿眉？当然不是，在这儿，'翠'也是'浓'之意。翠眉其实还可以参照绿鬓来解释，欧阳修的词——欧阳修是宋代另一个著名词人，他写的《采桑子》里就有这么一句，'去年绿鬓今年白'，同理，欧阳修的鬓，不可能是绿色的，所以在这里，绿色也是黑色之意。理解中国文学里的色彩语言，不能单从字面上理解，而是要结合文中语境。曹雪芹写薛宝钗的'眉不画而翠'，不是说薛宝钗长了绿眉毛，而是写她眉毛不画也非常黑，非常浓。中国古代女子的眉毛多清淡的，所以有'眉如远山''淡眉如秋水'之说。但薛宝钗的眉毛不是淡眉，而是浓眉。曹雪芹这样写薛宝钗，是很有深意的。他要通过这双非典型的女性浓眉，表现薛宝钗内在的强势。薛宝钗是外柔内刚的，而林黛玉正相反，外在伶牙俐齿，内在弱不禁风。所以她长的是'两弯似蹙非蹙罥烟眉'，烟眉当然是淡眉。"

季尧这洋洋洒洒一大通，站在一边的 Isabella 一句也没听懂，她一直盯着他的鼻子看。东方男人的鼻子，和西方男人的鼻子不一样。西方男人的鼻子普遍较大，比如 Leon，就长了个恺撒似的鼻子，侧面看，Teide 山峰一样高耸。但管锥老师的鼻子，不是峰，而是丘。

文化课的老师给他们讲孔子时说，孔子名丘，丘是小山坡的意思。中国的文化不喜欢张扬，喜欢含蓄。所以管锥老师长了一个含蓄的鼻子——是相对含蓄，因为管锥老师的鼻子，虽然没有 Leon 的鼻子高耸，但和其他中国男人的鼻子比起来，海拔还是可以的。

"看男人要看鼻子。男人的奥秘隐藏在鼻子里。"Isabella 的祖母这么说。

香奈喜呢，倒是很认真听了季尧的话，虽然认真听了，却也没听明白几句。好在关键意思还是懂了：薛宝钗的眉，不是绿色的，而是黑色的。这就够了。她可以定妆了。还有十天就是新年晚会了，艾米丽现在就要给她定好妆呢。

香奈喜和 Isabella 高高兴兴地走了，季尧一看手机，天哪！都十一点半了。

别说缓缓归了，即使快马加鞭，也来不及了。

季尧迟到了半个多小时。

"季教授姗姗来迟呀。"苏荣珍说。

"姗姗"二字拉得有点长，听起来简直像朱聿在说话呢。原来女人的话语，也像女人的衣裳，多得很，今天穿这件，明天穿那件，可以换来换去的。

季尧赶紧解释。不管怎么说，自己有错在先。

"先罚一杯。"

桌上有酒，是苏荣珍带来的，一瓶红酒。季尧爱喝酒，虽然爱，持的却是一以贯之"好读书，不求甚解"的态度。白酒还好点，知道个大概，至于红酒，见了就只能说"红酒"。苏荣珍批评他："你这就好比叫某只猫'猫'、叫某只狗'狗'一样。""这么叫错了吗？""倒没有错，就是不确切。一只猫是有它自己名字的，一只狗也是有它自己名字的。就像你也有名字一样。别人如果不叫你季尧，而叫你'人'，你愿意？""也是。那这瓶酒的名字是什么？""波尔多。""哦，原来是波尔多先生！幸会幸会。"季尧一本正经地说。

"为什么是先生？也可能是小姐呀。"

"是小姐吗？没看出来，不好意思不好意思。波尔多小姐。幸会幸会！"

苏荣珍终于扑哧笑了。

季尧后来回想，觉得自己的表现有点奇怪，因为平时他是严肃有余活泼不足的人，除非在特别亲近的人面前，他才话多，才会说一些无聊的冷笑话。

难不成不知不觉间自己已经把苏荣珍当"特别亲近的人"了？

为什么？因为他们的姆妈是同事和朋友？

怪不得乐府诗云："衣不如新，人不如故。"

从某个意义上说，他们确实也算"故"了。

和上次一样，气氛很好。他们一边吃喝，一边说话，有时也不说，就看窗外。苏荣珍选的座位在饭店二楼的一个角落，临窗，窗外是枇杷树，已经入冬了，枇杷树却开着黄褐色的小花。样子看上去有点像桂花，却没有桂花香那么浓郁，要使劲地嗅，才能嗅出一点淡淡的香气。南方有不少这样的花朵。樟树花、苦楮花，还有石楠花，花瓣都是这样细而碎的，不仔细看，还以为是叶芽子呢。

两个人，三个菜一个汤。一个苦楮豆腐，一个菜柳炒腊肉片，一个红烧肉，一个笋衣鲫鱼汤，都吃了个精光。

"还要添点什么吗？"苏荣珍看着光溜溜的盘子，问季尧。

"再来一碗苦楮豆腐。"

苦楮豆腐是季尧家乡的一道菜,季尧爱吃,但他已经很多年没吃上新鲜苦楮豆腐了。每次回家的时候,新鲜的苦楮豆腐早下市了。姆妈只能给季尧做苦楮豆腐干吃。可有些菜的干好吃,比如笋干,比如梅菜干,吃起来别有风味;但有些菜的干不好吃,比如苦楮豆腐干,吃起来粗糙干涩,和柔嫩光滑的新鲜苦楮豆腐没法比。然而好歹是苦楮做的,这有点儿像曹七巧的喟叹:"然而人究竟还是那个人呵!"毕竟苦楮的味道还是在的,也算聊胜于无了。所以每次回去姆妈给他做这个菜,他也没有异议。可没想到,这家店竟然有新鲜苦楮豆腐。这真是不期而遇的快乐呀。差不多有"他乡遇故知"之美妙。

第二碗苦楮豆腐是季尧一个人吃光的。

"再来一碗?"苏荣珍哂笑着看了他问。

"不用不用。"季尧抚了肚皮说。

"那咱们下回再吃?"苏荣珍又问。

"好,下回再吃。"

心满意足的季尧去前台买单,但前台小姐把鲜红的嘴朝苏荣珍的方向一努说:"那个女的已经买过了。"

买过了就买过了,季尧也不客气。

苏荣珍去开车了,季尧迤迤然站在枇杷树下,等着苏荣珍的车开过来,他要和苏荣珍道别一下,然后一个人去逛青苑书店。

不远处的木椅上,坐着一对老夫妇。两人都戴着眼镜,很斯文的样子,很悠闲的样子。看着不太像这个城市的老人。这个城市的老人,身上总有一种刚从厨房出来或者马上就要进厨房做饭的匆忙。他们是从外地来这城市看儿女的吗? 像《东京物语》里的平山周吉和登美那样？有意思的是，两人脖子上戴的围巾一模一样，都是蓝灰色格子的羊毛围巾，看上去很像两个手拉手出来郊游的小学生。

这就是"执子之手，与子偕老"了吧？

生活真是美好哇！老了也可以很好。

"上车吧。"

季尧有些愣，苏荣珍不应该说"我先走了"吗？怎么说的是"上车吧"呢？

他没打算上车的，他的计划是酒足饭饱之后自己优哉游哉逛青苑书店。

偷得浮生半日闲。太美了！

"我们一起去岸芷汀兰看看。"

岸芷汀兰？岸芷汀兰是什么地方？他们为什么要一起去岸芷汀兰看看？

季尧站那儿一脸狐疑和茫然。

后面有车子在按喇叭了，季尧不能站在那儿茫然了，只得赶紧上车。

苏荣珍说，岸芷汀兰是一个楼盘，她想和他一起去看看。

他觉得莫名其妙。他一个文学专业的博士，又不是建筑专业的，也从来没有表示过对房子有研究或兴趣，苏荣珍为什么要和他一起看房呢？

苏荣珍不理他了，一边开车，一边打开了车子的音响。"小女子不才，未得公子青睐，扰公子良久，公子勿怪。"

季尧平时不听歌的，也不懂歌，但这首歌却莫名有些打动了他。许是因为那"小女子"沙哑忧伤的声音，还有她在公子面前"低到尘埃里"的姿态。任何感情一放低,其实就动人了。

因为沉浸在歌的情调里,以至到了岸芷汀兰售楼处,他还处在惘惘然中呢。

售楼小姐很热情地给他们介绍了半天,他听不出个所以然,又坐着环游车跟着售楼小姐看了一遍楼盘周边的环境,也看不出个所以然。觉得自己实在有点儿像马二先生游西湖,看半天,也两不相干。然而苏荣珍在看他呢,他总要说点什么。

"既没有岸和汀,也没有芷和兰,为什么叫岸芷汀兰呢?"他问——他也就在这方面能提点意见了。

"叫什么名字不重要的。"苏荣珍说。

"那什么重要?"

"房子的位置呀,结构呀,配套呀,容积率呀,诸如此类的。"

"可那些我又不懂。"

"那建筑风格呢?这种中式建筑风格的房子你喜欢吗?"

"喜欢倒是喜欢,可苏荣珍,你搞搞清楚,这是你买房,不是我买房,我喜欢不喜欢有什么要紧。"

"如果要紧呢?"

即便喝了酒,季尧也还是听出了苏荣珍声音的异样,怎么个异样法,他也说不出来,感觉就像一间明亮的房间突然拉上了窗帘,变得幽暗私密起来。

季尧一时有些慌神,实在不知如何回答了。只得低头看起房子模型来。他们这时已经回到了售楼部的沙盘那儿,一人端了一杯柠檬水站着玻璃柜前。那一套一套的小房子,都没有屋顶,像灯光通明的舞台,不,更像小朋友在玩过家家的游戏。客厅沙发上坐了一个跷着二郎腿看书的男人，厨房里还有个系花围裙的女人，抬了胳膊肘，做炒菜状。院子里还有个小人儿，扎个朝天鬏，分不清是男孩还是女孩，挥舞着双手跑向一只狗。小孩和狗都胖乎乎的，一副吃好玩好、无忧无虑的幸福样子。

"这种三室两厅的房型卖得最好了，客厅宽敞，房间够用，一楼还有一个大院子，可以种花种草。将来你们有了小孩，都不用去公园，自家院子就是小小的游乐园呢。"

售楼小姐笑嘻嘻地看着他们说。

他差点儿要说"不是不是"的，但话到唇边，又咽了回去。

这种事情，还是应该由苏荣珍出面澄清比较好。

但苏荣珍不作声，好像压根没听见售楼小姐的"将来你们有了小孩"那句话似的。

十二　让薛宝钗走向世界

季尧没有料到,《薛宝钗的扇子》在元旦晚会上火了。

其实节目也就那样,不算糟糕,但也谈不上多精彩。香奈喜的扮相倒是可以,基本可以和原著"唇不点而红,眉不画而翠,脸若银盘,眼如水杏"的描写吻合。但学校领导很喜欢,特别是杜校长。杜校长说,这个薛宝钗,不论是形象,还是表演,简直可以和八七年版的薛宝钗张莉相媲美。元旦晚会杜校长亲自观看了的,尤其是《薛宝钗的扇子》,杜校长观看得如痴如醉。李校长也亲自观看了,和杜校长坐一排。杜校长坐周校长左边,李校长坐周校长右边,当杜校长一边热烈鼓掌,一边对周校长说香奈喜可以和张莉相媲美的时候,李校长轻轻哼了一声说:"他们每年不是都唱《我爱你,中国》《友谊地久天长》的吗?今年怎么演上《红楼梦》了?"言下之意,就是这节目不好了。底下人猜测。然而这转述也让人生疑,李校长的"轻轻哼一声",除了边上的周校长,其他人怎么听得见?晚会那么热闹,大家还鼓着掌呢。怎么听不见?他边上除了周校长,不是还有国际交流学院的胥院长吗?胥院长当时也坐第一排,就坐在李校长的右边。但还是可疑,因为胥院长这个人,一向口风紧,怎么会乱传李校长和杜校长之间的是非?

说和八七年版的张莉相媲美，这是溢美了，季尧认为。如果这节目是艺术系学生的节目，或者是中文系学生的节目，那绝对是乏善可陈。但因为是留学生的节目，留学生演《红楼梦》，大家本来以为就是个搞笑节目，春晚小品那种的，于是抱着"姑妄看之"的态度，没想到，这些留学生还演得一板一眼，有模有样。当然，搞笑也还是搞笑，因为艾米丽演的小红，Isabella 演的坠儿，一出场，蓝眼睛绿眼睛左顾右盼的，就让大家乐得不行。还有他们的中文，也搞笑得很，香奈喜说的还算地道，但 Isabella 的中文，就完全是外国人在说中国话。"何曾见林姑娘了？"七个字没一个字念对了的，"林"念成了"驴"，"姑娘"念成了"顾凉"。"顾凉"后来在他们学校还成了流行语，以至于在相当长的时间里，学生们见面就用"顾凉你好""顾凉吃了吗"来互相打招呼。

季尧以为，节目的事儿，到此就算结束了。

虽然耽搁了他不少时间，但季尧还是挺开心的。不能说有多大的意义，像老尚之后表扬他说的那样："对于中国古典文学走向世界做出了贡献，意义深远。"不至于，就那么几个留学生，演个《红楼梦》片段，中国古典文学就走向世界了？如果这么容易就走向世界的话，中国文学早就引领世界文学潮流了。这些领导，习惯了升华，习惯了宏大叙事。芝麻大的事情，一经他们的口，就"兹事体大"了。不过，虽然"兹事不体大"，但"体小"的意义还是有的，这些来自不同国家的留学生，通过排练这个节目，至少仔细读了《红楼梦》，至少通过仔细读《红楼梦》，对中国古代女性和中国古代女性的生活有了一点了解。之前他们对中国女性一点也不了解。在他们的想象中，中国古代女性一个个都裹了三寸金莲，坐在闺房咿咿呀呀地哼着小曲绣着花呢。没想到,她们还能跑到后花园去扑蝴蝶。动作还那么活泼可爱,情感还那么细腻丰富,和莎士比亚笔下的女性也差不多,艾米丽惊叹道。他们都被扑蝴蝶的薛宝钗惊艳到了。这就可以了,季尧觉得,走向世界什么的这种说法,太不着边际了。但艾米丽说中国古代女性"和莎士比亚笔下的女性也差不多",让季尧听了还是相当开心。

不过,开心过了就过了,季尧以为这事儿就算了了。

然而没有了了,元旦之后的第二周,季尧接到国际交流学院某个行政人员的电话,让季老师马上去他们学院一趟,他们的胥院长有要紧事找他。

季尧说他不能去他们学院,更不能"马上"去他们学院,因为有学生在他那儿。

季尧当时一个人待在办公室看书,面前半个学生也没有,但那个行政人员说的"马上"两个字让季尧听了有些刺耳,所以就用"有学生在"来推搪了。这也是季尧一贯的策略,有人找他,也不管是领导,还是同事,只要不乐意,就说"有学生在"。

那个行政人员没料到季尧会这么回答,老师们一般都是"好好好"的,就算真有事情,实在不能"好好好",那也会认真解释,比如说自己正出差在外,或正上课呢,决不会听到"有学生在"这种不像话的回答。

行政人员很不高兴地挂了电话。

你不高兴我还不高兴呢,季尧不在乎,继续看他的书。

可没过几分钟,老尚来敲季尧办公室的门了。

别人不了解季尧,老尚是了解的。

季尧的办公室在五楼,人文楼没有电梯,老尚这一气喘吁吁的上门，多少就让季尧不好意思了。

"尚主任，您有事打电话就行。"

老尚想，打电话？打电话你不又是一句"有学生在"？还不如辛苦点上门捉。

"小季，你现在有空吗？"

季尧想说没空的，犹豫了一下，还是老老实实地说："有空。"

"有空的话，和我去一趟国际交流学院如何？"

季尧虽然不想去，但老尚用的是"如何"不是"马上"，再加之有几分夸张的气喘吁吁和满脸荡漾的殷切，季尧就招架不住了。

"尚主任，他们找我什么事？"

"好像是那个元旦节目的事情。"

"节目怎么了？"

"具体我也不清楚。"

话到这儿，季尧只能和老尚走一趟了。

国际交流学院在学校西边，走过去，也就十来分钟，老尚为了节约时间——不是节约自己和季尧的时间，而是节约胥院长的时间——让办公室小喻开了她那辆红色标致送他们过去。

果然是节目的事情。

胥院长先是称赞了《薛宝钗的扇子》如何如何好，然后又感谢了季老师对他们学院工作的支持，再然后又夸尚主任领导下的中文系人才济济。前言有点长，但领导都爱这么说话的。"好像不长篇大论就不足以表明他们的水平。"以前开会时，领导在台上说话，他在台下听得不耐烦时这么对何况嘀咕过。但何况说，不能说的领导不是好领导，不能听的群众不是好群众。语言可不只是语言的问题，语言是一个复杂的表意系统。领导之所以喜欢长篇大论，不是你理解的炫耀口才那么简单，它有更深刻的含义。就像古代官员的官邸和官服上的纹饰。官衔越大，官邸就越深；官衔越大，官服上的纹饰就越复杂。一进门就能看见内室的那是平民百姓家，一开腔就说明意思的那是平民百姓。而有身份的人，不单住处要重峦叠嶂，说话也要重峦叠嶂。一定要让人云里雾里，莫辨东西。季尧喜欢私底下的何况。总能看他之不能看，能言他之不能言。虽然他言的时候，有时言无不尽，有时也会有所闪烁，或者用他自己的说法，会留一点点白。那也没关系。留白的那部分，季尧自己也能脑补。还是那句话，季尧虽然不玲珑，但也没有老尚何况以为的那么不玲珑。只不过对有些事不太上心而已。胥院长现在就在重峦叠嶂地说话。季尧做群众多年，早就练就了听的本事，或者说不听的本事。你说你的，我不听我的。却也看着对方，做出认真听的样子。胥院长的事情，他听何况说过——也是有所闪烁地说，在做国际交流学院的院长以前，只是外语学院的一个普通老师，教葡萄牙语。葡萄牙语是小语种，老师总共就那么两三个。有一次校领导去里斯本大学考察，年轻的胥老师作为翻译陪同前往。回来不久就被调到国际交流学院了。先是做了一年院长助理，然后做了一年副院长，然后就成院长了，前后不过两年时间。"世有伯乐，然后有千里马。千里马常有，而伯乐不常有"——据说校领导喜欢引用韩愈《马说》开篇，来吹嘘自己对胥院长这个人才的发现。胥院长也确实是一匹千里马，在她做院长之后，国际交流学院日新月异发展迅速，不论是专业规模，还是合作学校，还是留学生人数——尤其来自那些"我们第三世界国家的朋友"——都上了一个新台阶。且那发展势头，还不知要上多少个台阶。听说学校打算在爱丽舍宫边上再建一栋留学生楼呢。'这不奇怪，人家是日行千里的马嘛。'有人意味深长地说。'可不，一匹日行千里的牝马呀。'有人意味深长地附和。这语言格调有些低俗了，不太合乎学院派的高雅语境，万一传出去——这种讽喻风的机警妙语在学校往往容易传开来的，就不好了，于是说的人点到为止，听的人呵呵一乐，也到此为止了。

"怎么样？季老师。"

听到"季老师"三个字，季尧才回过神来。

胥院长重峦叠嶂的前言终于结束了？

既然她问"怎么样"了，那就是她刚刚已经说到正文部分了。

季尧挠挠后颈窝，转头看着老尚，好像要先征求老尚的意见一样。这也是他的经验，因为动不动就"野渡无人舟自横"去了，所以经常听不见人家说了什么，为了不至于太不礼貌，就发明了一套自己的应付方法——所谓一套，其实也就一个动作：那就是挠后颈窝，看上去一副不知如何是好的困惑表情。

这表情老尚喜欢，谦虚，低调，不像司马朱臾之流目中无人，也不像鲍小白何况之流成竹在胸，而是适当的困惑。老尚于是及时点拨。

"我觉得胥院长这想法很好，既然《薛宝钗的扇子》这个节目如此成功，就不妨再接再厉搞几个这样的节目，搞成一个系列剧，《红楼梦》之《薛宝钗的扇子》，《西厢记》之什么什么，《牡丹亭》之什么什么，一个接一个，搞个'之'系列，把中国古典名著都'之'个遍。这样一来，它就不仅仅是一个元旦晚会的节目了，而是一项文化工程。只要我们用心打造，说不定以后它可以成为我们学院甚至我们学校的一张文化名片——一张烫金的文化名片。"

到底是领导，如此高瞻远瞩。明明只是一个娱乐节目而已，他们就能看出节目的未来甚至未未来。从娱乐节目，到文化工程，到文化名片。《一个娱乐节目的前世今生》，如果这事司马老师知道了，说不定就能据此写一篇这个题目的文章。司马老师在她的微博上，有一系列的"什么什么的前世今生"随笔文章呢，虽然用的是春秋笔法，但大家一看也知道这"什么什么"讽刺的是谁。司马老师虽然调走了，但她在某篇作品的创作谈里写道，这个学校的几年生活经历依然是她"取之不尽用之不竭的宝贵创作财富"。她这么说，可把学校一些人吓坏了，大家都不想自己成为司马老师的"宝贵创作财富"呢。因为司马老师擅长的，不是让她笔下的文学人物流芳千古，而是让她笔下的文学人物遗臭万年。这也是老尚不喜欢司马老师的原因之一，什么事情都应该往美好的一面看，往光明的一面看，但司马这个人，作为一个人民教师，还是一个作家，却总是看到丑陋和黑暗的一面。这样的人，怎么可能是一个好老师呢？怎么可能是一个好作家呢？但季尧不认同老尚这个观点。"那鲁迅是不是个好作家呢？"季尧问老尚，当然是腹问，不是因为怕老尚，而是不苟言笑的性格使然。季尧其实和司马老师不熟，他们不可能熟的，两人做同事时间不长，并且又都是不爱交往的人。但这不妨碍季尧对司马老师的欣赏。这也是季尧的特点，他总是容易欣赏那些有才华有个性的人。

　　文化就文化，工程就工程，两者的关系，应该是没有关系，非要把它们扯到一起，就像把马二先生和西湖扯到一起，把刘姥姥和大观园扯到一起，完全不搭调的事。季尧对搞工程没有兴趣，即使是"文化工程"。

　　"艺术学院的学生不是有一个戏剧社吗？'犀牛戏剧社？他们之前有过一个节目，好像就叫《恋爱的犀牛》。那节目当时火爆得很，不但在学校演出了很多场,还到其他学校去巡演了。但我看那个节目其实不怎么样,主题思想不健康,爱情观又病态又消极,完全没有正能量的传达。对我们大学生的精神成长不但没有益处,反而起了坏作用。这可不仅仅是我的意见,校领导也是这个意见。'什么乱七八糟的?'这是校领导看完《恋爱的犀牛》之后说的话。但校领导看了《薛宝钗的扇子》之后说的是:'这样的节目应该多搞点嘛。'所以,季老师,我有一个想法,那就是我们学院干脆也成立一个戏剧社,就叫'留学生戏剧社',聘请你来当这个戏剧社的长期指导老师,指导每一届留学生至少排演一个戏剧。我们不演《恋爱的犀牛》那种乱七八糟的东西,而是演我们的经典,像《薛宝钗的扇子》这种,从《红楼梦》取材,想法就很好。《红楼梦》是中国文化的瑰宝,多经典呀,可以说是经典中的经典。还有我们的《西厢记》,还有我们的《牡丹亭》。汤显祖被誉为'中国的莎士比亚',这听起来是赞美,其实却是一种文化上的不自信,似乎我们的汤显祖还要借莎士比亚来装点门面。《牡丹亭》比《罗密欧和朱丽叶》差吗?应该不比它差呀。但为什么不把莎士比亚叫成'英国的汤显祖'而把我们的汤显祖叫成'中国的莎士比亚'呢?因为莎士比亚全世界都知道,《罗密欧和朱丽叶》全世界都知道。可全世界没有几个人知道汤显祖和《牡丹亭》的。不要说汤显祖和《牡丹亭》了,就是曹雪芹和《红楼梦》,他们也不知道呢。之前我在里斯本大学留学时,就遭遇过这种文化上的尴尬。大家在一起谈文学,西班牙同学谈《堂吉诃德》,大家都知道;英国的同学谈莎士比亚的《麦克白》,大家都知道;意大利的同学谈但丁的《神曲》,大家都知道;就算没有文化的美国,他们谈杰茨菲拉德的《了不起的盖茨比》,大家也都知道;可我一谈《红楼梦》,几乎没有人知道。这自然是他们文化的傲慢,一直以来,西方都有一种文化优越感的,一种文化中心主义的毛病。他们总认为他们的文化才是主流文化,而我们的文化是亚文化,甚至是亚亚文化。我那时是非常愤怒的,当我的房东——我的房东可不是水管工人或门房那类蓝领,而是在博物馆工作的,一个知识分子,家里有一个大书房的人,竟然问我:'曹雪芹也是精神病医生吗?'他以为《红楼梦》是一本写梦的书呢,和弗洛伊德的《梦的解析》一样。荒诞吧?愤怒吧?不过,我虽然愤怒他们这种文化上的自大,同时也反思为什么会这样。中国知识分子如此熟悉西方文化,可西方知识分子对我们引以为傲的五千年文化却一无所知。这应该和我们内向的民族性有关。我们的民族是温良恭俭让的民族,我们的文化也是温良恭俭让的文化。我们的乌托邦是什么?是老子的老死不相往来的小国寡民,是陶渊明的《桃花源记》,桃花源那么美,中国世世代代的读书人都向往那个地方,但说白了,不就是一个与世隔绝的山洞吗?可西方正相反,他们的文化是一种外向扩张的文化,是一种带有侵略性的殖民文化。虽然他们自己把它美其名曰,'parte'这是葡萄牙语的说法,英语是'share',也就是分享。西方人特别有分享概念的,但说白了,也就是喜欢输出,输出他们的工业产品,输出他们的文化,应该说他们的文化输出很成功。这一点,我们应该向他们学习。一直以来,我们的文化就像足不出户的千金小姐,'养在深闺人不识',这是不对的。我们应该想方设法让我们的'千金小姐'落落大方地走出深闺,这样才可以让全世界见识我们文化的美丽优秀,提高我们文化的世界影响力。你这次指导的《薛宝钗的扇子》,我认为,是有文化战略意义的,是让我们的文化走出去的方式之一。我们要用这个方式,让薛宝钗走向世界。让曹雪芹和莎士比亚一样有名,让薛宝钗和朱丽叶一样有名,成为可以在西方大学的课堂上讨论的作家和文学形象。而不是像以前——以前我在里斯本大学留学时,有一次我做的课堂讨论题目是'通过朱丽叶和薛宝钗的爱情态度来比较东西方女性传统',有同学问,'薛宝钗是谁?'结果一个十五分钟的讨论,其中有十分钟要花在介绍'薛宝钗是谁'这个问题上了。我们要改变这种尴尬局面,虽然改变这尴尬局面不容易,冰冻三尺非一日之寒。但我们还是要朝这个方向努力。听你们尚主任说,季老师古典文学的功底特别好,又有工作热情,愿意在学生工作方面花时间精力,这是特别难能可贵的,因为现在没有几个老师愿意花自己的业余时间在培养学生上面了。所以我们学院想聘请季老师当留学生戏剧社的指导老师,当然我们也不能让季老师吃亏,季老师的工作报酬我们会考虑和尊重的,具体怎么算——是按课时来算,还是按兼职拿工资,这个到时我们学院党政联系会上会讨论。季老师你意下如何?"

这一个天花乱坠!季尧几乎被胥院长的侃侃而谈谈晕了。看来人家当国际交流学院的院长也不是白当的,这交流能力真是十分了得。只是不知道她是因为交流能力强才当上国际交流学院的院长的,还是因为当上了国际交流学院的院长才锻炼出这不一般的交流能力的。当胥院长问他"意下如何"时,季尧还沉浸在这个鸡生蛋蛋生鸡的问题上。胥院长问他"意下如何?"季尧不认真地想了想,觉得不如何,很不如何。胥院长的想法,他刚刚去芜存菁地听了个大概:要成立个戏剧社——要让薛宝钗走向世界——要让他当戏剧社的指导老师。

让薛宝钗走向世界季尧没有意见。也不是说他多么赞同这个说法,而是这种"文化战略"的事情,是"肉食者谋之"的事情,或者按朱舁说法是"素食者谋之"的事情——朱舁有一回怼何况:"现在和过去是反过来的，小民食肉，贵人食素，所以不能说'肉食者谋之'了，而要说'素食者谋之'了。""好吧，那就'素食者谋之'。"何况好脾气地附和。何况才不和朱臾这样的人在语言上争风呢。于是在中文系，"素食者谋之"就取代了"肉食者谋之"，遇到领导问大家什么，有老师就会打着哈哈说："素食者谋之，素食者谋之。"季尧也想对胥院长这么说上一句，当然也就想想而已。他不是那种对谁都可以嘻嘻哈哈的人，就算有时也想用嘻嘻哈哈来应对，结果发现自己根本做不到。嘻嘻哈哈原来也是一种能力呢。

至于戏剧社的指导老师，他不想当。上次之所以答应香奈喜指导《薛宝钗的扇子》，是因为被香奈喜那句婉约的"你能不能"打动了，尽管他不肯承认，但事实就是那时他已经对香奈喜有了好感，虽然那种好感还很难定义——到底是老师对学生的好感，像他对陈科费丽丽那种，还是男老师对女学生那种，像沈从文对张兆和、鲁迅对许广平那种，后来香奈喜几次三番地问过季尧，他什么时候开始喜欢上她的——有一段时间，他俩之间总是这么无聊地问来问去。他问香奈喜什么时候喜欢上他，香奈喜问他什么时候喜欢上她，总问不厌，也听不厌似的。"情不知所起，一往而深。"他这么回答。事实上也是如此，什么时候发生的，他也不清楚。当然，他最初答应当他们戏的指导老师，也不单是因为看香奈喜的面子，还有看薛宝钗面子。虽然大观园里的女性他最欣赏林黛玉，然而也喜欢薛宝钗，就像他欣赏晴雯，也喜欢袭人一样。而且《薛宝钗的扇子》这名字也有意思得很，又古典又现代，又严肃又活泼，他一听，就有兴趣了。这纯粹是个人兴趣的事情，但胥院长却把这种事情上升到了"文化战略"的高度，不说战略还好，一说战略，他头就大了，就索然无味了。季尧看着一板一眼，老夫子一样，其实行事作风有时还挺有王子猷雪夜访戴的"乘兴而行，兴尽而返"之任性任情的。有兴趣则做，没有兴趣则不做。

所以，当胥院长问他"季老师你意下如何"，他回答说："我就算了，你们还是问问其他老师吧。"这与其说是拒绝当戏剧社的指导老师，不如说是拒绝胥院长，或者说拒绝"文化战略"。搞政治的女人总是让他敬而远之的，贾宝玉说，男人是泥做的，女人是水做的，男人浊，女人清。之所以这样，就是因为从前是男人搞政治，而女人不搞。女人搞政治的话，也就浊了。他也知道自己对政治女人有偏见，但他也没办法改变自己的偏见。这方面他还是老派，或者说相对老派——因为老也不能老到后花园绣花的女性那儿，而现代又不能现代到用两根手指夹了细长香烟的女性那儿，更不能现代到胥院长侃侃而谈"文化战略"的女性那儿，那样的女性又太前卫了。这两种女性在他这儿属于过犹不及，他不喜欢太陈旧的女性，但对新女性，也就新到可以读书，还不是抽着烟读书，像西方的杜拉斯或汉娜·阿伦特那样，或者像香奈喜的妈妈那样——他后来见到香奈喜妈妈莉莉雅时真是吓一跳，他没想到香奈喜这种薛宝钗一样的女性，会有那样一个现代风的妈妈。不是说有什么的妈妈，就有什么样的女儿吗？看来这句话也不一定。

在他看来，理想的女性，如果用一个画面来表达的话，就是在厨房看书的女人。他看过一幅画，画的是一个穿碎花裙子的女人斜倚在厨房的灶台边看书，身边是切好的西红柿和绿油油的芥蓝——好像是芥蓝，他对蔬菜不是很熟悉，略微偏僻一点的就不怎么认识了，灶上还有个砂钵，在咕噜咕噜炖着什么。那幅画他特别喜欢，有一种生活的诗意美。理想的女性就是这个样子的，在厨房看书，而不是在书房看书。他的这种女性观被一个师妹狠狠地批评过。"为什么女人要在厨房看书？不能在书房看吗？"师妹问他，他无言以对。女的当然也能在书房看书，能是能，但不理想，反正不是他理想的人生形式。那个师妹本来对他颇有点意思的，但因为他这种关于女性的"反动腐朽的落后思想"，后来就明显疏远他了。他略略有过一丝失落，那个师妹的长相，至少她那个宽阔的额头——是诗经里描写的"子之清扬，扬且之颜也"——是他喜欢的类型。但男女要共同生活，不能单靠一个宽阔的额头，还是要志同道合，即使达不到"巍巍乎高山，荡荡乎流水"那种程度，也要庶几近之。这么一想，他就释怀了。连"子之清扬"的师妹季尧都能释怀，可见季尧是个在原则性问题上十分固执的男人。什么是季尧的原则性问题呢？用陈寅恪的话来说，就是"独立之精神，自由之思想"十个字，再简单一点说，就是"自由"两个字，爱情固然美好，但如果和自由两相妨碍了，那么就只能作鱼与熊掌之取舍了。而香奈喜请他指导《薛宝钗的扇子》，不会影响到他的自由，他愿意指导就指导，不愿意指导了也可以不指导。但如果答应了胥院长，那就不是个人兴趣的事情了，而属于"文化战略"的一部分，肯定不能按自己的性子来，愿意也罢，不愿意也罢，都要且做着，那就没意思了。而且，胥院长还说到兼职工资什么的，他听了也刺耳。虽然现在的知识分子丧失了陶渊明"不为五斗米折腰"的傲气，但她也不用把那点儿米得意扬扬地撒到他面前，像《礼记》里描写的那个黔敖那样："嗟，来食。"拿准了他会低头折腰去食一样。他偏不食！

老尚没料到，胥院长更没料到。她本来以为会听到一大通拍马屁的话，含蓄的马屁，或者不怎么含蓄的马屁；文雅的马屁，或者不怎么文雅的马屁，她统统都听过。听多了，也起腻。所以她听那些话时，表情总是一幅吃饱喝足之后再也没了胃口的慵惓，有时还会带上略略的讥讽。这个季老师看着挺矜持的，人也长得帅，马屁可能会清淡些，应该不会是"谢主隆恩"那种重口味的。而且听老尚说，他搞古典文学，师从某某某呢。虽然那个某某某她从没听过，但老尚说得那么骄傲，估计是那个领域的大伽名流吧。所以她可能要听又清淡又文绉绉的马屁，诸如"谢胥院长青眼相看"之类。她讥讽的表情已经准备好了 —— 左唇角往上，右唇角却往下，这一上一下，看起来就似笑非笑意味深长，蒙娜丽莎般的神秘莫测。没想到这个人一句马屁也没有，还直截了当地拒绝了她的提议。"我就算了，你们还是问问其他老师吧。"这真是出乎她的意料，大大地出乎她的意料。她可是堂堂的国际交流学院的院长，是学校的中层领导 —— 说中层其实都谦虚了，因为她不是一般的中层。而是 —— 怎么说呢，是能在上层那儿说上话甚至某种程度能左右上层决策、炙手可热如日中天的中层。所以，她早习惯了那种"千人之诺诺"，而不是这种"一士之谔谔"。一时间她被惊得花容失色，那一上一下弯曲得错落有致的唇角，像雏鸟的两只翅膀，惊愕间不知如何扑腾是好了。

十三　荷叶糯米猪肚

一月中旬之后学校就正式放寒假了。

季尧想在学校再待些日子，他总是这样的，迟迟不回去，又早早回来，前后加起来在家也就待上个把星期。对此姆妈肯定是不满的，但她从不直接说："周其其上星期就回来了。"周其其是父亲同事周一桦的儿子，也在省城一所大专学校教书。姆妈这么说，就有责怪季尧之意。别人家的儿子归心似箭，可他放假了还磨磨蹭蹭不回家。而春节后当他提出要回学校时姆妈也不高兴："周其其还没走呢。"父亲这时会批评姆妈："你总说人家周其其干什么？周其其的学校和我们季尧的学校是一回事吗？周其其的学校是大专学校，基本属于职业教育，专门培养厨师美容师还有修摩托修汽车师傅的学校，我们季尧的学校是211呢，给国家培养尖端人才的。"父亲不喜欢姆妈把季尧和周一桦的儿子周其其相提并论，父亲是中学老师，对学校的档次是很介意的。姆妈轻声细语地说："我听周师母说，他们家其其的工资每个月一万多呢，去年学校还给每个老师集资了一套房子，面积有一百四十多平米呢，客厅大到可以摆两桌宴席。"

父亲听了更生气了。"陈素芬，你境界高一点好不好？""季老师，你境界倒是高，可惜还没高到门口樟树的程度，可以不住房子，可以餐风饮露。你还要吃红烧肉,还要吃东北五常稻花香大米饭。""不是红烧肉,是东坡肉!东坡肉!""有什么不一样?还不都是酱油烧猪肉。""当然不一样的,红烧肉怎么可能和东坡肉一样呢?""怎么个不一样法?""一个没文化,一个有文化。""季老师,你是不是对文化走火入魔了?连吃个猪肉,都要有文化呀!"也不知是不是因为年纪大了,这些年姆妈学会和父亲顶嘴了。声音倒是不高,外人听起来,闲话家常似的,却能把父亲气个够呛。"陈素芬,陈素芬,陈素芬。"到最后,父亲只能一声比一声高地叫姆妈的名字,像在课堂上点学生名字一样。父亲有时拿那些调皮捣蛋的学生没辙了,就是这样一声比一声高地叫他们的名字的。这与其说是斥责,不如说是投降举白旗。一般要到这种时候,姆妈才会不说话了——再说,可能会把父亲的血压说高了。父亲有高血压,一喝酒或一生气,血压就会上升,特别是舒张压,本来是九十以上,一生气,就升到一百了。所以每当父亲一声比一声高地叫"陈素芬,陈素芬,陈素芬"的时候,姆妈就不敢再顶嘴了。

　　季尧不爱听这些因为他而发生的争执。他知道不仅姆妈对他失望,父亲或许也是失望了的。一直以来,他不断的进步是父亲的光荣和梦想。他考上复旦了,他考上研究生了,他考上博士了,台阶上了一级又一级,父亲对他的指望也像风中的帆一样愈来愈鼓胀。"大鹏一日同风起,扶摇直上九万里"。父亲当年虽然没有在送他的笔记本上写上这样的寄语,但心里是这样指望且相信的。然而这些年,季尧似乎并没有一鼓作气地"扶摇直上九万里",而是停滞不前了。倒是别人家的孩子,比如他同事周一桴的儿子,不断有这样那样的好事传来。虽然那些好事,父亲未必看得上,然而还是让父亲烦躁了,所以才会和姆妈发生争吵。这也是季尧在家待不住的原因。

还有一件事，也让季尧在家有些待不住，就是这几年姆妈开始频繁地催促季尧找对象了。一开始姆妈提这事的时候，父亲会在边上说："你急什么，男人事业要紧。"后来就不作声了，再后来父亲就说："有合适的，是要谈了。"

姆妈的话可以当耳边风，吹过就吹过了，但父亲这么说，季尧就觉得有压力了。

还是在学校清静，尤其是放假后的校园，学生们都鱼贯回家了，平日喧哗的校园，突然间清静空旷起来，那种感觉，和平时不太一样——像在电脑上看电影摁下了静音键，声音消失后的画面，建筑也罢，树也罢，路灯也罢，看起来都更像一幅幅静物画，或者某首诗里的场景。一个人走在空荡荡的校园，季尧的内心会生出一种久别重逢般的欢喜。虽然这样一段时间后，他又会开始怀念课堂和学生。总是这样，放假久了想念开学，开学久了又想念放假。周而复始，心旌摇荡。

这一个寒假季尧本打算和以往一样，先享受几天诗情画意的校园再说，然而姆妈的电话来了。

季尧的表妹要结婚，姆妈让他回去吃喜酒。

"你郝阿姨说，荣珍明天开始休假，你坐她的车一起回来吧。"

姆妈这一回用的是不容商量的语气。

苏荣珍也在微信里留言了："明天十点左右，我到你们学校西门口接你。"

他还能说什么？只能坐苏荣珍的车一起回家了。

回家第三天郝阿姨家请客，说是"两家一起吃个便饭"。结果呢，便饭一点儿也不便,十分丰盛,丰盛到了"君子有酒,旨且多"那种程度。其中有一道荷叶糯米猪肚,又烂又香,蘸料也鲜,鲜到不可言说——苏叔叔告诉他,那是因为酱油好,他们家用来做蘸料的酱油,可不是超市买的什么李锦记生抽,而是自家酿的,用有机黄豆,立秋之后,晴天晒,星夜露,如此一个多月。听起来,其复杂讲究的程度,简直和袁枚《随园食单》里写到的秋油一样。盛在景德镇青花小碗里通明透亮的酱油,加上红红的小米椒,白白的葱茎,翠绿的葱叶,看上去,美艳不可方物。

一盘荷叶猪肚被他一个人吃了半盘,郝阿姨一上来就给他搛了一大块,苏叔叔在介绍完蘸料的做法之后又给他搛了一大块,他一边朵颐一边想,这荷叶与猪肚搁一起吃,感觉有点儿像韦庄和温庭筠的词搁一起读,都是大素大荤、大雅大俗的结合。如果何况在边上,他就要把这个发现告诉他,然后两人就此讨论一番。但在座的人,应该是不知道韦庄和温庭筠的,即便是中学语文老师父亲,比较熟悉的诗人,也就李白杜甫和王维之类,而对于这两个诗人,估计所知不多,至少没有知到可以和季尧一起分享的程度。再说,他也不是那种会在这种场合下掉书袋的人。于是只能自己一边朵颐,一边用意识流的形式,完成拍案叫绝的独角戏。

后来表妹告诉他,荷叶糯米猪肚可不是一道普通的菜,而是一道有丰富寓意的菜。什么丰富寓意?他诧异地问。表妹啐他:"大博士,你是不是这儿的人?怎么连这个都不懂?那是丈母娘做给郎婿吃的菜。"

他虽然也是这个地方长大的,但很多风俗确实不懂。

"我以后要叫苏荣珍表嫂了。"

他吓一跳。本来以为,自己什么也不说的话,就等于表态了呢,但看来不行。

苏荣珍是什么意思呢? 他现在有些吃不准了。第一次见面他们之间明明达成共识的呀! 他们是出于父母的压力,不得已才见面应付一下父母的,表示他们也认真考虑且尊重了父母的想法的,如此而已。结婚总要先恋个爱吧? 可恋爱哪是那么容易的事情? 如果那么容易,宝玉也不至于非要林黛玉不可,薛宝钗不也挺好? "雪白一段酥臂"呢,然而就算薛宝钗长了"雪白一段酥臂",也还是不行,说明恋爱不是和谁都可以的。季尧没恋爱过,似是而非的感情倒也有过一两次,但从来没有经历过《楚辞》里的"满堂兮美人,忽独与余兮目成",也没经历过《诗经》里的"求之不得,寤寐思服",比如对那个师妹,他也就到略略有点失落这个程度,离"寤寐思服"还差之甚远呢 —— 当她疏远他之后,他睡眠和食欲一点儿也没有受影响,所以那应该不算恋爱的。然而,按这个古典标准来衡量的话,是不是这世上结过婚的人很多,但恋过爱的人很少? 苏荣珍拖到现在还没结婚,想必也还是要恋爱的。他们这方面应该是一致的呀。为什么现在又一副打算听从"父母之命,媒妁之言"的样子。他几乎想打个电话问问她了。

是因为压力太大? 在他们这个小镇,女的一过三十还未结婚,在别人眼里就不正常了,不是有身体的问题就是有道德的问题。苏荣珍终于受不了这个压力所以打算屈服? 还是有其他原因?

他很想约苏荣珍出来谈一谈,把话讲清楚。他们都是受过高等教育的人,对爱情于生命中的意义,还是能理解并且坚持到底的吧?

但他实在不知道怎么和苏荣珍开口。

都没挑明过,不管是一起看岸芷汀兰的房子,还是给他吃荷叶糯米猪肚,用的都是托物言志的手法。如果他直白地去表明态度,就不得体了,不符合小城的礼仪。小城有小城的礼仪规矩。虽然他现在不在小城生活,但父母还在小城生活呢,苏叔叔郝阿姨还在小城生活呢。

而且他吃了荷叶糯米猪肚。他后来了解到,那道荷叶糯米猪肚,不是随便吃的,如果男方对女方不满意,就只能吃糯米不能吃猪肚,一吃猪肚,就表示男方看中女方了——他还吃了那么多。

季尧觉得姆妈这事做得不怎么样,怎么也应该提前告诉他一下的,这样就不至于在稀里糊涂间掉进这种陷阱。他真觉得自己就像一只掉进陷阱的可怜的野兽。苏荣珍知不知道这个风俗呢?或许知道的,他隐约想起,苏荣珍当时的表情,似乎有点儿不自然呢,又紧张又如释重负般,又温顺又揶揄般,她在揶揄什么?揶揄他们在外面的世界兜兜转转一大圈,以为各自的人生会如何精彩如何开挂,结果又回到小镇,像小镇青年那样在长辈的张罗下相亲?还是在揶揄命运?或者只是揶揄他的吃相?季尧像琢磨文学人物一样琢磨起苏荣珍当时的表情来。苏荣珍的揶揄表情里有一种欢愉。是一种"欢愉的揶揄"。是的,虽然苏荣珍的表情含义丰富复杂,但主旋律是欢愉的。这一点毋庸置疑。

也就是说,她可能不反对父母的这种安排,甚至已经准备好了要"温顺地走进那个良宵"。

假如他不反对的话。

意识到这个,他有点儿慌了。他可不想走进那个良宵呢。

但他也不想伤苏荣珍,一丁点儿也不想。

怎么办呢?

他着实苦恼了好几天。

某个片刻，他甚至也想要不和苏荣珍结婚算了。没有多好，但也没有多糟。至少可以成为朋友式夫妇呢。这一点，季尧莫名其妙地很有把握。和苏荣珍几次接触下来，他对苏荣珍这个理科女印象不错，虽然没有文科女的风花雪月，却也没有文科女的矫揉造作。然而他们只能做不谈文学的朋友。"可以一起谈文学的人有的是，你为什么非要和老婆谈文学呢？"何况不解。何况的夫人在银行工作，对文学一窍不通。有一回，他们三个一起吃饭，在离学校不远的一家叫"闲情偶记"的馆子店，是家不大的小馆子店，老板亲自过来招呼，何况问老板是不是很喜欢李渔——这是何况的特点，和什么人都要亲切地说上几句，结果不单老板头摇得像拨浪鼓——"有鳜鱼鲈鱼白鱼，没有鲤鱼。"——何况的夫人也以为何况说的是鲤鱼呢。"吃什么鲤鱼？鲤鱼的肉太老了，我想吃盐煎白鱼，剁椒鲢鳙鱼头也可以，臭鳜鱼也可以。"虽然何况当时听了大笑不已，但季尧觉得这终归有点儿对牛弹琴的意思了。夫妇共同生活，柴米油盐一饮一啄固然很重要，但如果可以，季尧还是希望有李清照赵明诚烹茶赌书、贾宝玉林黛玉共读西厢那样的时光，就算不多，但总要有一点才好。有了那一点，柴米油盐的生活就不一样了。

"众里寻他千百度。蓦然回首，那人却在，灯火阑珊处。"

虽然季尧不知道自己一直等的"那人"是谁，但肯定不是苏荣珍。

姆妈告诉他，初六那天他们要回请苏荣珍一家。

"你这两天要不要请荣珍看个电影？"姆妈若无其事地说。

但季尧是懂姆妈的，越是看重的事情，越是做出一副若无其事的样子。姆妈狡黠着呢，一种良家妇女小心翼翼过日子的狡黠。

不能再拖延了。

"我有女朋友了。"他急中生智般地说。

"你有女朋友了？"

姆妈且惊且喜。

"嗯。"

"真的？"姆妈有点儿不相信。

"当然真的。苏荣珍上次去我们学校也见过的。"

季尧说的是香奈喜，他后来也奇怪，当时自己怎么一下子就想到香奈喜那儿了呢。

"这是神谕。"香奈喜得意地说。

季尧不语怪力乱神。但为什么当时眼前会浮现香奈喜牡丹花般的面庞，他也不明就里。

他不知道姆妈是怎么和苏家说的。反正当天晚上大概十一点多的样子，苏荣珍在微信里给他发来了一连串啪啪啪燃放的鞭炮。

他想解释一下，"其实没有，不过是权宜之计"。写完之后，又觉得不妥，还是删了。"我们还是朋友？"这也不是他的风格，因为有点假惺惺了。斟酌半天，最后什么也没写，只回了一个表示囧的表情包。微信上那个撇了眉两腮涂得通红的傻乎乎的头像是他经常用的。

之后他们再也没有联系过。

倒是偶然碰到过一次，那已经是多年后了，在老家西城区仿古长廊的一家小店门口。那家店是卖手工刺绣品的店，店名叫"亲爱的生活"——好像叫"亲爱的生活"吧，他记不太清了。当时香奈喜正低了头，十分认真地挑一个蓝布绣花香囊。"季老师，你说牡丹花图案的好看，还是莲花图案的好看？"结婚后，香奈喜还是叫他季老师。因为这个姆妈还提过意见："她怎么还叫你老师？别人听了，会觉得奇怪的。"姆妈这代人，总是太在意别人了，动不动就说"别人看了如何如何""别人听了如何如何"，好像别人的看法比自己的生活还重要一样。不过，也不仅姆妈，大家都这样，从古至今，所以《将仲子》里的那个少女才战战兢兢地说："仲可怀也，人之多言亦可畏也。"他自己是不介意别人的。叫季老师挺好。其实，"季老师"只是香奈喜对季尧的正式称呼，不正式的时候，香奈喜对季尧的称谓花样不少，有时叫"竹老师"，有时叫"兰老师"，有时干脆"梅兰竹菊老师"一起叫上。香奈喜说季尧的样子和梅兰竹菊太像了，简直可以做"梅兰竹菊"的形象代言人。季尧抗议过，像竹子也就算了，怎么可能像花呢？香奈喜说，怎么不能像花呢？中国人不是喜欢用花来形容人的吗？所以才有如花似玉这个成语。如花似玉一般是用来形容女人的，季尧说。你们的成语难道有阴性阳性之分吗？香奈喜认真地问。那倒也没有。季尧就由她叫了。反正梅兰竹菊什么的，也不算太过。比起"我不卿卿，谁当卿卿"的王安丰妇，已经算很克己复礼了。再说，叫"什么什么老师"，还有点儿"此情可待成追忆"的缅怀意味。尤其有一次 Isabella 和戴维他们一起到"几介居"——"几介居"是他们后来住的地方——来玩的时候，他和香奈喜去车站接他们，她一看见季尧就激动万分地用西班牙腔的中文叫他"管锥老师管锥老师"，他才知道，原来在她们那儿他还有过这么个称谓。他板了脸，做出一副不高兴的样子，其实心里甜蜜着呢。

"季老师，你说牡丹花图案的好看，还是莲花图案的好看？"香奈喜的杏眼在两个香囊上看来看去，一副难以取舍的样子。"又不是多贵的东西，有什么好费神的呢？"季尧的表妹就因为香奈喜这样，后来再也不肯陪香奈喜逛街了。"实在受不了她。一把破木梳，几块钱的东西，也能挑上半个钟头。日本女人都这么磨叽的？"表妹抱怨。她一开始很热爱陪香奈喜逛街的。每次季尧带香奈喜回老家时，她都会主动请缨要带香奈喜"到处看看"。季尧对此也十分乐意，他正好可以在家看几页书，或者陪父亲下两盘棋，他难得回家，即便回来后父子间话也不多。"工作还好吧？""还好。""您身体还好吧？""还好。"然后就没有话了。但表妹陪了几次之后就不耐烦了。逛街也要志同道合的，但她们两人的逛街趣味完全不同。表妹虽然一直生活在小镇，但小镇这些年在中国城镇化的进程中，已经飞速发展成了中国所谓的十八线小城，其繁华摩登虽不能和北京上海比，却也有很华丽现代的新城区。表妹喜欢逛新城。新城有金碧辉煌的大商场，有肯德基，还有店门口撑了漂亮遮阳伞的"鲜芋仙"冷饮店，逛累了坐在遮阳伞下，翘了兰花指端一杯红豆珍珠奶茶，悠然自得地打量来来往往的行人，是表妹周末最热爱的消遣，也是表妹对美丽生活的理解。

但香奈喜不喜欢逛新街，喜欢逛老街，说老街"更有中国的样子"。什么意思？难道中国的样子就是瘪了嘴的老太太穿着大红大绿的绵绸裤子，在屋檐下摆小摊的样子？就是半老不老的男人戴顶草帽拉黄鱼车的样子？表妹的爱国主义都被香奈喜这句话气出来了。季尧没办法，于是就亲自陪香奈喜逛了。和大多数男人一样，他也是不喜欢逛街的，而且还是香奈喜这种逛法，她简直把老街当博物馆来逛呢。一事一物，一器一皿，都要细加琢磨和研究。季尧受不了。"怎么能随便呢？我要对它负责任的。"当香奈喜问他意见、他敷衍地回答"随便"时，香奈喜批评他。他扑哧笑出声来。"负责任"这种词，用在这儿实属大而不当。他差点儿又要给香奈喜上课了。没办法，这是季尧的职业病，好为人师，尤其在香奈喜这儿，逮了机会就给香奈喜上课的。"这个词语不是这么用的，它一般用在什么什么地方。""这句话有典出的，典出哪儿哪儿。"好在香奈喜喜欢听。他们一个喜欢上课，一个喜欢听课，也算天作之合了。生活中的季尧有些呆头呆脑，但上课时的季尧神采飞扬，或者说接近神采飞扬——"接近神采飞扬"是那个"子之清扬"的师妹对季尧上课风度的评价。听起来好像不怎么样，其实已经十分难得了，因为师妹评价男人是十分严苛的，他们导师，那可不是一般的男人，而是复旦男神级别的，走在校园里，那个玉树临风，在她那儿也不过是"接近玉树临风"。所以，季尧虽然只是个"接近神采飞扬"，听到后也还是沾沾自喜了的。毕竟和导师相提并论了呢。有一段时间，在他们那个师门里，他和导师被称为"两个接近"。"谁在里面？""两个接近。"也是奇怪，季尧到后来，关于师妹的许多事情都记不太清了，却清楚地记得她伶牙俐齿说他"接近神采飞扬"。可见男人，哪怕是季尧这种自命清高的男人，都虚荣得很，念念不忘的还是别人对自己的赞美。香奈喜初次见到的就是在课堂上"接近神采飞扬"的季尧，而不是生活里木头木脑的季尧，所以才有"百分之五十"之一见钟情的事情发生。如果换个地方相遇，说不定就不会发生了。"这是不是你们中国人说的命中注定？是不是月光下的老头用一根红线把我们的脚系在了一起？"香奈喜问。季尧不是宿命论者，更不信唐传奇里的奇谈怪论，但在东京上野出生的香奈喜，和在中国十八线小城出生的他，原本八竿子打不着的两个人，竟然成夫妇了，确实也不能不让季尧惊叹于命运的神奇。

"季老师，你说牡丹花图案的好看，还是莲花图案的好看？"

就在香奈喜问这个问题的时候，季尧一扭头，看见了对面走过来的郝阿姨。

他以为是郝阿姨呢，正犹豫着要不要开口打个招呼，却突然反应过来，那根本不是郝阿姨，而是苏荣珍。

不过六七年的功夫，苏荣珍就变成了郝阿姨，如果不是那副黑框眼镜，季尧差点儿真的把她当成郝阿姨了。从前那个清瘦的知识分子气质的苏医生不见了，那个扎马尾有着莲梗一样笔直修长脖子的苏医生不见了，眼前是一个剪齐耳短发、白皙丰腴的中年妇女。手里拎个塑料袋，一晃一晃的。

他不知道苏荣珍看没看见他，应该看见了的吧？因为苏荣珍明显愣了一下，然后转身急匆匆往另一个方向走了。

一时间季尧的眼泪差点儿夺眶而出。

"好在那时你们没有谈成。"姆妈不止一次在季尧面前嘀咕。苏荣珍和一个有妇之夫好过的事情，后来不知怎么传到了姆妈和郝阿姨的学校。要想人不知，除非己莫为。一个人躲在被窝剥几颗桂圆干吃，都瞒不了别人呢。何况一个女人做出这种不知羞耻的事情。小镇的人义正词严，共同为揭发这么一桩不道德不名誉的事情添枝加叶。他们还一起生了女儿呢，那个女儿长得和苏荣珍一模一样，也是小鼻子小眼睛。也有说是儿子的。那个儿子长得和苏荣珍一模一样，也是小鼻子小眼睛。天哪！天哪！你家真是运气好，不然，儿子一结婚就成继父了。说这话的人抚了胸口说，一副替姆妈庆幸的样子。是呀是呀，如今这世道，男人不容易，一不小心，就给自己找了顶绿帽子戴上呢，另一个人热情附和。姆妈想想也觉得后怕，差点儿就上个大当了，又怪郝阿姨缺德，算计谁也不应当算计到老朋友头上呀，竟然想把自己二手货女儿塞给她儿子。她倒是志向远大，不出手则已，一出手就不凡，竟然打起了她才貌双全玉树临风的儿子的主意。难怪要买房子倒贴呢。她当时还纳闷,买房子不是男方的事吗? 原来是做贼心虚。要不是儿子没看上她家苏荣珍,那后果真是不堪设想!

"她怎么做出这种事来? 她怎么做出这种事来?"姆妈用劫后余生般的语气问父亲,也不知这个"她",是指苏荣珍,还是郝阿姨。

父亲皱了眉:"你少说几句行不行? 人家已经够倒霉的了。"

苏荣珍已经快四十了,还没嫁出去。郝阿姨以前也是个长舌的人,现在因为苏荣珍,开不了口了,干脆和以前的同事朋友都断了来往,躲在家里过着深居简出与世隔绝的生活。

姆妈这才不作声了。

十四　杜校长要来参加读书会

自从老尚给了季尧一把人文楼202的钥匙之后,"露台读书会"就从青年教工楼的露台改到人文楼202了。

费丽丽又一次建议给读书会改个名字,因为读书会从青椒园的露台改到了人文楼的教室,再叫"露台读书会"就名不副实了。但除了陈科,其他人都表示反对,反对的原因一方面是因为"露台读书会"已经搞了快两年了,在同学当中已经有了相当的知名度,再改成其他名字,等于从头再来,不上算。另一方面也是为了反对而反对,如果这建议不是费丽丽提出来的,而是由另一个同学提出来的,哪怕是陈科,说不定大家 —— 特别是那两个中文系的女生 —— 也就同意了,毕竟名字什么的,没有那么重要,就如《红楼梦》,叫它《石头记》也好,叫它《情僧录》也好,叫它《风月宝鉴》也好,不论怎么叫法,其实东西也还是那个东西。但因为是费丽丽提出来要改名,大家就不同意了。

依季尧之意,读书会还和以前一样,他布置一本书,大家回去读,读后再一起谈谈读后感就行了。也不一定要作古正经地谈主题或叙事手法什么的,也可以谈其他 —— 应该说,尤其可以谈其他。比如有一回,陈科谈的是文学作品里的建筑和装饰,它们与故事以及人物之间的隐喻关系。他谈《蝴蝶梦》里的哥特式建筑,谈李白的"却下水晶帘,玲珑望秋月",谈温庭筠的"小山重叠金明灭",谈潇湘馆和林黛玉的诗意精神取向,谈蘅芜苑的极简风装饰和薛宝钗内在的丰富复杂。要不是有同学实在忍不住打了个大大的哈欠,还不知道陈科要谈到哪里去。"你这是孙悟空的筋斗云呀,一个跟头就十万八千里之外了。"那位打哈欠的同学说。其他同学也觉得陈科扯得太远了。可季尧很欣赏陈科这种"孙悟空的筋斗云"似的谈法。这是自然,陈科的"筋斗云"和季尧的"跑野马"是一回事,都是往开了说,往远了说。当然,季尧的"跑野马"也是有讲究的,"要形散神不散"。这话知易行难,因为要做到形散神不散的话,要有相当的功力,不然的话,是做不到神不散的。季尧自己有时也做不到呢,有时讲着讲着,就回不来了。回不来其实就是神散了。可做不到归做不到,至少那是正确的学问路径,季尧还是会朝这个方向引导学生。"什么什么之主题意蕴""什么什么之艺术风格研究",季尧一看到这种标题就头痛了,好像文学作品不是文学作品,而是一个简单的数学公式,只要把数字往里一填就大功告成。或者是一件老式对襟大衫,只要把两个胳膊往里一伸就完了。怎么能这样对文学呢?一千个读者就有一千个哈姆雷特,一万个读者就有一万个哈姆雷特。也就是说,每个读者都是一个主体,都有主体性和创造性,如果大家都人云亦云,那么一千个读者就只有一个哈姆雷特了,一万个读者也只有一个哈姆雷特了。这是季尧一贯的读书观点。同学们都知道的。所以即便在其他老师课上,他们也会分析"某某作品之主题意蕴"或"某某作品之艺术风格",但在季尧这儿还是会想方设法"独辟蹊径"的。因为季尧谈读书,除了喜欢"跑野马",还喜欢"独辟蹊径"。于是读书会上"独辟蹊径"的同学是不少的，比如费丽丽，她总喜欢从人物服装的角度谈作品，另一个食品工程系同学总喜欢从食品的角度谈作品；最让大家尴尬的是一个生物系的学生，他总是从生物科学的角度谈性，谈作品里的性行为性方法什么的，因为这个角度实在太敏感了，所以他总用一副特别严肃特别端庄的表情谈，而其他同学也总是用一副特别严肃特别端庄的表情听。即便这样，有女同学还是很有意见，建议季老师——是在私下找季老师建议——取消那个生物系学生参加读书会的资格。季尧当然没同意。性是许多文学作品的重要组成部分，比如《金瓶梅》，比如《霍乱时期的爱情》，比如《小城之恋》，不谈性的话怎么谈作品呢？季尧说。当然，谈《金瓶梅》也可以从其他方面谈，比如食物，比如衣裳，费丽丽不就从服装的角度谈过西门庆的女性审美吗？所以，鲁迅先生说一部《红楼梦》，经学家看见《易》，道学家看见淫，才子看见缠绵。这虽然是在批评读者各说各话，但季尧认为各说各话也是正确的读书之道。那位建议的女生听季尧这么说就脸红了。季老师什么意思呀？是把她归入"道学家看见淫"的"道学家"之流？

季尧其实没有这个意思，他只是想让学生明白，读书要有自己的路径而已，不能老在别人车辙里走。

当然，他是不太喜欢这个女生私底下找他的做法，有意见当面提就是了。"我不同意你讲这些内容。"如果这位女同学在读书会当场这么站起来说的话，季尧会觉得很好。不是说她的观点很好，而是她的做法很好。他不喜欢背后搞小动作的人，更不会鼓励学生这么做。在他的读书会上，读什么，如何读，还是要按季尧自己的风格来。

然而，让季尧没料到的是，在读书会从青椒园的露台搬到人文楼202之后，读书会"按自己的风格来"的时代就结束了。

首先是海报。虽然季尧说了"不用不用",但老尚还是坚持要求季尧贴海报。为什么？季尧又挠他的后颈窝了。天哪！这只鹦鹉鹉！没办法,老尚只得又谆谆教诲上一遍。好在老尚好"谆谆教诲"这一口,不然,就要被这只鹦鹉鹉烦死了——为了中文系的影响呀,因为读书会搞什么,如何搞,不是你季尧一个人的事情,而是中文系的事情,它关系到中文系,不,关系到整个人文学院的形象和声誉呢。这是车轱辘话了。老尚说起来,十分娴熟。要说这话也没什么不对,但季尧觉得它太冠冕堂皇了,太上纲上线了,或者说太"正确"了。"太正确"的话反倒让人生疑,也生厌。但生厌归生厌,却没辙。季尧的读书会,现在不在露台,不是以前那个可以随随便便的露台师生闲话,而是在人文学院,是中文系一项正儿八经的教学活动。用何况的话说,季尧的读书会已经被老尚招安了。因为这个,何况还故意恭喜贺喜了季尧呢。贴就贴吧,也不是什么大事,季尧懒得和老尚理论了。他让陈科画了一张海报,贴在202门口。他以为这样就可以了。领导嘛,面子比普通人更薄,薄如蝉翼,伤不起的。季尧虽然迂,也懂给领导面子的——当然是在不伤大雅的情况下。

没想到,老尚认真得很,还亲自去看海报了,看过之后,很有意见。首先那画太潦草了,就那么几笔炭笔素描,说它是一本书也可以,说它是一棵树也可以,说它是一张没有五官的人脸也可以,这怎么行呢？字也太小,还写得花里胡哨。"每周五,我们在这里和伟大的灵魂对话。""什么叫'和伟大的灵魂对话？'装神弄鬼,简直不知所云。还有,就在人文楼202贴一张海报怎么可以？贴了和没贴一样。海报的意义,就在于对外宣传,所以要贴就要贴到人文楼以外的地方去,主教呀、食堂呀、行政楼呀这些地方。""为什么要贴到行政楼呢？难道日理万机的领导们还有参加读书会的闲情逸致？"季尧问——是故意这么问。老尚的用意，季尧自然也懂的。但把海报贴到行政楼，也太恶心了，或者用朱叟老师的说法"太妖娆了"——朱叟喜欢用"妖娆"这个词来形容某些老师的下作。比如在酒席间某老师欠身给领导搛菜，朱叟如果正好也在座，就会轻声来上一句，"太妖娆了"。开会时某老师从台下娉婷地走上台给领导面前明明还是满满的杯子续水，朱叟又会轻声说上一句"太妖娆了"。这种时候季尧虽然不会附和般地笑——他不习惯在公共场合下和别人一起嘲笑谁，但感情立场和朱叟的"太妖娆了"倒是一致的。一个知识分子，"有所为"可能太困难了，但"有所不为"是起码的操守。到行政楼贴海报，当属"有所不为"的范畴。如果放下身段去贴，着实"太妖娆了"。

老尚听了季尧的问话之后，面部表情一时看起来有些奇怪，一副要笑不笑、欲言又止的扭捏样子。几秒之后，他突然下定放心要透露一个天大的机密似的，趋身上前，把一只手半握成含苞欲放的花苞状掩在唇边，压低了声音问季尧:领导为什么不会来参加读书会？"什么意思？季尧没听明白。老尚的声音压得更低了，几乎是耳语:"这事虽然还没最后定下来，但我先告诉你一声，你知道了也要假装不知道。杜校长已经说了，最近要抽个时间亲自参加一回你的读书会。可能是下周，也可能是下下周，所以小季你可要做好充分准备。"老尚用一副体己般的语气说。

"接下来这几周，小季你可要多花点心思，读什么书——你要选一本合适的书，首先要选中国文学，不要选外国文学，听说上周你们读的是《伊豆的舞女》，我查了查，是一个叫川端康成的日本作家写的。虽然这个作家获过诺贝尔文学奖，但《伊豆的舞女》，怎么说呢，听起来多少还是有点不正派不健康。而且，你作为一个中国古典文学专业的老师——我知道你会说这是读书会，不是专业课，但总归还是不太好吧？其次你要选主题思想积极健康的书，而不是颓废没落的书。虽然颓废没落在西方是主流，但中国作家也有不少颓废没落的，比如张爱玲——我知道张爱玲在我们中文系是很有市场的，比如我自己的研究生余小果，就很喜欢张爱玲。这个余小果，专业成绩不怎么样，平时就喜欢读一些乱七八糟的书。有一回在我的课上，竟然大谈特谈起张爱玲的《金锁记》，我就批评了她：'有时间你多读读自己的专业书，少读那些乱七八糟的。'她还不服气，说《金锁记》才不是乱七八糟，而是'我们文坛最美的收获之一'。后来我到资料室借了本《金锁记》，想看看这'我们文坛最美的收获之一'到底如何，结果把我读出了一身冷汗。太邪恶了！太病态了！简直毛骨悚然！一个女人，竟然对自己的小叔子有非分之想；一个母亲，竟然对自己的儿女下手。现在学生这种阅读趣味实在有问题，有大大的问题，如果任其发展下去是很危险的。我们老师有责任引导他们读书，读一些光明的温暖的东西，比如冰心先生的作品，我还记得她的《小橘灯》呢，是小学还是中学课本上的？太温暖了！太美好了！冰心先生的作品，歌颂的都是伟大的爱，而不是恨。人性是什么？是爱，不是恨。这是我们文化的根基。儒家文化是很讲爱的。现在很多作家，总把人性写得那么黑暗，那么变态，好像写人的黑暗面就代表了写人性一样，这是不对的。这是西方的人性观，不是我们的人性观。我们当老师的，不能任由学生往错误的方向、危险的方向走。如何做呢？就是要引导学生读正确的书。后来我让资料室的老姚买了几十本冰心先生的书。当然，我这不是在要求你选冰心先生的作品，我只是在说如何引导学生读书的问题。

至于下周或下下周要选什么书，这当然由季老师定，但如果季老师愿意听我的建议，我认为可以选《联大八年》，或者和西南联大相关的小说，比如宗璞的《南渡记》《东藏记》，鹿桥的《未央歌》，这几本书我在杜校长办公室的书橱里都看到过。说实话，像杜校长这么爱读书的领导可不多，人家一个理工专业出身的校长，却如此重视文学阅读工作，还要亲自参加读书会，实在难能可贵呀，我们应该感到荣幸的。这对我们中文系的发展可是大好事，所以我们应该珍惜并抓住这次机会，认真选一本合杜校长口味的书——不是别的意思，而是这样一来，杜校长也能参与读书会的讨论，读书会的意义可就大不一样了。

"另外，讨论什么问题你也要提前做准备，不能是你平时画梅花的风格。问题一定要深浅合适，不能太深奥、太专业，也不能太浅显、太不专业。由哪些同学发言也要提前安排好，一定要让那些三观正确、稳重靠谱的同学发言，而那些平时就离经叛道喜欢胡说八道的同学，到时一定要让他们免开尊口。这可不是开玩笑的，上次历史系有个学生，学校评估期间在许子西老师的《中国历史》课堂上大放厥词，说中国历史就是一部虚构史，比小说还小说呢。而且还引经据典说这种历史观出自胡适，说胡适在他的《实验主义》里写道：'历史实在是一个很服从的女子，她百依百顺地由我们替她涂抹装扮起来。'当时可有许多外面来的评估专家听课的呀。许子西老师一直试图制止那个学生，但那个学生口若悬河欲罢不能，结果差点儿把学校的本科评估搞砸了。最后教务处使了好大的劲才把这事大事化小了——只是大事化小，没有小事化无，我们学校的评估成绩还是受了影响，专家在本科教学这一项打得分偏低。结果整个历史系，包括系主任周素槐都或多或少受了牵连，许子西老师就更不用说了，当年业绩考核不合格。不合格呀！

季老师你知道这意味着什么？不但当年的业绩奖没有了，两年之内还不能参加职称评定。你说说这学生多能坑老师？这样的处理结果还是学校手下留情了呢，按教务处徐处的话说就是他们到最后还是'高抬贵手'了呢。本来他们是可以取消许子西教学资格的。学生的历史虚无主义思想，还有对中国历史的错误认识，是怎么生发的呢？许子西作为他的《中国历史》课的老师，无论如何脱不了干系。虽然当时有不少老师为许子西老师鸣不平，但我认为学校追责许子西老师是理所当然的。老师不是人类灵魂的工程师吗？学生的灵魂出了问题，工程师自然要对此负责。人家工业产品不也有质检这个环节吗？不也有产品保修期吗？所以我们在生产环节，就要把好质量关。在读书会上，由哪个同学发言，发言时应该说些什么，都要提前组织安排好。小季，我建议你做一个PPT，先发给我过过目，我帮你把一下关。毕竟这方面我比你更有经验，也比你更熟悉杜校长的读书取向。总而言之，杜校长要来参加读书会，这对你，对我们中文系，都是有很大意义的，所以我们要精心准备，千万不能出丝毫纰漏。到时校园网的'教学在线'，还有'风云际会'，我们文学院的'人文风流'，肯定都要全面报道这事的，整个读书会的过程也会全程录像，所以我们不能出任何纰漏，以免辜负了杜校长的这番美意。"

季尧愈听愈觉得不对劲。"选一本合杜校长口味的书。""以免辜负了杜校长的这番美意。"什么意思呀？老尚这是把他当《闺意献张水部》那个小心翼翼的新娘了吗？"妆罢低声问夫婿，画眉深浅入时无。"还要做PPT先发他过过目，又不是搞讲座，还要做PPT？这种嫌婉相就的姿态，"太妖娆了"！季尧不知道别的老师做不做得来，反正他是做不来的。本来是件轻松的事情，师生在一起随便聊聊彼此的读书心得，是"奇文共欣赏，疑义相与析"的意思。这是读书人的乐子，被老尚这么一说，不但乐不成了，反而成了一种负担。季尧一下子索然无味起来。老尚这个人，还真是够多事的。上次也是，本来课余指导一下留学生演戏，也是有意思的事情，结果被老尚和胥院长他们一升华成"文化战略"，就变得没意思起来了。这些做领导的，还真能扫人兴致，真能煞风景。这个杜校长也是，为什么要来参加他的读书会呢。"他不是日理万机吗？且去日理他的万机好了，何必来参加读书会呢？"季尧在电话里对了何况发牢骚。何况笑："季老师，你这是不识抬举呀，人家老尚是给你一个在校长面前表现的机会呢。说老实话，他对你还是不错的，你可不要不领情。中文系又不是只有你一个人在搞读书会，顾春服不是也搞了一个'书法之美'？徐毋庸不是也搞了一个'夜航船'？老尚都没有把他们的读书会往上推——杜校长之所以要来参加你的读书会，一定是老尚把你的读书会往上面报告了，不然，杜校长怎么知道你的读书会？可见老尚很看好你，很器重你。你是他的瑚琏呀。所以你就识点抬举，按他的意思选一本关于西南联大的小说。如果觉得选《联大八年》太那个了，那就含蓄一点，选宗璞的《东藏记》或鹿桥的《未央歌》；如果觉得还是太那个了，那就再含蓄一点，选篇汪曾祺的，你不是一直喜欢汪曾祺吗？汪曾祺不也写了很多西南联大的东西？《跑警报》《鸡毛》《西南联大中文系》，随便选一个，再准备好几个问题，就按老尚的要求，提前让三观正确的学生准备好，到时杜校长一高兴，说不定就给你的读书会立个项目呢，再一高兴，给你一个教学奖什么的，你以后评职称就有成果了。这不是好事吗？别人想要还没有呢。不信，你去问一下顾春服，看他愿不愿意让杜校长来参加他的读书会。或者问一下徐毋庸，虽然徐毋庸一向以清高自许,以洒脱自许,不把许多事许多人放眼里,但如果是杜校长要参加他的读书会,估计他也愿意的吧。所以,我的季博士季老师,你别太矫情了好不好?"

"你的意思是,我在欲迎还拒?"季尧听了着实恼火。

"不是,欲迎还拒那是高难度的动作,鲍小白才会来这个,你就是想来,也来不了。"

"那你什么意思?"

"我是说你不应该发牢骚。"

"那我应该受宠若惊?应该感恩戴德?"

"你心里若惊不若惊、戴德不戴德不重要,但面上你还是要若惊和戴德的。"

"你的意思是,要我面上一套,面下一套?"

"我的意思不重要,老尚的意思才重要,人家做领导多年,肯定比你我擅长揣摩圣意,是不是?"

何况如果不说"圣意"还好,一说"圣意",季尧立马就做了一个决定,读书会不搞了,先停上几周再说,至于以后,也不能在人文学院的202搞了,还是回到青椒园的露台去,那儿山高皇帝远,没这么多麻烦。

季尧拿了202的钥匙去还给老尚,老尚还在等着季尧交PPT呢,看到季尧手里的钥匙,觉得莫名其妙。季尧又挠挠后颈窝说,这学期事情太多,读书会的事儿恐怕要暂停一段时间。

老尚怎么也没想到季尧会给他来上这一手,暂停怎么可以?他已经向杜校长汇报过了,杜校长已经说了要来参加读书会,突然又不办了,这不是让他骑虎难下?他怎么向杜校长交代?他妈的,这个季尧,也太没有责任心了,太不把领导当回事了。看来是他平时对季尧太客气了,让他找不着北了,所以才敢对领导的建议这么不放在眼里。

老尚脸色一凛,疾言厉色道:"开玩笑!怎么能暂停呢?在这个节骨眼上,你应该抓紧准备才是。不然,耽搁了读书会,你我怎么向杜校长交代?"

这话季尧不爱听,读书会是他利用自己业余时间做的事情,不在学校的教学计划之内,他想做就做,想停就停,是他的自由。他又没拿学校一分钱的课时费,又没有计算工作量,凭什么不能暂停呢?还拿"你我怎么向杜校长那儿交代"这顶大帽子压他,他季尧为什么要向杜校长交代?他又没有向杜校长报告什么?是他老尚没事找事去报告的,和他季尧不相干。

"没办法,这学期真的有点忙。"季尧把手从后颈窝拿了下来,脸色一凛,看了老尚不卑不亢地说。

"你说说,忙什么?"

"我一个普通老师,还能忙什么?不就是忙备课忙上课忙指导学生论文。"

"事情要分轻重缓急,那些事情你可以先放一放,等杜校长参加完了这次读书会再说。"

"放不了。"

老尚气得不知说什么了,这个季尧是不是脑子进水了,怎么这么不开窍呢?

老尚那个急,但季尧看起来,却是一副油盐不进的样子。

怎么办?怎么办?怎么办?

但老尚到底是老尚,几个"怎么办"之后,就有了办法。

"要不这样，你这两周的课，我让你们教研室的其他老师先顶一下，或者让辅导员带学生出去上一次社会实践课，或者干脆安排学生自习也行，总之这事交给我，我会让教务员去安排，你就只管去准备读书会。"

"不用不用。"

又是该死的"不用不用"。

老尚把之前凛着的脸色收了回来，和颜悦色地问：

"小季呀，你和人事处签的合约是几年的？"

"六年的。"

"那还有几年到期呀？"

"一年半。"

"你们和学校签了'非升即走'协议的吧？"

"是的。"

"那你最好今年上副教授呀，不然，到明年可就被动了。"

"……"

"小季，你知道我们人文学院每年评职称竞争都很激烈的，尤其高级职称，学校是把指标下放到各学院的——学校这样做，主要是为了保护有些学院，比如艺术学院、体育学院、外语学院，这些学院教学和科研相对弱，特别是科研环节，老师们的成果经常不达标。评高级按要求C刊论文三篇，主持国家课题一项、省级课题两项，结果他们经常一个满足条件的都没有。于是一篇两篇的也能上高级了，没有国家课题的也能上教授了。没办法呀，指标是下放到学院的。我们两个指标，人家也有两个指标，于是只能矮子里拔高个了。而我们学院的老师，一个比一个强，指标两个，满足条件的倒有十个，僧多粥少，狼多肉少，怎么办？只能打擂了。你有三篇C刊论文，人家有四篇C刊论文；你有一个教育部课题，人家有两个国家纵向课题，谁上谁下？不用说呀，当然是四篇C刊论文两个国家课题的上，三篇论文一个国家课题的下。这样一来，艺术学院两篇C刊论文的上教授了，人文学院三篇C刊论文的没上，没办法呀，人文学院评职称的生态就是这样残酷这样恶劣呀！所以，在人文学院评上高级的老师，哪个不要经过一番筚路蓝缕披荆斩棘？按历史系俞芳龄老师所说，她经历的岂止一番筚路蓝缕。而是好几番筚路蓝缕呢。缕后来都从浅蓝成深蓝成墨蓝了，最后才蓝上的呢。

"俞芳龄老师的结果还算是好的，好歹最后评上了。还有不少老师，即使蓝成了墨蓝也蓝不上呢。比如哲学系的老傅，到退休时还没评上呢。还有我们语言点的老黄，你知道有些不厚道的同事背后叫他什么吗？'老讲'，就因为他五十多了，还是讲师。这些都是前车之鉴。所以你一定要早做准备，要未雨绸缪。多写C刊论文当然很有必要，但你多写，别的老师也会多写呀。和你同时间进校的博士又多，写论文做课题哪一个不是如狼似虎？闵雪生鲍小白他们就不用说了，其他几个哪里又是吃素的？就拿你朋友何况来说，表面一副云淡风轻与世无争的样子，暗中不也在厉兵秣马？你觉得自己在科研成果这一块竞争得过他们吗？应该竞争不过吧。所以你要扬长避短，要剑走偏锋，发挥你的优势。你的竞争优势在哪里？教学呀！你的课深受学生欢迎，这个我是知道的，其他同事和领导也是知道的。这也是我为什么这么欣赏你器重你的原因。现在许多年轻老师太现实主义了，太急功近利了，总是把精力放在科研上，而对教学马虎了事。这当然也不能怪我们的年轻老师，而是高校导向有问题，重科研轻教学。科研做得好,名利双收;教学教得再好,也没什么用,除了学生喜欢。可学生喜欢有什么用呢?按朱卑老师的说法——朱卑老师的话虽然大多阴阳怪气,但偶尔也是能切中肯綮的——那是'不但没有用,还有反作用'。这话当然不对,太没有人民教师的情怀了,但她这句话的逻辑,也是很多老师的逻辑:因为学生喜欢你,有事没事就爱来找你,请教这个问题请教那个问题,瞎耽误时间和精力,还不如不喜欢呢。不喜欢至少可以落个清静。许多境界不高的老师都是这么想的。所以现在很多老师都不愿在教学上花功夫。

"好在这几年情况有所改善,自从杜校长主管教学以来,对教学这一块也开始重视了。教务处去年不是设了个'春风化雨'教学奖吗?用来奖励一些在教学上表现突出的老师,虽然奖金不多,还比不上一篇C刊论文的奖励呢,但这个奖的意义不在奖金,而在其他方面。小季,你知道它的意义在哪里吗?是它对评职称有帮助。我是教授委员会的,对学校评职称的政策了解最及时最清楚。校领导有明确指示,在同等条件下,或者条件差不太多的情况下,职称要向教学奖倾斜。也就是说,如果你和何况和鲍小白一起评职称,如果你们论文课题差不多,而你有一个'春风化雨'教学奖,那么,毋庸置疑就是你上他们下。所以,小季你要抓住机会,把你的'露台读书会'做大做强,到时我努力替你争取一个'春风化雨'教学奖,这应该问题不大。我相信,杜校长这次参加你的读书会之后,对你一定印象深刻,说不定就记住你了。那样的话,今年你评职称,不就有了一个克敌制胜的法宝?"

老尚娓娓而谈。也不知是因为情急,还是其他,说完这些的时候,老尚已经面若桃花了。

季尧一直盯着老尚的脸看,他发现老尚的左脸和右脸好像不一般大,左脸看着比右脸更丰满些,也更白润些,如果说右脸是一朵粉红小桃花,左脸就是一朵粉白大桃花。老尚快六十了吧?这么大岁数的人了,皮肤怎么保养得这么好,不说吹弹可破,但真是溜光水滑,一丝儿褶子也没有,一点老年斑也没长。章培树教授和他同龄呢,脸已经皱巴成一粒金丝蜜枣了。梁实秋说,上了年纪的女人是金丝蜜枣,其实上了年纪的男人也一样会变成金丝蜜枣的。但老尚没有。也不知是尚师母的功劳——听说尚师母擅长做药膳,他家的菜,经常会搁各种中药,什么杜仲呀,什么黄芪呀,什么天麻呀——天麻炖乳鸽是老尚家的经典菜式,又美味,又养生,健胃养脾,补肾固精,学校有不少人吃过,当然都是学校说得上的人物,而不是阿猫阿狗之流,阿猫阿狗还没有资格吃老尚的家宴。

中文系的人都知道老尚喜欢家宴。这也是与时俱进,虽然小尚动不动就说老尚"out"(落伍)了,但小尚不懂,老尚在有些事上out,在有些事上其实一点儿也不out,他紧跟潮流呢。比如请客吃饭这种事情。老尚知道现在流行家宴,不流行在外面吃,尤其是领导,怕被多事者拍照传到网上,造成恶劣影响。这时代风气正中老尚下怀。家宴老尚有优势,男人可不是都有一个尚师母这样的拙荆的。比如顾春服的拙荆就不行,庖厨手艺不好,做的菜据说还没有食堂好吃,所以顾春服经常在食堂吃饭,还时不时流露出他这是响应校领导提出的"以校为家"的口号。但知情人都知道,他不回家吃饭不过是因为他家饭菜糟糕透顶。还有章培树的拙荆,做的菜据说相当精致,尤擅素菜,"能素以为绚"。这大言不惭的"能素以为绚"评语是章培树自己给的。有老师开玩笑,要章培树给他家的"素以为绚"菜肴加个眉注,章培树还真加了:"就是看上去十分清淡,吃起来却蕴藉得很。"蕴藉个屁！吃个萝卜白菜，还蕴藉得很呢，他以为他们家饭桌上的萝卜白菜是李商隐的诗呢。章培树这个老东西，就是会故弄玄虚。不过，就算蕴藉，章培树也没法请客，因为章师母身体不好，是个病秧子，章培树又怜香惜玉，自己都舍不得让章师母为他做"素以为绚"的菜呢，别人更别想吃了。所以他家的"素以为绚"也就是个噱头，中听不中吃的。

当然，也有厨艺好身体也好的，比如语言点的老黄——也就是"老讲"的拙荆，却也不行，因为人家就算厨艺好身体也好，后来却压根不肯进厨房了。为什么？还能为什么，因为"老讲"没出息，不配吃她做的菜。所以，不是男人都有老尚这种福气的，有一个像尚师母这种三合一的拙荆：既精于庖厨，又身体好，还无比崇拜自己的老公。老尚有时不得不佩服自己的高瞻远瞩。章培树这方面就不如他，没有远见，找个中看不中用的美人，当年还得意扬扬地写打油诗炫耀呢。"弱柳扶风袅袅行，老夫从此成挑夫。"当挑夫有什么好炫耀的？他老尚自从结婚后，过的都是垂衣拱手的优渥生活，周末偶尔有雅兴，想去菜市场转转，当文人采风了，也是两手空空去，两手空空回；尚师母一人大包大揽，"就这么点儿东西，不用你费事"。老尚一点儿也不觉得自己不绅士。男人风度说白了都是一种外交策略，对内就没必要了，而且，尚师母身体那么好，工作热情又那么高，他何乐而不为？不但要为，还要鼓励她再接再厉，这是一种领导意识。章培树不会鼓励，只会做挑夫，所以他当不了领导。

老尚对自己很满意，对尚师母也满意，并且随着年龄的增长越来越满意。章师母当初的"袅袅行"现在一点儿也不袅袅了，而是东倒西歪，病秧子般。相反尚师母现在走路那个英姿飒爽，左手一个购物袋，右手一个购物袋，依然可以健步如飞，穆桂英出征一亲。尚师母喜欢大宴宾客，宾客越多，她越有劲。之前的买菜做菜，之后的洗洗涮涮，她一人包圆，不需要尚主任动一根手指头。不过，只是调养老尚一人，对她来说实在是大材小用，大宴宾客才能显出她的本事。但尚主任比她低调，不喜欢大宴，而喜欢小宴，他说小宴好，可以"少少许胜多多许"。她虽然不懂这个少少胜多多的道理，但她相信尚主任的智慧。小宴就小宴，总比不宴好，即使一两个人的宴，她也不怠慢，照样兴高采烈精心烹饪，之后打扮好了笑容满面和尚主任并蒂莲般地站在门口一起对客人说"蓬荜生辉"之类的学院派欢迎语。什么是鸾凤和鸣，这就是了；什么是相得益彰，这就是了。尚主任的面若桃花，来客的赞不绝口，是她的人生成果，这成果一点儿也不比C刊论文差，一点儿也不比课题差。尚师母有尚师母的价值观和人生哲学，而尚主任也非常欣赏并鼓励她这种价值观和人生哲学。说到底，他们也是志同道合高山流水的夫妇。

"怎么样，小季？"老尚见季尧不作声，又问。

"什么怎么样？"季尧一时没回过神来。

"'春风化雨'教学奖呀。"

"哦，不用不用。教学奖什么的，还是不麻烦尚主任了。"

"怎么能不麻烦呢？这也不是你小季个人的事情，而是关系到我们中文系我们人文学院的荣誉呀。"

"还是让顾春服老师报吧，上次在资料室，顾老师还提过这事呢。"

"他报什么报？我们先不说这个。但你的读书会不能暂停，在这个节骨眼上，怎么能暂停呢？杜校长对我们中文系如此重视，如此青眼相看，你这么一暂停，好了，重视变轻视了，青眼变白眼了。难道小季你想我们中文系从此在杜校长的白眼中过日子?"

"杜校长是有雅量的人,一次读书会,不至于。"季尧说。

"至于,很至于。小季呀,你还是太天真了,也太不了解我们杜校长了。我们杜校长这个人,有雅量归有雅量,却是很性情很性情的。"

"很性情很性情"是什么意思? 翻手为云,覆手为雨吗?

季尧有些纳闷地看着老尚,等着老尚解释,老尚却不说话了,脸上的一朵粉白大桃花,一朵粉红小桃花,都灼灼绽放着呢。

十五　媒妁之言

"Bella，你恋爱过吗？"

有一天，香奈喜问 Isabella。

他们刚上了《中国文化》课，老师在课堂上讲了中国古代青年男女的恋爱和婚姻文化。

Isabella 听课喜欢打瞌睡，这也不能怪 Isabella，中国老师上课，怎么说呢，都太 aburrido（古板）了，一点儿也不风趣，一点儿也不幽默。Leon 觉得 Isabella 好笑，大学教授又不是娱乐行业的人，又不是脱口秀演员，为什么非要风趣幽默不可呢？只要学术厉害就可以了。对 Leon 来说，他更喜欢严肃的老师。这也是他选择来中国留学的原因。他来中国留学是因为他一向尊敬的 August 教授的那套"东方崛起论"对他产生了影响。August 说："下一个世纪是东方的世纪，西方将不可避免地遭受从经济到文化到政治的全面沦陷。"他于是很想了解东方，开始利用学校假期到东方国家旅游。他去过日本京都，去过越南河内，也去过中国台北，第一次在台北故宫博物院看见王羲之的《快雪时晴帖》，就被迷住了。他那时当然不知道王羲之是谁，甚至对书法也完全没有了解，但当时被那种美震撼到了。有一种——怎么说呢？又飘逸又收敛，又活泼又庄重的气质。他第一次对东方文化，对东方文化之美,有了发自内心深处的向往。他觉得这种东方美十分神秘。各个民族都有自己的文化气质,德国严谨,法国浪漫,而中国文化似乎很神奇地结合了这两者的特点,体现出一种折中之美,或者说"中庸之美"——他到中国留学后,学习了中国的中庸文化,才理解了王羲之书法的这种矛盾美学。中庸是中国人的哲学,也是中国人的美学,所以王羲之书法之美,和《红楼梦》里的薛宝钗之美,是一样的。也活泼,又不过分活泼;也庄重,又不过分庄重,让人琢磨不透神魂颠倒。他第一次在爱丽舍宫的走廊上见到香奈喜,那感觉就如第一次在台北故宫博物院看《快雪时晴帖》,都让他看痴了。他那时并不知道香奈喜是日本人,还以为她是中国姑娘呢。她中文说得那么好,还有她的脸,长得那么像中国的牡丹花。他从台北回去后就对中国的一切发生了兴趣。中国书法,中国戏剧,中国花朵——他知道了中国的国花是牡丹花。他之前不知道这个世界还有这么一种叫牡丹花的硕大花朵,直到在台北故宫博物院看了一个叫徐熙的人画的牡丹花,那幅画叫《玉堂富贵图》,上面的花朵和鸟都非常有中国风:硕大的,丰满的,鲜艳的,温柔的。不知为什么,他觉得香奈喜比中国姑娘还像中国姑娘呢。他在校园里见到的中国姑娘,和《红楼梦》里的中国姑娘不一样,都太现代了,太摩登了,太世界了,也就是说,她们一点儿也不东方。但香奈喜身上有他所期待的东方美,和徐熙画的牡丹花一样美艳,而且庄重。庄重是 Leon 的重要审美标准,他觉得东方文化的主要特征是自律和庄重,那是他们骨子里的东西,类似于文化基因了。从某个角度理解,这种庄重和日耳曼人的严谨,也有异曲同工之处。只不过,日耳曼人的严谨里,有一种金属般的刚硬,而中国人的庄重里,却是刚柔并济的玉一般的软。"言念君子,温其如玉。"中国古代诗歌集《诗经》里有这么一句,就是写中国古代男子的。他觉得,中国老师——在古代叫先生——身上都有玉气质。Leon 喜欢他们上课时的那种庄重做派,既温文尔雅,又不苟言笑,很好,很中国。他尊敬的 August 教授也是这样的,上课时把脸拉得"像阿尔卑斯山脉一样长",有女同学这么形容过 August 教授。阿尔卑斯山脉有什么不好的?教授就是教授,他们不是你一起嘻嘻哈哈的朋友。Isabella 不置可否地耸耸肩。聪明的女人不和德国男人辩论,和德国男人睡觉可以。他们精力充沛,从不半途而废;但和德国男人辩论就很不明智了。让德国女人阿伦特去和他们辩论吧,他们才是同一物种的生物,都是黑格尔尼采的后裔。而她这个西班牙女人,只会跳热情洋溢的弗拉明戈舞,或者在课堂上打瞌睡。

也不是每堂课都会打瞌睡,比如那堂讲中国古代青年男女恋爱文化和婚姻文化的课,她就听得津津有味。

中国古代青年男女的恋爱和婚姻有点儿像洛可可风格的艺术,实在太烦琐了,太复杂了。

排《薛宝钗的扇子》这个戏时,管锥老师有时会给他们讲《红楼梦》。Isabella 听得云里雾里。贾宝玉爱林黛玉,林黛玉也爱贾宝玉。薛宝钗爱贾宝玉。贾宝玉也爱薛宝钗。真是不能理解,那么爱,都爱到吐血了,爱到发疯了,爱到要死要活了,为什么不求爱呢?为什么不求婚呢?管锥老师说,中国古代的青年男女,不能自由恋爱,更不能自由结婚,要"父母之命,媒妁之言"。什么是"父母之命,媒妁之言"?管锥老师的解释 Isabella 倒是听懂了,就是恋爱和结婚不仅要父母同意,还要有媒人——媒人也就是中间人,类似于华尔街的证券经纪人,或买卖房子的中介。这是为了保障贵族阶级利益,也是那个时代的道德风气。

是上流社会的道德风气，管锥老师补充道，至于民间，生命倒是盎然可喜的。"盎然"的意思 Isabella 又不懂了，不过，这个不懂她可以猜得出来，估计是自由的意思。Isabella 听中文，懂不懂要看老师讲什么，如果讲的内容是她喜欢的，她连蒙带猜就能听懂个大概。如果讲的内容她不喜欢，就一点儿也不懂了。比如管锥老师讲《管锥〈管锥编〉》，她一句也听不懂，但讲《红楼梦》里的公子和小姐的恋爱，她就能懂了。管锥老师说，你们去读《诗经》，中国最早的诗歌集，有《风》《雅》《颂》三部分，里面的《风》部分，写了很多恋爱，大多不是"父母之命，媒妁之言"。比如有一首叫《溱洧》的诗，写的就是很多青年男女在春天在河边很自由地恋爱；还有一首叫《静女》的诗，写的是一男一女在城墙边约会。因为在中国上古时候，礼教还没有建立起来，风气还是相对纯朴的，民间的青年男女还是可以自由恋爱的。¡Mama mía！（妈呀）一会儿可以恋爱，一会儿又不可以恋爱，太麻烦了！

不过，文化课老师讲的中国古代的恋爱婚姻文化，比管锥老师讲的更麻烦。

有"六礼"呢。在中国周代——周代是"唐代之前"的朝代。Isabella 从来记不住中国那么多朝代，她总是化繁为简把中国古代一分为二地记，"唐代之前"和"唐代之后"——唐代 Isabella 是知道的，因为有胖美人杨贵妃。一个可以让女人胖的时代都是好时代——在"唐代之前"的周代，两个青年男女，结婚要经过六个程序：纳采、问名、纳吉、纳征、请期、亲迎。老师一一解释过来，把 Isabella 听得一愣一愣。¡Mama mía！周代的男女结婚不单要父母同意，还要天同意呢。老师说"纳吉"就是占卜，就是问天。天是古代中国人的上帝，中国人的神。古代的中国人做什么事都要先问天的。天同意这事就成了，天不同意这事就黄了。中国人把事情做不成叫作"黄了"。她觉得特别有意思，却不太理解。黄在中国文化里不是一种高贵的颜色吗？比如黄帝，比如黄袍，比如黄道吉日，明明都是好的意思，怎么就成了失败的象征呢？还有红和绿，中国人把女人出轨叫红杏出墙，把出轨女人的丈夫叫做戴绿帽子的男人，她也不理解，红和绿在中国文化里不是好的颜色吗？中国人喜欢的梅花和竹子，是象征他们君子品格的植物呢，不就是红色和绿色吗？怎么就成了不道德的象征呢？她问香奈喜，香奈喜也不知道。不知道就算了，Isabella耸耸肩，她并不是Leon那种孜孜以求的学生。

　　Isabella说"六礼"像洛可可艺术那样繁琐，是在课间的走廊上对戴维说的。"嘘！"戴维扭头做了个噤声的表情。Isabella吐吐舌头，发现戴维原来正在用他的Apple手机拍一只蝴蝶，一只非常漂亮的蓝绿色蝴蝶停在栏杆边上的一株植物上。他们教室处在湖光山色的风景之中，有各种各样的花花草草，所以有不少蝴蝶呢。Isabella对蝴蝶没有兴趣，也没有"爱屋及乌"的美德，正要走开，没料到文化课老师叫住了她。文化课老师正好听到了她对戴维说的那句话，马上对她进行爱中国主义教育："'六礼'和洛可可艺术不一样的。洛可可艺术是腐朽没落的宫廷艺术，而周代的'六礼'是文化结晶。中国是礼仪之邦，有伟大悠久的文明，所以不论是国家宗庙祭祀，还是个人婚姻，都会体现这种伟大的文明。"¡Mama mía！这是中国老师的风格，中国老师是全世界最爱国的人，任何问题，大至国际关系，小至一盘水饺或春卷，都可以上升到国家和民族的高度，然后作为教材对留学生进行爱中国主义教育。Isabella 想到他们文学老师 Juan,一个来自南方城市塞维利亚的红发小个子,正好相反,最爱发牢骚批评西班牙,只要关于西班牙,管它是政治,还是历史和文学——即使是《堂吉诃德》这样享誉世界的文学,还有享誉世界的米拉之家和西班牙海鲜饭,都是他嘲弄的对象。同学们在背后把他称为"一个西班牙厌恶症者"。他知道后不但不生气,还从此把它作为自己的个性签名了。Isabella 有时会想念 Juan 老师坐在桌子上双手合抱了胳膊吊儿郎当的样子,虽然她不喜欢他嘲弄海鲜饭。

"Bella,你恋爱过吗?"

香奈喜的问题难住了 Isabella。她也不知道自己算恋爱过还是没恋爱过。恋爱和做爱好像不是一回事。如果香奈喜问的是"你和男人做过爱吗?"或者问"你和男人睡过觉吗?"那就简单多了。她十五岁,不,应该是十四岁半,就和男人睡过觉了,和 Luis 叔叔。Luis 叔叔是祖母的邻居,在银行工作,祖母经常请他帮忙处理一些"金融事务"。为了感谢他,有时会在周末请他过来吃晚饭。Isabella 很喜欢 Luis 叔叔,喜欢他的西装革履和慷慨大方——Luis 叔叔每回过来吃饭时都会送她一件精美的小礼物:带心形吊坠的粉贝珠项链,蓝缎子发带,或者一瓶炫彩指甲油。当然也会给祖母带上一瓶 porto 葡萄酒。祖母最爱喝 porto 葡萄酒了,几杯之后,就靠在她那有玫瑰图案的漂亮布沙发上打盹了。这时 Luis 叔叔就用手指在唇上做个"嘘",然后示意 Isabella 到他公寓去,"不要影响了 Irene 的安静"。Irene 就是 Isabella 的祖母。他的公寓比祖母的大,除了宽大的起居室,还有一个书房。他们就在书房玩扑克牌游戏,他坐在一张暗黄色单人皮沙发上,她则坐在他的腿上。游戏规则是赢了的一方可以抚摸输了的一方。这是Luis叔叔定的规则，她同意了，她在长辈面前一向很乖巧的。当然她输了。一开始他只是抚摸她的耳朵，他说她的耳朵像盛开的粉红玫瑰一样好看。然后是她的脖子，他说她的脖子像雪白的天鹅一样好看。然后是她的胸。她虽然只有十四岁半，胸却已经发育得"足足比Eva的还大上半个朝鲜蓟①呢"。Eva是Luis叔叔的妻子，在马德里工作，只有周末才回Ciudad Real城。她后来看了法国电影《不能说的游戏》，觉得Luis叔叔很像电影里的皮埃尔。他们玩的游戏一开始也很像电影里皮埃尔和奥黛特经常玩的"挠痒痒"。不过，她年龄比八岁的奥黛特大，甚至比十二岁的洛丽塔也大，所以对Luis叔叔的把戏隐约也是知道的。但她还是一步一步地被Luis诱奸了。这件事祖母从头到尾都没有发现，每次见了Luis还亲切地称他为"Micariño"（亲爱的）。父母更不会知道，他们在Isabella小学时就离婚了，各自又有了自己的孩子。Isabella是祖母的孩子。她和Luis的游戏持续了将近两年时间，直到Eva从马德里回来工作了。祖母说他们打算要bebé（孩子）了。Luis后来再也不到祖母这边来了。Isabella在走廊里等过Luis，但他总是和Eva一起，Eva紧紧地挽着Luis的胳膊，Luis拎着从超市买回来的西红柿或卷心菜，或者抱着牛皮纸袋，里面是面包房刚出炉的羊角面包。Isabella也到Luis工作的银行去找过他，那一回可把他吓得够呛，她看见他灰绿色的两个眼珠都变成了紫绿色，像波尔多葡萄那样的颜色。后来他们就搬家了。Isabella还给Eva写过一封长长的信，在信里告诉了Luis在书房里对她做的那些事情，还说了Luis是如何比较她俩胸的。但那封

---

① 菊科多年生草本植物。

信最后并没有寄出去,在抽屉里放了一段时间后,还是被 Isabella 撕成碎片扔到公寓外面的垃圾桶里了。

那应该不是恋爱,Isabella 知道。她后来有过好几个男人,年纪都是叔叔辈的。这或许是 Luis 后遗症,也可能是她本来就有厄勒克特拉情结,谁知道呢? 不管怎样,反正她对年轻男人没有兴趣,年轻男人对她也没有兴趣。

也就是说,她的经验对香奈喜没有任何帮助。

香奈喜二十五了,还从来没有恋爱过,也没有过两性经验。恋爱小说倒是读过不少的,但那些恋爱似乎不太可信,太夸张了! 比如马尔克斯在《霍乱时期的爱情》里写恋爱发生时的阿里萨:"腹泻,吐绿水,失去了辨别方向的能力,还常常突然昏厥。"香奈喜完全没有这样的生理性症状,虽然"辨别方向的能力"确实不行,但那和爱情应该没有关系,而是从小如此,几乎是香奈喜的天赋。至于"腹泻",那只有在吃了茄子之后才会发生。这一点她倒是和费尔明娜一模一样,都受不了茄子。

而且,恋爱小说大多是悲剧,有些严重的,简直和恐怖小说差不多,最后都要以一个人或几个人的死亡为结束。比如西格尔《爱情故事》里的詹妮死了,《安娜·卡列尼娜》里的安娜死了,《刺猬的优雅》里的勒妮死了,《了不起的盖茨比》里的盖茨比死了,《茶花女》里的玛格丽特死了 —— 玛格丽特和林黛玉一样,都是得肺病死的。看了这些小说,香奈喜吓得几乎不想恋爱了。

比起小说,香奈喜还是喜欢诗歌中的爱情,中国古典诗歌中的爱情。"青青子衿,悠悠我心。纵我不往,子宁不嗣音? 青青子佩,悠悠我思。纵我不往,子宁不来? 挑兮达兮,在城阙兮。一日不见,如三月兮！"季尧说这首诗是写几千年前的郑国 —— 也就是今天河南 —— 姑娘的爱情。人类什么都在进化，烹饪工具由鼎器进化成了电饭煲，交通工具由马进化成了飞机，洗衣服由女人的手和捣衣砧进化成了洗衣机。但有些东西不会进化，几千年前的爱情听起来一点儿也不比现在的爱情落后。反正香奈喜的感受和诗经里那个几千年前的姑娘差不多。季尧现在真"悠悠她心"了，虽然还没悠悠到让她"挑兮达兮"和"一日不见，如三月兮"的程度，但也"庶几近之"了 —— "庶几近之"是 Leon 的绰号，有一回，他在回答古汉语课老师的一个问题时连用了两个"庶几近之"，古汉语老师之后在课上就开玩笑地把 Leon 叫作"庶几近之"了。"这个问题请'庶几近之'同学回答一下。"大家哄堂大笑，课堂呈现出少有的活泼气氛。香奈喜从此也学会用这个词了。她现在和几千年前的那个郑国姑娘真是"庶几近之"，不要说季尧的"白白子衿"了 —— 香奈喜发现，季尧特别喜欢穿白衬衣，所以这首著名的中国古代情诗如果换成香奈喜版的，就是"白白子衿，悠悠我心"了 —— 只是经过青椒园，或者人文楼，或者图书馆，或者九食堂，这些季尧有可能会出现的地方，她心里都会莫名其妙动一动的。

这是爱上了吗？

应该是，香奈喜自问自答了。

"没吃过猪肉，还没看过猪跑吗？"《红楼梦》里王熙凤的这个比喻，香奈喜觉得粗俗是粗俗了点，但挺好用。爱情这只猪她没吃过，但见是见过不少的。

所以，她问 Isabella "你恋爱过吗"，不过是女孩春心荡漾时没话找话而已，并没有真要和 Isabella 讨论爱情的意思。

"烦死了,怎么办呀?"

香奈喜又颦了她的柳眉亦嗔亦喜地问 Isabella。

这问题香奈喜完全可以问莉莉雅,莉莉雅可是爱情专家,在杂志上开过爱情专栏呢。家里卫生间马桶后面经常有莉莉雅随手放的几本杂志的,香奈喜在上面时不时会读到莉莉雅的文章,其中一篇叫《表白的性别》,还有一篇叫《柯林斯先生的"淑女"》,都是旗帜鲜明地批判女性在爱情中的被动性的。莉莉雅在文章中写到的柯林斯先生,就是奥斯汀小说《傲慢与偏见》中那位可笑的牧师,他的"淑女总是要拒绝男人二三次""妙论",被莉莉雅批判得体无完肤。莉莉雅主张女性也可以表白,说表白是女性话语权的实现,也是女性爱情权的实现。说女性不是花园里的玫瑰,也不是笼子里的金丝雀,要等着男人挑选和豢养。

所以,关于"怎么办",莉莉雅的意见香奈喜不用问也清楚。

お父さん呢,不用问也清楚。他肯定持相反的意见,有时是真的相反,有时是为了和莉莉雅相反而相反——他们两个后来就这样,莉莉雅支持的,お父さん就反对;莉莉雅反对的,お父さん就支持。

所以这件事香奈喜还是得自己拿主意。

香奈喜本来也没想让别人替她拿主意,她虽然颦了柳眉问 Isabella,不过是她习惯了这样而已。她是那种喜欢用问句的女人,但其实那些问句,统统可以改成祈使句。

季尧是一个中国男人,还是一个教中国古典文学的男人,所以她应该选择一种中国古典恋爱方式。

当然,这不仅是为了投其所好,也是基于香奈喜自己美学意义的选择。

香奈喜在审美上倾向古典。就像选裙子，她永远不会选Isabella穿的那种超短豹纹裙，而是会选长裙，单色的，或者小碎花的。她也不会在一边耳朵上打三个洞，戴三个金属耳钉，而是一边耳朵打一个耳洞，戴一个细小的粉紫色珍珠耳环。不是说穿豹纹裙或戴三个金属耳钉有什么问题，或者说自己没有勇气做那样惊世骇俗的打扮，而是觉得不美。

敢为风气先是莉莉雅的做法，但香奈喜觉得莉莉雅有时简直是为了风气先而风气先。比如抽烟，比如把头发剪得像男人一样短，不，比男人还短呢。お父さん的头发有时还会长及耳朵呢，慎太的头发就更长了，可以在后脑勺上扎个鬏，但莉莉雅的头发剪得比《罗马假日》里的赫本还短。从后面看，就是个男人。"你们没有お母さん，你们有两个お父さん。"姑姑曾经阴阳怪气地对香奈喜和慎太说。香奈喜当时听了特别懊恼。她看过莉莉雅去法国留学前的照片，和现在的香奈喜一样，也是长发，也是长裙，看起来特别美。说老实话，她自己也更喜欢照片里的莉莉雅。但她不喜欢姑姑的阴阳怪气。莉莉雅的人生是莉莉雅的，她想怎么样就怎么样，她不想怎么样就不怎么样，姑姑管不着，任何人都管不着。但做一个现代女性就不能穿长裙吗？就一定要剪短发吗？现代性难道不应该是精神层面的事情吗？而是裙子和头发的事情吗？她也想这么问莉莉雅，却没问。这是她们那一代人的特点，容易信仰某种理论或主义。"杀死房间里的天使"是那个主义的教条，房间里的天使都是穿裙子的，所以莉莉雅坚决不穿裙子。但香奈喜不想为任何理论任何主义所影响，不论是莉莉雅的女性主义，还是お父さん的反女性主义。她要按自己的想法来。

所以，香奈喜决定用中国古典的方式和季尧谈恋爱。

香奈喜所理解的中国古典的恋爱方式是怎样的呢？不是文化课老师讲的"六礼"，那不是恋爱，而是贵族婚姻。也不是《诗经》里的"桑间濮上"，那个虽然是恋爱，但却不是香奈喜所要的恋爱。中国古典的恋爱到底是怎样的呢？就是"父母之命，媒妁之言"的二分之一。

所谓二分之一，就是不要"父母之命"，只要"媒妁之言"。

谁是媒妁？当然是 Isabella。

后来关于谁是媒妁这个问题季尧和香奈喜有分歧，香奈喜认为是 Isabella，而季尧觉得是香奈喜第一回向他借的那本《红楼梦》，正是那本《红楼梦》，才有了《薛宝钗的扇子》这个戏，才有了他们后来进一步的接触。《红楼梦》就《红楼梦》，香奈喜不坚持，这样他们的恋爱史就更长一点。男人喜欢把历史搞久远一点，尽可能地往前推演，民族史也罢，国家史也罢，个人的爱情史也罢，都要尽可能长。似乎历史越久远，就越了不起。他们总是想在时空的长河占据更大的位置，这是全世界男人的集体无意识。香奈喜有一回这么对季尧说的时候，季尧不太同意。之所以"不太同意"而不是"不同意"，是因为他也觉得香奈喜关于"男人喜欢把历史搞远一点"这个观点有一定道理。不能否认，男人确实喜欢在历史这个问题上吹吹牛皮。比如他们学校的百年校庆，学校明明只有几十年的历史，非要牵强附会地把另一个学校的历史也算进来，弄成百年。这种不尊重历史的做法实在荒谬，但没有人觉得奇怪，因为这是时下风气，每个学校搞校庆的时候，都要把学校的历史往前追溯。至于男人"想在时空的长河占据更大的位置"，季尧觉得香奈喜这个结论没有科学根据，纯属主观臆测。比如他对时空就没有野心，不是每个男人都像曹操那样有"天下归心"之勃勃野心的，也有不少喜欢"居陋巷"颜回那样的男人。所以香奈喜这是在搞主观唯心主义。

唯心主义就唯心主义。当下世界不缺唯物主义，缺的是唯心主义，香奈喜莞尔一笑说。季尧挠挠后脑勺，觉得香奈喜说的话也有一定道理。他后来发现，香奈喜这个人，有时不像她表面看起来的样子。

不过，季尧说他们的媒妁不是Isabella而是《红楼梦》，倒不是想把他们的爱情史搞长一点，而是不想让Isabella当他们的媒妁。他不知道为什么香奈喜和Isabella能成为闺蜜，那么风马牛不相及的两个女性，怎么可能有共同语言呢？他后来问过香奈喜。香奈喜有点懊恼，她听出来了，季尧不太喜欢Isabella，而Isabella也不太喜欢季尧，不止一次问她为什么选管锥老师而不选Leon。她喜欢的两个人却互相不喜欢，这不好。中国有一个成语叫"两情相悦"，意思是两个人之间相互喜欢。季尧和Isabella两个人之间互相不喜欢，也就是说他们"两情不相悦"。但Leon说不能这么用，中国成语一般都是四个字，不用五个字。为什么？她问季尧。这是香奈喜后来的学习习惯，不管在哪儿遇到什么问题，统统都问季尧。你们诗歌有四言诗五言诗七言诗，为什么成语不可以有四个字五个字七个字成语？季尧说，怎么没有？有哇，桃李满天下、秋风扫落叶、饱暖思淫欲。对了，我现在好像就又饱又暖，怎么办？季尧的语气突然变得狎昵起来。香奈喜绯红了脸。季老师这个人，有时也不像他表面看起来的样子。

当然，这已经是他们婚后的事情了。

关于媒妁这件事，不管季尧如何移花接木，也没用。因为《红楼梦》绝对不能像Isabella那样，在某个周六傍晚，用她的血红大嘴衔支铅笔，把一件灰不灰白不白的旧长裙剪成锯齿状系在两腋下，做飘飘欲飞状去敲季尧的门，然后塞给季尧一张卡片。

季尧被吓了一大跳。公寓走廊灯光昏暗,Isabella 的样子怪模怪样,像从《山海经》里跑出来的妖怪。

而卡片上歪歪扭扭的几个汉字更是让季尧大惊失色:香奈喜爱上了你。

¡Madre mía! ¡Madre mía! ¡Madre mía!

假如季尧是 Isabella,或者 Isabella 的祖母,就要一连声这么大喊大叫了。

然而季尧不是西班牙人,而是搞中国古典文学的博士,所以他只能喊:

上邪!上邪!上邪!

还是腹喊,古典文学的博士嘛,表达情感是含蓄惯了的,不可能像来自热爱斗牛运动国家的人那么热情奔放。

后来香奈喜告诉季尧,Isabella 那天是大雁妆,艾米丽帮她化的。嘴上叼的铅笔是大雁的喙,两腋下系的锯齿状灰不灰白不白的旧长裙是大雁的翅膀——之所以要打扮成一只大雁,是因为文化课老师说,周代婚姻"六礼"中有五礼——纳采、问名、纳吉、请期、亲迎——都离不了大雁呢。"为什么不用燕子呢?不用麻雀呢?"戴维求甚解地问。只要老师讲到的内容关于鸟,戴维就十分好学了。"当然不能用麻雀和燕子呀,麻雀和燕子那么小,肉就一点点,怎么好意思作为结婚礼物?女的一看,哇,这男的太小气了,我不嫁给他。但大雁大,是好大一只鸟,女的一看,这男的很慷慨很大方,我要嫁给他。"Abel 越俎代庖地抢先回答,而且手舞足蹈表情丰富,那搞怪的样子像在舞台上说相声。大家被逗得哈哈大笑。文化课老师也被逗笑了,赶紧更正:"不对不对,大雁虽然肉多,但它作为礼物,主要还是因为它的象征意义。它们是候鸟,每年冬天飞到南方,春天飞回北方,特别有规律,特别有秩序,所以它象征了夫唱妇随不离不弃,婚嫁有时长幼有序。当然,送大雁应该也有实际的意义,因为那个年代人们还是狩猎为生,年轻男子带大雁到女方家里,也有炫耀自己打猎水平高的意思。也就是向女方保证她嫁过来后可以过丰衣足食的经济生活。""那如果一个南方的男人在夏天要上女的家里求婚怎么办?南方那个时候没有大雁,大雁都飞回北方了。还有,如果男的打猎水平不高,没有打猎到大雁怎么办?他就结不成婚了?"戴维又问,十分认真的。"那也能结婚,没有大雁,凫也是可以的。凫,就是野鸭。可以拿野鸭去提亲。"同学们哈哈大笑,这是古代中国人的机智。没有大雁,凫也可以。但男人提着一只或几只野鸭去相亲,想想真是太搞笑了。Isabella 那天的大雁妆,其实说是凫妆也可以,大雁的喙,和凫的喙,看上去也没什么大的区别。翅膀也都是灰扑扑或黑扑扑的鸟羽,看着也差不多。但 Isabella 坚持说自己那天是大雁。她个子那么大,只能是大大的雁,怎么可能是小小的凫呢?而且,Isabella 听 Leon 说,大雁在中国文化里不仅是婚姻的鸟,还是爱情的鸟,成语"鸿雁传书"传的就是情书呢。正是听了文化课老师的话,还有 Leon 的成语,Isabella 才灵机一动要把自己打扮成一只雁,去给香奈喜传情书呢。

不过,化大雁妆和写情书都是 Isabella 自己的创造性发挥,香奈喜没有这样设计。她只是让 Isabella 去问季尧是否有时间和她们一起散个步,春天来了,校园里各种各样的花朵都盛开了,那些中国花朵大多数都是她们不认识的,所以香奈喜想请季尧老师给她们上一堂散步课,和古希腊的亚里士多德一样。亚里士多德就是一边和学生在林荫路上散步,一边教他们认识两旁梧桐树的。还有孔子,孔子也经常用这样的散步上课法。为了让学生"多识于鸟兽草木之名",动不动就把学生带到外面散个步。季尧原来上课时用无限向往的语气描述过这种教学方式的。这也是香奈喜投其所好的一种方法。但 Isabella 觉得香奈喜的方法一点儿也不管用,这个管锥老师基本是个榆木疙瘩——"榆木疙瘩"这个词是门房安提马教会她的。安提马有一回和她聊天时说她的丈夫是个榆木疙瘩。她当时没听懂,明明是个男人,怎么成榆木了?还是个榆木疙瘩。安提马于是解释说,在中国话里,榆木疙瘩是笨死了蠢死了的意思。安提马不仅教会了她用榆木疙瘩来比喻笨死了蠢死了,还教会了她唱东北二人转。"一更里走进绣房啊,手把门窗呼唤玫香啊,银灯掌上啊,灯影儿那个沉沉哪。"Isabella 一学就会,虽然是西班牙腔的二人转,但听起来也很有意思,安提马和安扣王乐不可支。安扣王是爱丽舍宫的保安,他和安提马的关系好像很好,没事会在一起唠嗑——唠嗑是聊天的意思。Isabella 对课堂上老师教的东西总是记不住,但安提马教的东西一记就记住了,这也是 Isabella 为什么不喜欢上课却喜欢中国生活的原因。在中国生活中,Isabella 轻松地就学会了中国语言和中国文化。

对于香奈喜所谓的"中国古典恋爱方式",Isabella 是很不以为然的。管锥老师那样的榆木疙瘩,约他散个步有什么用呢?别说散一个步,就是散一百个步,散一千个步,估计也没有用的,散完了,就散完了,管锥老师还是管锥老师,香奈喜还是香奈喜,两人的关系不会发生性质上的变化。这一点,Isabella 比香奈喜还聪明呢。当局者迷,旁观者清嘛。如果香奈喜一直像哈姆雷特那样 "to be or not to be" 的话——不,应该说如果香奈喜一直用古典方式 "to be" 的话,这事儿还不知道要 "to be" 多久呢,说不定直到香奈喜毕业离开中国他们也还是师生关系。所以 Isabella 干脆就替香奈喜"to be"了，以一种她理解的中西合璧的方式。雁是中国元素，而"香奈喜爱上了你"是西班牙元素 —— 对付管锥老师那样的榆木，必须要用西班牙式的直截了当的表白才能让他开窍吧。

也果然开窍了。

第二个学期，季尧和香奈喜就同居了。

十六 这是国际影响问题

季尧和香奈喜的恋爱，当然不可能那么容易。一个老师，一个学生——学生还不是中国学生，而是一个留学生，问题就更严重了，不仅关系到学校师德师风建设，还关系到国际影响呢。按胥院长在校长那儿的汇报，小则影响学校的留学生招生工作，大则影响学校的国际形象。

老尚奉命找季尧谈话。这事儿如果搁以前，老尚就让李榆枋这只"乌鸦"出面了，毕竟老尚是只喜鹊，在老师那儿报喜不报忧的。但现在老尚决定自己出面了，他一直等着呢，等合适的机会可以师出有名地教育教育季尧这个不知天高地厚的年轻人。他一直以为自己看人很准的，什么人可以用，什么人不可以用，什么人做什么用，什么人不做什么用，都清楚着呢。孔子不就很善于用人吗？他把忠厚端正的子贡当瑚琏用，把勇猛有余智慧不足的子路当"乘桴浮于海"的同行者用，都是有识见的表示。一个领导，如果不能知人善任，就是个失败的领导。他在做学问方面，可能没法和章培树这种人比，但在做领导方面，还是很有自己心得体会的。他有"三不用"原则：一不用太阿谀奉承奴颜婢膝之人，因为这种人会阳奉阴违，当面一套背后一套；二不用阴阳怪气之人，因为这种人成事不足败事有余；三不用恃才傲物之人，因为这种人眼高于顶，不把领导放在眼里。而季尧不在"三不用"里面，又正派又有真才实学，又清高又相对谦虚，一点儿也不偷奸耍滑——或者用小尚的话说"一点儿也不油腻"。这样的人，正是孔子嘴里的"瑚琏也"那种人才呢，是可以用的，不仅可用，还可堪大用呢——在胥院长面前极力推荐他当留学生戏剧社的指导老师，在杜校长面前极力推荐他的"露台读书会"，这都是老尚在把季尧当瑚琏用呢。没想到，这个"瑚琏"关键时刻给他掉链子，太他妈的可恨了！老尚的语言，一直很典雅的，很雍容的，很阳春白雪的，这一回被季尧气得不典雅了不雍容了不阳春白雪了，把"他妈的"这种下里巴人的词都气出来了，乍一听，自己都被自己吓了一跳呢。看来尚师母的非学院语对他日复一日的熏陶非同小可呢。不过，有些时候，文绉绉的学院语实在不如粗鲁的非学院语能够直抒胸臆。他对季尧的胸臆现在非要用"他妈的"这种语言才能有力表达。直到现在，胥院长看见他脸色还不太好呢。"唯小人与女子难养也"，孔子说得不错，女人这种生物，是很难养的，尤其还是胥院长这种被权力惯坏了的女人。他本来是想找机会，和这个在学校红得发紫的女人套个近乎，没想到弄巧成拙，近乎没套上，反倒得罪了她，这都是拜季尧所赐。读书会的事儿，就更不要提了，要不是老尚机智，临时让鲍小白顶上去，还不知要出什么纰漏呢！在这个节骨眼上，老尚可不想出任何纰漏，出不起。还有几个月老文就要从院长这个位置上退下来了，老尚是接任院长的人选——不，是接任院长的人选之一，另外还有两个"之一"呢，一个是历史系主任周素槐，一个是新闻系主任周志远。两人都姓周，都长得风流倜傥，被院里女老师戏称为"大周小周"，这是故意把他们和三国的"大乔小乔"两姐妹相骈俪了。周素槐对此颇有意见，这些女老师太轻浮了，他一个大男人，一个大教授，她们不提他的道德文章，却对他的容貌长相品头论足嘻嘻哈哈。难道时代已经退化到了母系社会？恩格斯在《家庭、私有制和国家的起源》里所说的"女性历史意义的失败"变成了"男性历史意义的失败"？老尚觉得周素槐矫情，女老师不过开了个无伤大雅的玩笑而已，有必要这么义愤填膺吗？这么宏大叙事吗？又是时代又是社会的，还扯出了恩格斯！人家恩格斯说什么跟他周素槐有半毛钱的关系？不过，周素槐也可能不是真的义愤填膺，而是装装样子，以掩饰他琵琶别抱的目的。

周素槐这个人，是很会来这一套的。也是，周素槐看上去鸦鬓粉腮的，其实也不年轻了，五十出头了，和他一样，主任当了十几年，已经到了不进则退的阶段。最近一段时间，周素槐在他面前发过好几回牢骚："没意思，没意思，权没芝麻大个权，利没芝麻大个利，整天瞎忙乎，上上下下不讨好，与其这样，还不如学陶渊明呢，不为五斗米折腰，'采菊东篱下，悠然见南山'去。"那意思，他有退隐之意。鬼才信。不过是想麻痹他。老尚也打了哈哈："可不是吗？'长恨此身非吾有，何时忘却营营'。整天忙成一只陀螺，转啊转的，再转下去，非要转出个美尼尔综合征来不可。什么时候能学了苏轼？'小舟从此逝，江海寄余生'。""哈哈哈，尚主任，江海就别想了，咱们是内陆省份，没有江海，只有池塘，最多是'池塘寄余生'。你就让尚师母给你准备好一钓鱼竿，一小马扎就行了。"等等，这话听着味道有点不对，哪里不对呢？老尚要细加琢磨一下——难道周素槐已经听到风声，下届院长人选上面已经定了？没有他老尚的份？不对呀，之前在行政楼碰到人事处葛处，葛处的表情还是桃李春风呢，不但表情桃李春风，走时还回头说了句："尚主任要注意身体哟，身体可是革命的本钱。"他当时听了心怦然动了一下，觉得此话大有深意。葛处那种人，说话总像打禅语。老尚心情因此大好了几天，接二连三地和尚师母午嬉了好几回。尚师母不明就里，还以为是她的药膳起了作用呢。那段时间，她天天给他做杜仲煨猪腰，或者黄芪乌鸡粥呢。没想到，葛处的那句话还可能有另外一个意思——是"思君令人老，岁月忽已晚。弃捐勿复道，努力加餐饭"之意。这么一转折，老尚几乎悲愤交加了。这帮狗娘养的，要卸磨杀驴呀！做中文系主任这么多年，辛辛苦苦，殷勤备至，和《氓》里的那个妇一样，"夙兴夜寐，靡有朝矣"。生生把一树海棠操劳成了一树梨花——如果不是每隔两个月就染上一次发，他头上早就是一树梨花了呢。说一树梨花还是好的，他那灰不灰白不白的头发，远没有一树梨花那么诗意呢。像章培树那样。章培树的一树梨花可是校园一景，他从不染发，就那么怡然自得地走在校园。不是这老东西多不媚俗，多有风骨，多有勇气独树一帜，而是他和老尚选择了不同的人生道路。

做学问的男人和走仕途的男人是不一样的。做学问的男人不用看别人眼色，只要学问做出来了，管它梨花不梨花海棠不海棠呢，老子就一树梨花又怎么样？看着更有风度呢。但走仕途的男人就不一样了，谁敢在领导面前一树梨花？除非他彻底没有了"出于幽谷，迁于乔木"的念想。所以学校召开中层领导大会，校领导从台上往台下一看，总是黑压压一片呢，绝不可能看见一树梨花的风景。然而这黑压压一片里，至少有四分之三是染出来的，彼此心照不宣罢了，不仅不宣，还互相遮掩："哇，杨处最近是不是有喜事？怎么看着越来越年轻了！""哪里哪里，庄处看着才青春焕发呢！"一帮半老不老的男人，见面你夸我年轻，我夸你年轻，虚情假意的样子和图书馆过刊部的那帮老女人有得一比。有时老尚在以人为镜之后——这"人"主要是指历史系主任周素槐。周素槐那个人，不太讲究，虽然也染发，却总是染得不及时，于是头上的颜色会周期性地出现一副参差混沌的景观，看上去像乌云密布的天空——说"乌云密布的天空"那是诗意且客气的，因为就算是乌云密布，那到底也是天空呀！很高级了。姚老太太干脆说像伍迪。像伍迪可不是什么好话，因为伍迪是门卫老泊的狗，一只得了白内障的老癞皮狗，经常灰不灰黑不黑地趴在人文楼北门的门廊上。中文系有不少女老师嫌弃那只狗。老尚每次看见青黄不接时的周素槐，就有揽镜自照的难堪和懊恼。遮遮掩掩有什么用？还不是欲盖弥彰。干脆不染了，他恼羞成怒地这么想过，却没有勇气真的不染。只是听从尚师母的建议，用更好更贵的染发膏而已。尚师母说周素槐的头发之所以那个鬼样子，是因为用的染发膏质量不好。"周师母那个女人，给自己买东西舍得，给老公买管好染发膏却不舍得，就在小区门口小超市花十几块钱就打发了。十几块钱的染发膏能用？染出来的颜色像旧塑料，没有一点儿光泽，这还是其次，最可怕的是那些便宜东西里面说不定会有致癌的化学成分呢。"这是尚师母说话的风格，喜欢走耸人听闻的志怪路线，也喜欢用抑扬手法——抑其他女人，扬自己，老尚姑妄听之。不过，尚师母在老尚头上确实舍得花钱，老尚用的染发膏都是托人从日本和法国买的。

可从日本从法国买的染发膏看来也没起什么作用。

最是人间留不住，朱颜辞镜花辞树。也是十几年呀，他的朱颜他的繁花，都献给中文系了，献给学校了。结果呢，却要准备好钓鱼竿小马扎"池塘寄余生"去。他几乎要去校长办公室讨说法了。

早知如此，何必当初。如果当初自己没有选择"学而优则仕"，而是像章培树那样，一心一意搞自己的专业，说不定也搞出了名堂——章培树现在可是名利双收，陶渊明的"不为五斗米折腰"的清誉和气节有了，五斗米也有了——还远不止五斗米！那些课题和项目动不动就几十万上百万呢，还有这所大学那所大学请他去做学术讲座的钱，哪一回不是几千上万的拿？所以他才在校长那儿说"连看月亮的时间都没有"呢。

他老尚不也忙得"连看月亮的时间也没有"，结果呢，白忙一场。人家章培树名利双收，他呢，名和利一样也不收；人家章培树仙风道骨地在校园一树梨花着，他呢，还在为染头发要用什么染发膏这件事纠结着。

"许身一何愚，窃比稷与契。居然成濩落，白首甘契阔。"

杜甫的《自京赴奉先县咏怀五百字》是老尚喜欢的唐诗之一。老尚喜欢杜甫——这也是他和章培树两个人的不同。章培树喜欢李白，动不动就玩"天子呼来不上船"那一套，还别说，他那一套挺管用，越是"不上船"，校长他们就越是作兴他，越是要他上船。老尚觉得章培树不是清高，这世上哪有什么清高的人？不过是花样作秀，和李白一样，都是故作清高。一会儿"天子呼来不上船"，一会儿又"长安不见使人愁"。比起心口不一的李白，老尚还是更喜欢老实巴交的杜甫。一首《自京赴奉先县咏怀五百字》，他读一回，热泪盈眶一回。刚当上中文系主任时，他从那五百字当中选了五个字，"白首甘契阔"，让顾春服用米芾体的楷书写了，挂在他办公室南面墙上的明显处，也是自勉，也是表白——不过，表白的前提是那些理工出身的领导能看懂"契阔"是什么意思。

可现在，他不想"白首甘契阔"了，他恨不得找顾春服把那五个字换成"许身一何愚"。

听周素槐的意思,好像也没有他的份。不然他的语气不会那么阴阳怪气,那么兔死狐悲。那会是谁呢?"小周"周志远?

周志远比他俩都年轻,是70后,四十出头,正是"风华正茂""大有作为"的年龄。

"风华正茂"是书记爱用的成语;"大有作为"是校长爱用的成语。

每次听到他们在台上说这两个成语,台下的老尚和其他上了年纪的中层都如芒在背如坐针毡。所以他们才要冒着得癌症的风险染发呢,就是怕在领导的眼里,他们不"风华正茂"了,不"大有作为"了。

结果白染了,领导目光如炬,早看出他们是冒牌货。

难怪周志远最近突然低调了许多。肯定是上面找他谈过话了,所以他才一改之前的锋芒毕露咄咄逼人。人文学院有中文、新闻、哲学、历史四个系,四个系主任当中数周志远最年轻,属少壮派,人大新闻系博士毕业,被他们学校当高层次人才引进的。当上新闻系主任没几年,就拿下了博士点,让人文学院从此上了一个新台阶——人文学院之前还没有博士点呢,中文系申报了十几年,一直也没申报上,没想到,新闻系捷足先登了。这事不但让老尚灰头灰脸,也让中文系灰头灰脸。

也就是说,周志远既符合书记的"风华正茂",又符合校长的"大有作为",老尚早该想到的。

想到了也不去深想,这是老尚现在的养生理念。尚师母用食物养生,老尚用精神养生。食物养生是低级养生方法,精神养生是高级养生方法。精神养生亦多种多样,有人用宗教,有人用文艺。比如齐白石黄永玉,用画画养生,心情好了画画,心情不好了也画画,反正只要进入画画的状态,人立刻就精神矍铄神采奕奕。这法子自然好,但不是一般人的养生法子,借鉴不了。所以才说精神养生是高级养生法。不像食物养生,阿猫阿狗都可以依样画葫芦。不过,老尚虽然不能和齐白石黄永玉那样靠画画养生,但他对精神养生也有自己的独特方法 —— 那就是自己取悦自己的精神。不喜欢的人不喜欢的事,要翩若惊鸿,要弃若敝屣;喜欢的人喜欢的事、要绸缪束薪,念兹在兹。周志远这个人,一直是他的敝屣呢,老尚从地理到心理,都要离他远远的。

但现在,老尚没法进行精神养生了。怎么养?讨厌的"小周"周志远,硬生生杵到了他眼面前呢。

按他的本性,他是要绕着走的。他不喜欢短兵相接,他是一个深谙迂回之妙的人。"曲径通幽处,禅房花木深。"有时绕一绕,会有意料之外的回报。但这一回,他不能绕了。他五十都过半了,离五十八就一步之遥。学校可是有硬性规定的,年龄超过五十八的人,行政上是不能晋升的。这次是他最后的机会了。好歹当系领导十几年了,轮也应该轮到他当院长了 —— 哪怕当个一年半载也行。

之前校领导也暗示过的,老文之后,就是他了。他也这么想的。没想到,又出来个周志远。

所以这段时间他有些不淡定 —— 或者按有些老师在背后的说法 —— "我们尚主任最近像一只怀春的猫,上蹿下跳的。"

这话传到他耳里,他觉得出处应该是朱臾,是朱臾的尖酸刻薄风格。但他皱皱眉,不打算深究。一方面是因为这有违老尚精神养生法 —— 只听好听的话,不好听的话就当耳旁风了;另一方面也是因为现在是非常时期,不宜在朱臾这种没有价值的人事上横生枝节。

不过，这段时间他确实动作多了一点。作为系主任，他本来可以不过问那些杂事的，什么戏剧指导，什么读书会，本来统统都不在他的工作范围内。但为了在领导面前表现——或者按小尚的说法——想在领导面前刷存在感，他才这么积极呢，这么——"上蹿下跳"呢。

结果不但没表现成，还因为季尧的不配合，得罪了胥院长不说，还差点儿得罪了杜校长。

他正憋着一肚子火要找机会教育教育季尧呢，没想到季尧自己送上门来了。

竟然和一个留学生谈起了恋爱。

"季老师，你知不知道老师是不能和学生谈恋爱的？"

这一回，老尚的这声"季老师"叫得可不像以前那么温柔和蔼，而是十分冷淡严厉。

"大概知道。"

"什么叫大概知道？你不能这么含糊其词，到底是知道还是不知道？"

"请问尚主任，你这个'不能和学生恋爱'是从法律意义而言，还是从道德意义而言？"

老尚受不了。这个时候他就觉得还是和鲍小白那种玲珑剔透的年轻人说话更好。回答"知道"不就行了，还"法律意义而言""道德意义而言"。

但老尚按捺住自己的愠怒，用他一以贯之的耐烦问：

"法律意义而言如何？道德意义而言又如何？"

"没有哪一条法律禁止师生恋，所以从法律意义而言，是'能'的，但从道德意义而言是'不能'的。教育部有《关于建立健全高校师德建设长效机制的意见》，其中第七条涉及师生关系：老师不得对学生实施性骚扰或与学生发生不正当关系。不过中小学和大学有所区别：中小学的师生恋解聘老师，大学的师生恋解除教学关系，或者对老师进行'柔性规劝'。尚主任您现在进行的，差不多算'柔性规劝'吧？"

老尚猝不及防。看来复旦的博士是不可小觑的，还提早做了功课。然而老尚也不是吃素的领导，他仪式般清清嗓子，以更严厉的声音说：

"什么'柔性规劝'？这件事没有柔性可言。"

"哦——那尚主任您这是'不柔性规劝'？"

这是冒犯了，老尚觉得，季尧那个拉长了的"哦"字，有点儿戏谑，有点儿恶作剧。以前的季尧不是这样的。是恋爱让他变轻佻了变张狂了？有可能，恋爱中的男人总是找不着东西南北。况且季尧现在的恋爱对象，还是一个外国女学生。一个外国女人，能给他带来什么好影响？

老尚的女性观，和徐毋庸不同。徐毋庸是国际主义的，什么都是外国的好，大学是外国的好，街道是外国的好，女人是外国的好；老尚相反，老尚是中国主义的，什么都是中国的好。大学是中国的好，街道是中国的好，女人是中国的好——尤其女人是中国的好。外国女人脸上的雀斑那么多，苍蝇屎一样，和肤如凝脂的中国女人没法比，更别说生活态度和道德品质，外国女人又抽烟又喝酒又搞男人，而中国女人不抽烟不喝酒还兰心蕙质贤良淑德。

如果是徐毋庸和女留学生勾搭上了，老尚一点儿也不会觉得意外，鱼找鱼虾找虾乌龟找王八；但季尧呢，老尚意外。

"季老师，你还是严肃一点，这是国际影响问题。"

"不至于，尚主任，谈恋爱这种个人的事情，不至于和国际发生什么关系。"

"怎么不至于？如果季老师你是正常恋爱，和国际就不发生关系。但你现在是非正常恋爱，和国际就发生关系了。"

"我怎么是非正常恋爱？"

"你一个老师，和一个学生谈恋爱，而且这学生还是留学生，这能是正常恋爱吗？只能是非正常恋爱。"

"可我没和学生谈恋爱呀！"

真是活见鬼了。

老尚想起"燕人浴矢"里的那个倒霉书生。只是，他和季尧现在谁是那个被燕人之妻愚弄，用屎来洗澡驱邪的燕人书生呢？

"你不是在和一个叫香奈喜的日本留学生谈恋爱？"老尚不打无准备之仗，他可是掌握了情况再来找季尧发难的。

"香奈喜已经不是我们学校的学生了，她现在是'川上日语'培训学校的老师。"

什么情况？

老尚这下彻底蒙了。

十七 "仅此而已"

其实，在 Isabella 越俎代庖替香奈喜表白之后的第三天，香奈喜在图书馆遇到了季尧。

要遇到季尧很容易，经过一个学期的观察，香奈喜基本掌握了季尧的活动规律。季尧的作息，虽然没有康德那么严谨，可以作为柯尼斯堡人的钟表用。但大致也是规律的。周几去教学楼，周几去图书馆，周几去书店，香奈喜一清二楚。

图书馆三楼期刊部阅览室南边靠窗的那个后排位置在周一下午四点之后通常是季尧的。周一下午图书馆人不多，阅览室总是空荡荡的。香奈喜提前在季尧常坐的那个位置隔壁椅子上坐下，坐了几分钟，觉得不好，又起来坐到对面椅子上，这样一抬头就可以假装惊讶地说："哦，你也在这里吗？"张爱玲的《爱》里面那个男人对桃树下的姑娘说的就是这句话。文学课老师对他们声情并茂地读这篇散文，香奈喜听到这句话时喜欢极了，觉得比舒伯特的《小夜曲》还动人呢。她也想听季尧这么说一句，或者她对季尧这么说一句。这句话还没有说和听呢，光是想一想，香奈喜的脸就灼热得不行。看来 Isabella 说得不错，自己真爱上了季尧。生理不像心理，心理有时是不老实的，既会欺人，也会自欺，而生理更老实。她脸的灼热，和巴甫洛夫的狗流口水，性质应该是差不多的，都属于身体条件反射。这也好，孤证不立，而她可以身心互证，所以确定无疑了。

　　这个时代没有什么是可以确信的，莉莉雅经常这么说，带点儿装腔作势。香奈喜觉得莉莉雅有点儿好笑，从不好好说话，一张嘴就是"这个时代如何如何""这个世界如何如何"，好像"这个时代""这个世界"是她卧室的抽屉，她可以随便打开或关上。香奈喜不管时代或世界，只管自己的心。她现在能确信自己的心在季尧那儿。因为一想到季尧，她的心就怦怦跳呢。这不就是语言老师讲的"怦然心动"吗？她从粉紫色的包里拿出小镜子，镜子里的脸，红艳艳的，像一朵盛开的牡丹花。

　　一个男生从书架那边走了过来，香奈喜有些紧张，怕他会在这张阅览桌坐下来。经常是这样的，有香奈喜在的地方，总能吸引来男生，就像酢浆花会吸引蝴蝶，浑身散发出奶味的婴儿会吸引老妇人一样。她犹豫着要不要放本书或者水杯到对面位置上去，有不少中国学生这么做的，但她又觉得不好，占座这种行为不文明，而且，一般是恋人之间才为对方占座呢。而她和季尧，不过是师生——至少现在还是师生，怎么好意思？好在那个男生在前面那张阅览桌边踟蹰了一会儿——"踟蹰"是香奈喜新学的词语，语言老师说和徘徊的意思差不多，但比起徘徊，香奈喜更喜欢用踟蹰。这是香奈喜的中文习惯，更偏爱用生僻的古典语言，觉得越古典越美，笔画越多越神秘。像缱绻，像潋滟，像饕餮，她每次在书本里看到都会心醉神迷，仿佛看的不是纸上的中国文字，而是故宫博物院里古色古香的青铜器皿，或者宋代画里仕女头上雕花砌玉的簪子。"有一种历史之美"，她这么对莉莉雅解释自己的偏爱。历史有什么美的？对中国女人来说，历史就是三寸金莲,莉莉雅不屑地说。莉莉雅和香奈喜从来说不到一块,她们总是南辕北辙的。或许也不只是香奈喜和莉莉雅这样,天下的母女都这样吧,不然怎么会有厄勒克特拉情结这一理论 —— 男生蹀躞了一会儿还是走过去了。应该是低年级的学生吧,所以还在有色心没色胆的阶段。香奈喜松了口气,开始看摊在面前的《红楼梦学刊》,里面有一篇分析林黛玉教香菱如何写诗的文章,却看不进去,总忍不住要往门口张望。"静女其姝,俟我于城隅,爱而不见,搔首踟蹰。"香奈喜觉得自己和《诗经》里那个女人差不多。"不,你比那个女人厉害多了,因为'俟我于城隅'也是你,'搔首踟蹰'也是你,你又扮小生,又扮小旦,一个人完成了生旦两个角色。"后来 —— 那时已经后到他们结婚了,当香奈喜和季尧无聊地谈起那件事的时候,季尧乐不可支地拿她开玩笑。"讨厌!我哪有'俟你于城隅'?图书馆里哪有城隅?"香奈喜大大地白季尧一眼。季尧更乐了。"对对对,没有城隅,只有图书馆,所以你没有'俟我于城隅',你只是'俟我于图书馆',罚我浮一大白如何?""想得美。"季尧想趁机多喝酒呢,香奈喜知道的,马上把季尧手上的酒杯抢了过去,自己浮一大白了。已经浮了好几大白的香奈喜,看起来更是一朵盛开的牡丹花了。季尧这下也乐开了花。两个人,现在是两朵花,"照花前后镜,花面交相映"。

但这都是后来的事情,那一天坐在阅览室桌子边上等着季尧的香奈喜可没有这么美这么稳当,心里忐忑着呢 —— 她后来和季尧还讨论过"忐忑"这个词语。中国的文字真是妙呀,词语也真是妙呀,妙不可言。她的心那天真是上上下下,又下下上上,坐电梯一样。

季尧就是在那天表明自己态度的。他一进阅览室就看见香奈喜了。他本来要坐另一张桌子的,但想想,还是在香奈喜对面坐下了。不能这样下去了。他到书店遇到香奈喜,他到食堂遇到香奈喜,他到图书馆遇到香奈喜。如果没有 Isabella 的鸿雁传书,季尧或许还能当他们是偶然遇到——或者按香奈喜的说法——邂逅,但看过了 Isabella 的鸿雁传书,季尧没有办法再若无其事了。"我是老师,你是学生,我们的关系仅此而已。"季尧说,严厉地,道貌岸然地。

季尧说这话时没有看着香奈喜,只是看着书,好像他不是要和香奈喜——而是要和他面前的书撇清关系一样。

香奈喜本来应该恼火的,"哦,你也在这里吗?"变成了"我们的关系仅此而已",粉红色的桃花变成了深紫色的酢浆草叶子,有点儿煞风景了——不美,不美得很——但香奈喜却一点儿也不恼。不知为什么,严厉的季尧,道貌岸然的季尧,在香奈喜眼里更可爱了,既有几分夫子气的古板,又有几分孩子气的任性,简直有黄发垂髫浑然一体之态。后来莉莉雅见了季尧,也说他看起来"像一个室町时代的濑户烧茶杯"。这比喻别人听了会觉得莫名其妙,但香奈喜知道莉莉雅是在表达她对季尧的欣赏之意。莉莉雅有一个室町时代的濑户烧,是她到京都出差时买回来的,灰蓝色条纹相间的杯身,粉紫色的杯沿和把手,莉莉雅喜欢得不得了。母女俩在很多事情上南辕北辙,但在季尧这儿却很难得地同心同德了。

但香奈喜翻译了这个比喻给季尧听的时候,季尧却说:"在中国,茶杯是用来比喻女人的。""为什么?"香奈喜问。季尧不说了。不能说。辜鸿铭的"男人是茶壶,女人是茶杯"的比喻虽然机智俏皮,但有点儿不登大雅之堂。也过时了。比喻也是有历史语境的,在某个历史语境下一个好的比喻,一个政治正确的道德的比喻,到了另一个历史语境下,就成了一个坏的比喻,一个政治反动且不道德的比喻。比喻不仅是修辞学，也是政治经济学和社会学呢，所以昆德拉说比喻是危险的。辜鸿铭的这个比喻如果翻译给莉莉雅听的话，肯定危险了，搞不好会破坏季尧和香奈喜的婚姻呢。本来香奈喜的长辈们就反对香奈喜找一个中国男人呢，也就莉莉雅出面帮他说话——"男人又不是咖啡豆，为什么还要看产地？"

莉莉雅是第一个也是唯一一个飞到中国来见季尧的家长呢。虽然她来中国一方面也是工作需要。他们杂志有一个《厨房》的栏目，一直是莉莉雅负责的，她之前写过许多国家的厨房，以及厨房里的女人，法国的、德国的、日本的、印度的，甚至还有埃及和尼泊尔的。但从没写过中国厨房和中国女人。写不了。因为还没到过中国。她们那个栏目不是 fiction（小说），和一般的 essay（散文）也不同，而是 journal（杂志）和 comment（评论）的结合体，不仅需要真实的细节，还需要图文并茂——比起文字，现代人更信仰图像。比如那篇《尼泊尔的乡村厨房》，就有好几张胖胖的、羞涩的尼泊尔主妇，在简陋的厨房做传统的纽瓦丽食物 Dal Bhat 的照片，那个尼泊尔女人的胖和羞涩特别稀有，既不属于城市，也不属于现代。现代城市女人不会让自己这么胖，也不会这么羞涩。即便会，比如她拍做寿司的日本女人，在镜头前也是羞涩的，但日本女人的羞涩是文明的有教养的羞涩，而尼泊尔女人的羞涩是原始的胆怯的羞涩。两者完全不同。这些区别或者发现，都不是她坐在咖啡馆靠想象能做到的。所以她飞来中国，既是见季尧，也是想写一篇关于中国厨房和中国女人的文章。然而，季尧还是要领情。怎么说，人家莉莉雅不远万里飞过来见他了，虽然在五天的时间里，差不多有四天都在马不停蹄地带她看厨房，女教授家的厨房，女助教的厨房，门房安提马的厨房，反正大学里各个阶级女人的厨房季尧都带她看过了,看到最后,莉莉雅不但对中国女人和中国厨房很满意,对季尧也很满意。并且代表香奈喜家接受了季尧这个中国女婿。所以,茶杯就茶杯吧,不必太计较。

"你可不是普通的茶杯,而是一只室町时代的濑户烧茶杯欤。"香奈喜打趣说。她后来还是知道了辜鸿铭那个比喻,有时会拿它和季尧开玩笑。

这时候季尧就板了脸不理她。

香奈喜就吃这一套。这世上,女人和女人不一样。有的女人喜欢看男人嬉皮笑脸,像诗经《氓》里的那个"桃之夭夭"的卫国女子,一看见"氓之蚩蚩"就嫁他了,而有的女人正好相反,不喜欢男人嬉皮笑脸,但男人一板脸,反倒让她心旌摇荡了。

所以,当季尧板了脸说"我们的关系仅此而已"时,香奈喜一点儿也不相信他们的关系会"仅此而已"。她那个时候正心旌摇荡呢,应该说,已经摇荡到不行了,怎么可能"仅此而已"呢?

十八　"搞几遍了？"

但他们再见面，却是一个多月后的事情了。

这一个月，季尧忙得昏天黑地。大学老师的工作，说起来和农民也差不多，有节气。夏冬相对清闲一点，春秋相对繁忙一点。如果不论季论月的话，那十二个月里属四月最忙。上课之类的还是其次，主要忙毕业论文，本科生的，研究生的。从选题，到拟大纲，到开题和答辩，整个过程下来，不但让老师忙得"连看月亮的时间也没有了"，看月亮不看月亮倒不打紧，反正四月的月亮也没什么好看的，再说，现代人和月亮的关系，早就不是古典的亲密关系了。"风花雪月"四个字，现代人失去了其中两个，一个是月，一个是雪，只剩下"风花"了。所以章培树的"连看月亮的时间也没有了"，到了鲍小白和朱玙这儿，就成了"连看花的时间也没有了"。现在的学生，按章培树的说法，是"一蟹不如一蟹"。不如也就罢了，还无所谓。老师这边急得什么似的，但学生那边还云淡风轻。多数情形下都是老师追着学生屁股后面催，学生拖延的理由各种各样。"老师，我最近在准备公务员考试哒。""老师，我最近在一家单位实习呢，太忙太忙了。""老师，我最近心情很down（低落）哒，实在不是写论文的状态，怎么办呀？"对心情很down的学生，老师不但不敢催了，还要想法子了解他们为什么心情down，是失恋了？还是和室友闹矛盾了？还是家里出了什么事？然后再对症下药地进行劝慰，想方设法让学生心情up（兴奋）起来。而对忙着准备公务员考试和实习的学生，老师又体恤，毕竟那些事情都直接关系着学生的前程呢。只能泛泛交代一句"可要抓紧了，不然来不及的"讪讪放下电话了事。学生在电话里倒是给面子："好的，好的，老师，我一定抓紧。"也就说说而已，到了该交论文的日子，照样还有那么几个学生不交。老师只得又催，学生又解释。有的学生还不耐烦解释，干脆不接老师的电话了。老师还得通过其他同学辗转找到她——之所以用"她"而不用"他"，是因为现在中文系，女生多男生少，而且女生比男生更加不爱写论文。一番猫捉老鼠的游戏玩下来，猫倒是气喘吁吁地把老鼠捉到了，但交上来的论文，可以把小气一点的老师气到当场吐血——东拼西凑还是东拼西凑，逻辑混乱还是逻辑混乱，之前要求修改的部分人家压根没修改，却很镇定地对老师说，她已经按老师的意见修改过了。学生们经常这样蒙混老师的——当然是蒙混那些可以蒙混的老师。学生对中文系几十号老师的指导习性，都摸得一清二楚呢。哪些老师马虎，哪些老师认真，哪些老师严厉，哪些老师宽容，哪些老师喜欢标新立异，哪些老师喜欢四平八稳，哪些老师不看论文的思想性逻辑性，而只看论文格式和标点符号——比如语言点的封老师，论文指导基本就是标点符号的指导，该用双引号的地方不能用单引号，该用破折号的地方不能用省略号。她说她这是"培养学生良好的学术习惯"。但学生根本不买账，在私底下都叫她"标点符号老师"，也有含蓄一点古典一点的，叫她"句读老师"，还有化繁为简的，直接叫她"句老师"。

而有的老师相反，比如也是语言点的阮老师，却对标点符号这类问题嗤之以鼻，说那是"小学老师要解决的问题"。阮老师这话可是在答辩时说的，当时封老师刚刚指出他指导的一个学生论文中存在的几处标点错误，他马上面无表情说了上面那句话。学生们屏声静气，等着看两个老师的好戏。"东风吹战鼓擂，这个世界谁怕谁"。学生答辩变成了老师答辩——更高级，更精彩。你来我往，唇枪舌剑。我往你来，天花乱坠。开始是学术争鸣，争着争着，就不管学术不学术了。

"你也不照照镜子。"为什么要照镜子？学术和镜子有什么关系？没关系。但说这话的人，是在骂对方"看看自己算个什么东西"呢，不过是省略了后半句。这是在搞人身攻击了——不道德，很不道德。但道德这类东西，是在自己处于有利位置时才会遵守的，既然已经处于下风了，就顾不得道德不道德了。当然，这还是含蓄文雅的骂，还有不含蓄不文雅的骂——"你这是脱了裤子放屁！""你才是脱了裤子放屁！"这样直接口吐芬芳，简直不是教授之骂，而是泼妇之骂了。学生极力忍住了笑，做出一副眼观鼻鼻观心的老实样子。反正，不论是文雅之骂，还是不文雅之骂，学生都喜欢。看戏是其次，关键是转移了炮火。老师之间一开战，就顾不得为难学生了。他们在大战几个几十个回合之后，时间和体力就被消耗得差不多了，也没有答辩的心情了，最后只好随便问几个问题草草收兵。所以每次答辩时学生都巴不得有老师开战呢。

不过，学生这种不怀好意的心理有时能得逞，有时也得逞不了。比如那次封老师和阮老师之间的战事本来一触即发——当阮老师面无表情地说标点符号是"小学老师要解决的问题"时，连学生都嗅出了浓浓的硫黄味儿。封老师的一张白脸被气成了浅紫色，学生等着看它变成深紫色，再变成浅紫色，这样深深浅浅之后，就应该有一场花谢花飞飞满天的好风景看了。但这一回,封老师的浅紫色却没有变成深紫色,而是突然诡异地莞尔一笑,笑成了食堂前面一朵开得正好的紫荆花。学生们大失所望。阮老师也大失所望,他一拳打出了一朵紫荆花。虽说赢了,却觉得赢得不过瘾,不充分。他本来已经准备好了要打一记漂亮的连环拳的,他要好好教训一番这个姓封的女人,谁叫她猪鼻子插葱装象装到他面前来了。他要当了学生的面告诉她,大学的学问是什么什么,不是什么什么。他一直看不上这个姓封的女人,真学问没有,鸡蛋里挑骨头倒是在行,还美其名曰"培养学生良好的学术习惯"。她会做什么学术?真是大言不惭!他早就想撕下她的学术画皮。没料到,这个半老女人倒是段位高,突然化干戈为玉帛了,他也就作罢了。穷寇勿追,这是孙子的兵家之道,也是学院男人应该有的风度。

一般情况下,学生选论文导师,都是各取所需。和上餐馆点菜也差不多。好哪口点哪口,川菜湘菜粤菜,且随君意。认真的选认真的,马虎的选马虎的。而且,往往选马虎导师的学生比选认真导师的学生多,选学问做得差的老师比选学问做得好的导师多。为什么?好混呗。跟着马虎的导师做论文,比跟认真的导师做论文轻松多了。初稿交上来了,马虎导师马马虎虎看几眼,然后提上几条修改意见。学生毕恭毕敬地说:"知道了,知道了"。过些日子,二稿交上来,其实还是之前那个初稿呢,但马虎导师压根没看出来,又马马虎虎地扫几眼,例行公事般提几条修改意见,学生又毕恭毕敬地说"知道了,知道了"。再过些日子,定稿交上来了。马虎导师不看了,大笔一挥就"准予答辩"了。当然,这是以前,现在纸质答辩意见书没有了,改成了网上指导,更简单了,连大笔一挥都省了,只需动动食指,在"通过"那个地方按一下鼠标就 OK 了。也就是说,从头到尾,学生就只写了一稿呢。

但如果学生选了认真的导师,那就成虐恋了。一稿二稿三四稿,五稿六稿七八稿,不搞死你决不罢休。毕业班的同学这段时间见面打招呼,不是"你好!"或"吃了吗?"而是"搞几遍了?"被问的同学这时就会做出一副欲仙欲死或生无可恋的表情。至于是欲仙欲死还是生无可恋,那要看导师是谁。在男生那儿,如果是杜丽娜,那就是欲仙欲死。杜丽娜虽然学问不怎么样,形象却是很怎么样的。如果是朱臾,那绝对是生无可恋。胡兰成在《今生今世》里用来描写张爱玲的两句话:"平原缅邈,山河浩荡。"被学生一分为二,分别做了朱臾和杜丽娜的绰号。朱臾是"平原缅邈",杜丽娜是"山河浩荡",都十分贴切,体现了格物致知之妙。中文系的男生,宿舍熄灯后喜欢格中文系的女老师玩,而女老师当中数杜丽娜被格得最多,爱屋及乌,顺便也会格格朱臾。虽说是顺便,却格出了相当的专业水准。朱臾的绰号除了"平原缅邈",还有一个"鲁迅的杂文"。"鲁迅的杂文"乍一听有些晦涩甚至不知所云,但一琢磨,远比"平原缅邈"来得更蕴藉和精准,既贴切朱臾匕首般的身体,更贴切朱臾匕首般的批判精神,可谓一箭双雕,一石二鸟。中文系的学生,虽然在文学创作方面没有取得过什么骄人的成绩 —— 还没有学生在省级以上的文学刊物上发表作品呢,还比不上人家哲学系 —— 哲学系都有学生在《诗刊》上发表过诗歌呢,把哲学系主任老禹得意的,有机会就在老尚面前提这事。如果只是在老尚面前提,老尚就由了他,有时心情好,还会随和地夸上一两句,"不错不错""诗有别才诗有别才"。但如果老禹提的时候不只有老尚在,还有其他人在,特别是还有相关领导在,老尚可就不那么随和了。

有一回，杜校长来人文学院和青年教师座谈，本来是在谈如何加强青年教师情怀建设的，结果因为鲍小白发言时说了一句"生活不止有眼前的苟且，还有诗与远方"，老禹一听到"诗"这个字就兴奋了，马上趁机把话题转到《诗刊》那儿了。"尚主任也知道的，学生要在《诗刊》上发表作品，那是不容易的，很不容易的。《诗刊》可不是《风雅》那种省级刊物，而是由中国作家协会主办的全国性诗歌杂志，是北大中文核心期刊呢，对不对？尚主任？""对对对，《诗刊》是全国性诗歌杂志，很有名气的。有个湖北女诗人，叫余秀花，不对，叫余秀华，她写了一首诗，叫《穿过大半个中国去睡你》，好像就是发表在《诗刊》的吧？不过，禹主任，《诗刊》现在应该不是北大中文核心期刊了，2018年版的目录上好像没有《诗刊》了。"老尚在一边笑吟吟地补充道，这补充很有必要，当下校领导的注意力就被转移到那个名扬天下的女诗人和那首名扬天下的诗那儿去了。

这不怪老尚不厚道的，是老禹先不厚道。你夸你的学生可以，但不能用内卷的方式损中文系——"内卷"这个时髦的词语是老尚刚学会的，老尚虽然搞古代文学，但喜欢与时俱进。老禹说的那句"《诗刊》可不是《风雅》那种省级刊物"是一句很典型的"内卷"语言，因为《风雅》是中文系学生经常发表作品的杂志。哲学系和中文系，同属人文学院，关起门来是一家呢。而且自古以来，就有文史哲不分的传统，所以老禹为什么一定要在校领导面前让中文系难堪呢？让中文系难堪就是让老尚难堪，让中文系没面子就是让老尚没面子，谁让老尚是中文系的领导呢？老尚没办法，只能礼尚往来用"内卷"的方式来回报老禹了。当然，这回礼有些重，但"投之以木桃，报之以琼瑶"

也是我们的文化传统和老尚做人的一贯风格。老尚自认为是一个温柔敦厚的人，但温柔敦厚也不是软弱可欺。这一点，老禹也知道的，两人共事不是一天两天。不过，最让老尚难堪的，还不是哲学系和老禹，而是物理系。一个理工学院，竟然有学生在《中国作家》上发表了一个反乌托邦科幻小说。科幻小说老尚知道，但反乌托邦科幻小说老尚不知道。他在饭桌上谈起，小尚说，不就是刘慈欣《三体》那样的小说？老尚"哦"一声，一副"我知道"的样子。其实老尚既不知道刘慈欣，也不知道《三体》。但不知道老尚也不想问小尚了。虽然孔子曰过"知之为知之不知为不知"，也曰过"不耻下问"，但如果这个"下"态度不对，就算是自己的儿子，老尚也不想问了。好在现在有百度。一查，什么乌托邦反乌托邦，听起来多西方多后现代似的，不过是新瓶装旧酒，乌托邦文学中国早就有了，陶渊明的《桃花源记》不就是一篇乌托邦散文吗？反乌托邦文学中国也早就有了，曹操的"白骨露于野千里无鸡鸣"、杜甫的"朱门酒肉臭路有冻死骨"，不都是反乌托邦诗歌吗？现在的文学理论家们，就会装神弄鬼故弄玄虚。而且，文章合为时而著，歌诗合为事而作，我们这个时代的校园文学，不应该讴歌我们这个伟大的时代吗？不应该写出我们这个时代的《青春之歌》吗？为什么要写反乌托邦小说呢？明明是如花似锦，非要写出个颓垣残壁，这是不是有点儿抹黑现实呢？老尚义正词严地说。这是在反守为攻了。没办法，中文系的学生不争气，竟然比不过哲学系，比不过物理系，他只能用义正词严这一套来对付了。反正这一套他用娴熟了，什么时候用起来都得心应手。不过，人家也不是吃素的，马上也打着哈哈说："那是那是，伟大的时代一定要讴歌，我们这个时代的《青春之歌》也要书写的，但术业有专攻，这应该是你们中文系的事儿，我们物理系师生嘛，就拭目以待了，拭目以待了。"

这时老尚还能说什么？回来就痛心疾首地对学生说："你们能不能把你们的才华用到正道上，而不是用在给老师取绰号之类的歪门邪道上。"朱臾绰号"鲁迅的杂文"老尚也是知道的，不但知道，当时还为之拍案叫绝——妙！太妙了！这可以和钱锺书的"局部的真理"相媲美了。但钱锺书这种尖酸刻薄的话在《围城》里说，就成了文学，甚至成了文学经典。而学生的刻薄话，哪怕是才华横溢的刻薄话，没写进小说，那就只是刻薄话。可见，文学和刻薄话之间只是一步之遥。因此他建议学生好好研究一下《世说新语》，既然写不了《围城》那种大部头，可也别浪费了讽刺才华，可以写一个《世说新语》那样的东西。这建议传到章培树耳朵里，把章培树气坏了。连《围城》都写不了，还能写《世说新语》？《世说新语》是那么好写的吗？它比柏拉图的《理想国》还微妙呢！比瑞士手表还精致呢！一个连闹钟都制造不了的钟表匠，你让他做瑞士手表？这不是误人子弟是什么？

虽然马虎的导师、水平不高的导师很受学生欢迎，却也不能一概而论，也有喜欢"虐恋"的学生。这样的学生就会选认真的导师指导论文了。跟着认真的导师做论文虽然辛苦，但能学到东西。一稿二稿三四稿，五稿六稿七八稿，这样一路搞下来，写文章的水平就突飞猛进了——一般会突飞猛进，虽然也有例外。要知道，认真的学生也分两类呢：一类是聪明且认真的，一类是笨却认真的。教到前一类学生，老师就如沐春风；教到后一类呢，老师就生无可恋。四月的老师，和四月的学生一样，也处在非此即彼的两种状态之中：或者如沐春风，或者生无可恋。

季尧这个学期就教到了一个让他生无可恋的学生，叫白纾，比谁都认真,比谁都笨。"我还以为'朽木不可雕,粪土之墙不可杇'是一种修辞呢,一种夸张的说法呢,没想到还真有哇。"在电话里季尧对何况抱怨。何况幸灾乐祸地笑。他这个学期运气好,选他的几个学生都还不错。那个叫白纾的学生,中文系的老师都知道的,也都对她避之唯恐不及。她实在太爱向老师请教问题了,抓住一切机会请教,哪怕只是课间十分钟,她也不放过。"老师,刚刚你讲的那个,我没怎么听懂,能不能请您给我再讲讲?"天哪! 就十分钟,老师还要上洗手间呢,有的老师在上了洗手间之后,还想在走廊上抽支烟呢,还要回个要紧的电话呢,她不管,厚厚的近视眼镜下面的两只小眼睛眨巴眨巴地看着老师,老师被看得不好意思了,只得说:"好的,好的,你等一下。"但白纾从不在教室里等,而是分秒必争地跟着老师屁股后面亦步亦趋走。如果是女老师,她就直接跟到洗手间,站在老师那间门外,殷勤备至地问老师需不需要手纸。如果是男老师,她就站到洗手间门口等,老师一出洗手间,还在甩手上的水呢,她就接着请教了:"老师,刚刚那个问题——"即便是最诲人不倦的老尚,遇到白纾,都忍不住要皱眉呢,更别说脾气不好爱耍名士风度的章培树。"同学,你先等我抽支烟行不行?"中文系有几杆老烟枪,章培树是其中之一杆——一杆是之前,现在已经是半杆了,因为章师母血压高,嗅不得二手烟,所以章培树在家不抽烟了,只在学校抽。"好的,好的。"白纾一连声地说,说完几个"好的"之后,却不走开。章培树一手拿着他的黄花梨木烟斗,一手按着打火机看着她,她还傻乎乎地说:"章老师你抽呀,没关系的。""你没关系我有关系呀。"章培树抽烟,不喜欢有人在身边,喜欢独自抽,一边抽,一边眯了眼看窗外的那株广玉兰。如果在春天,窗外广玉兰盛开的时候,那是人生一大享受,享受是私密的事情,可一个女学生——还是长成这样的女学生,站在边上,真是扫兴,扫兴得很。章培树把烟斗一拢,不想抽了,就是想抽也抽不成了,因为上课铃声响了。

就是这么个奇葩女学生,选了季尧做论文指导老师,把何况乐得嘴巴都合不拢了。"季老师,你可是人见人爱花见花开的季老师呀!朽木和粪土之墙有什么要紧,别人不行,你一样可以雕可以杇的,说不定还可以雕可以杇成不错的作品呢。"比起相貌平平的何况,玉树临风的季尧在学生那儿受欢迎多了,所以何况趁机揶揄季尧。"你知道她昨天晚上几点给我打电话吗?一点!半夜一点!"何况更乐了。遇到白纻那样的学生,季尧的这个春天算是完了。他打电话本来是要约季尧一起踏个青的,去附近的农科所,或者樱花谷。农科所有几亩油菜花,樱花谷有几十株染井吉野樱,据说盛开时的颜值不比日本大阪的吉野樱差,如果不比看花人的话。全世界的花都是一样的美,但看花人却雅俗有别。看花不比干别的,别的事情和谁一起做都可以,但看花还是要约上合适的人,才不至于煞风景。之前何况住在青椒园的时候,他和季尧几乎从来不一起去风花雪月。但自从青椒园搬了出去,反倒有时会想约季尧一起去哪儿走走了。婚姻这东西,真是奇怪,会让男人更加怀念友谊。

但季尧不去。一是季尧没有专门去看花的习惯,二是也没有时间。晚上和白纻谈论文谈到两点多呢,早上八点多刚一打开手机,就收到白纻提醒他注意查收她从邮箱里发过来的论文修改稿的信息。还让不让人活呀!季尧把后颈窝都挠红了。但想到白纻可能一夜没睡呢,通宵都在赶论文,又生出了几分感动。一稿二稿三四稿,五稿六稿七八稿。这于别的同学只是戏谑式说法,而在白纻同学这儿可是认真的实践。而且还远远不止七八稿呢。如果把选题和大纲也算上的话，几十稿都有了。一般学生和老师讨论过之后，总要隔上一段时间再找老师，或者让老师找她。但白纾却不是这样的，差不多每天都要找季尧谈论文，上午找了下午找，下午找了晚上找，"她这是昏定晨省吗？"何况一边替季尧头痛，一边又觉得季尧活该。要不是他平时对白纾太好，她也不至于哭着喊着非要选季尧做她的论文指导老师不可。其实选季尧的学生不少呢，他完全可以挑更优秀的学生指导，这样更轻松，也更容易出成绩。要知道，学生和导师也是一荣俱荣，一损俱损的关系。如果学生的论文得了校级优秀或省级优秀，指导老师也是有奖金的。相反，如果论文不合格，指导老师也跟着遭殃，不但会被取消下届的指导资格，还会影响年终考核，最主要的是，面子上也过不去——带出不及格的学生，显得导师学术水平多差似的。所以每届学生在选导师之前，有些精明的老师，会向自己想带的学生抛橄榄枝。"论文选题确定了吗？"这么温柔地问上一句，学生也就心领神会了。而对白纾那样的学生，在那段时间里就要尽可能远着她，要把自己对她的嫌弃，用含蓄甚至不怎么含蓄的方式让她知道。

　　当老师也是不容易的，社会上那一套人情世故一样要懂的。但季尧不懂，总是对所有的学生一视同仁。"奇怪，你不是一个爱憎分明的人吗？为什么在学生这儿反倒虚伪了呢？"何况不相信季尧不讨厌白纾，人类的情感都是差不多的，喜欢讨人喜欢的，讨厌遭人讨厌的。季尧说："讨厌归讨厌，指导归指导，这是两码事。""怎么个两码事法？""做老师的，不应该对学生挑三拣四。孔子说过，'有教无类'。韩愈也说过，'师者传道授业解惑也'。这是自古以来的师道。"好家伙，竟然升华到师道了。"那你还抱怨什么？""抱怨归抱怨，指导归指导。"人和人是不一样的,何况只能这么想。农科所的油菜花,樱花谷的吉野樱,竟然输给了白纤,也是醉了。何况只好快快作罢,算了算了,还是和自己的妻子去樱花谷吧,她倒是会高兴的,之前和他提过好几次呢,但他一直不作声。踏青这种事,还是要和男人一起。"暮春者,春服既成,冠者五六人,童子六七人",里面一个女人也没有。孔子这人,还是很懂生活艺术的,不但知道食不厌精,脍不厌细,还知道风花雪月这种事情不能和女人一起。和女人一起形而下可以,和女人一起形而上就不合适。女人太闹腾了。你在这儿看天地大美小美而不言,她在那儿言个不停。"哎,我们在这儿合个影吧。""过来呀,过来呀,帮我在那儿照一张。"到底是来看花的,还是来照相的。他烦不胜烦,但还是会强颜欢笑地配合她。他性格里"虚伪"的一面——虚伪是他前女友和他分手时的说法,他一点儿也不赞同,他情愿把它理解为修养,或者犬儒。犬儒虽然也不好,但它是学院男人身上共同的毛病,也会体现到夫妇关系中。有时他也会纳闷,她难道一点也没看出他对她的烦?应该有所察觉的吧,连邻居家的狗都知道他不喜欢它呢,每次在楼梯口遇到都会朝他吠上几声以表不满,这是生物的本能,妻子难道会看不出来?不过,也可能没看出来,女人是自大的生物,而自大是会使人的认知水平下降的,所以她才兴致勃勃地让他照个不停呢。

季尧倒没有何况那么矫情。正如他自己所说,抱怨归抱怨,指导归指导。学生发了论文给老师,正眼巴巴地等着老师提修改意见呢,老师能怎样?看论文呗。反正他也没有多想和何况去踏青,农科所的油菜花有什么好看的?他小时候看多了。樱花谷的吉野樱有什么好看的?一点也不比人文楼前的桃花好看。季尧在风花雪月这事上,也体现了他一以贯之的散漫,以及一以贯之的一视同仁。看花用不着两个大男人特意约,去上课的路上顺便就看了;踏青也用不着劳师远征去远处踏,出了青椒园就可以踏了。他还是喜欢李白《长干行》里那种家门口式的踏青法:"妾发初覆额,折花门前剧。郎骑竹马来,绕床弄青梅。"多好! 现在的人张嘴就是"诗与远方",他对此颇不以为然,为什么诗一定要远方呢? 家门口不可以诗吗? 人家"折花门前剧"不是诗? "绕床弄青梅"不是诗? 诗得很呢! 而且,两个男人约了一起踏青有什么意思呢? 两个男人一起下棋可以,一起钓鱼可以,一起喝酒也可以,一起清谈可以,但一起"折花剧"就有点那个了。所以李白《长干行》里写的两个人,一个是妾,一个是郎,而不是两个郎,如果是两个郎,那肯定大煞风景了。《诗经》里"且往观乎?"的两个人,也是士与女,如果是两个士,也肯定大煞风景了。季尧很想这么调侃几句何况,但他实在没工夫了。白纻的论文还没定稿呢,还有一周就要答辩了。她已经急得吃不下饭睡不着觉了。他也急呢。别看他平日温文尔雅优哉游哉,但真有事情的时候,也是很急躁的。之前和白纻谈论文修改的时候,每次她都"哦,哦,哦"的,一副醍醐灌顶的样子;但等到论文交上来,却改得更加驴唇不对马嘴了,还不如不修改呢。这次也一样,论文一打开,季尧就气不打一处来 —— 什么乱七八糟。他简直想学一回闵雪生,在论文上用红笔写上十几个"狗屁不通狗屁不通狗屁不通",或者学章培树,对学生作个揖说:"你饶过我,我还想颐养天年呢。"当然没有。闵雪生的"狗屁不通"后来可是成了学校"教与学"活动的反面教材 —— 是真的教材,印在了活动手册上的。为了保护学生的自尊心和隐私权,所以论文做了虚化处理,但闵雪生的十几个红色粗体"狗屁不通"在手册上十分清晰,简直有触目惊心之效果。"一个人民教师,一个人类灵魂的工程师,怎么可以这样对学生进行人格侮辱和情感伤害？我们的职业道德在哪？我们的教师修养在哪？我们的情怀在哪？"在这个教学案例的结语部分教务处长这么义正词严地质问,虽然没有点名闵雪生,但却点名中文系了。这事让老尚十分光火,在系会上几次三番地说,中文系的教学水平在全校是有口皆碑的,不能让一粒老鼠屎坏了一锅粥。他这么说的时候,闵雪生老师脸色铁青地坐在对面,一副很不服气的表情。也是,人家可是闵三北呢,学问杠杠的,教学也杠杠的,就算写学生评语时有些任诞疏狂,那也是一时书生意气,和孔子情急之下骂宰予"朽木"和"粪土"是一个性质,完全可以理解为爱之深恨之切,怎么就成了"一粒老鼠屎"？

季尧不认可老尚这种说法。如今严厉的老师不多了,属珍稀濒危物种呢,挽救都来不及,还打压,以后还有哪个老师愿意严厉管教学生呢？大家都当老好人,你好他好我也好,汇仁肾宝一样,好到最后,师不师生不生了,学校也将不学校了。

虽然季尧赞成老师严厉,但他还是不会学闵雪生,在白纩的论文上写十几个"狗屁不通"。学生和学生是不一样的,就像植物和植物不一样,有的植物生命力强健,怎么粗暴怎么怠慢它都可以长得葳蕤茂盛；有的植物却羸弱,一不小心的话,它可能就活不了——或者就算活下来了,也长不好了。不知为什么,白纩就给季尧留下这种羸弱的印象。虽然一直以来季尧对女性和花草都有一视同仁的习惯,但学生既不属于女性,也不属于花草,是不可以一视同仁的。之前上课时,他就注意到了白纩——不注意到她是不可能的,那么不一样的女生,身上有一种——怎么说呢？总之是让人担心和不安的东西。中文系的女生大都活跃，课前课间，叽叽喳喳闹个不停，一副"杂花生树群莺乱飞"之盎然。但她总是一个人，跟在这个老师那个老师屁股后面，一副张皇失措可怜兮兮的样子。季尧在人格审美上更倾向晴雯式那种刚烈性情的，或者是薛宝钗式外柔内刚的，一点儿也不喜欢精神羸弱的人。可不喜欢归不喜欢，他对白纩的态度仍然极其温柔，甚至比对那些"杂花生树群莺乱飞"的女生更温柔呢。每次不论她问什么问题，他都会十分耐心地解答，这也是白纩非要选季尧做她论文导师不可的原因呢。所以何况说季尧活该呢。季尧也觉得自己活该。白纩这个女生实在太过分了。自从确定了季尧是她的论文指导老师，她就有了名分般开始理直气壮地找季尧了，无比频繁地找，不分白天黑夜地找。"季老师季老师，我想和你谈谈论文第二章的写作思路。""季老师季老师，你说我拟的标题不好，那你建议用什么标题呢？"季尧哭笑不得，白纩总问他"你建议用什么呢？"也不知是太笨了，还是也在耍小聪明。按说不会，白纩这样的女生，也不是那种会耍小聪明的女生。但也说不定，这是学生的套路。一旦老师说哪儿哪儿不行，学生马上就顺水推舟般问："老师，那您说这儿应该怎么写？"有的老师警惕性不高，一不小心就越俎代庖了，说这儿应该怎么怎么写。学生又循循善诱地问，老师又越俎代庖，这么一路代庖下来，论文基本就是老师完成的了。但大多数老师不会上当，马上很警觉地反问学生："是你写论文还是我写论文？""老师只负责说'行'或'不行'，'好'或'不好'，具体怎么写那是学生的事情，不是老师的事，老师可不能越俎代庖。"何况这么谆谆教导过季尧，季尧也同意。但有时不知不觉间还是会上当。不过，白纩问"你建议用什么呢？"的频率也太高了，他很想对白纩大吼一声："是你写论文还是我写论文！"而且，没有哪个学生会在早上八点之前晚上十点之后找老师谈论文，略微懂事一点的学生都知道，老师也有私生活，老师也不是某一个学生的老师，如果都不分白天黑夜地找，老师还活不活呀？季尧这一届带了五个学生的毕业论文，其他四个学生加起来也没有白纩一个人花的时间多呢，却早定稿了，而白纩却一直定不了。一稿二稿三四稿，五稿六稿七八稿，几十稿下来，把季尧都搞得怀疑人生了，但白纩交上来的东西依然非驴非马。

　　她到底有没有脑子呀？季尧一边修改论文，一边生着气。早知如此，何必当初。自己真是吃饱了撑的。本来论文指导学校实行的是双选制，学生选老师，老师也选学生。选他的学生有七个呢，而中文系规定每个老师只能带五个学生，他完全可以不带白纩的。是一念之仁，他想在这个学生进入相对残酷的职场和社会之前，尽可能给她一些支持、一些温暖——不知为什么，他想当然觉得这个女生需要温暖，她给他的就是冬日般寂寞空虚冷的印象，是一个像安吉拉·卡特写的那种"身上带着冬天"的女生。他自作多情地认为，如果他拒绝指导她的论文，有可能会对这个女生心理留下或大或小的阴影，进而会或大或小地影响这个女生今后的人生。人生说起来宏大无比，壮阔无比，其实呢，不过是由无数水滴般的细节组成的，你不知道哪一个水滴是决定性的。一个人的命运是往上或者往下，幸福或者悲惨，生或者死，都可能是在某一个细节后发生的。爱丽丝·门罗小说《机缘》里的朱丽叶，如果在火车上不那么冷漠那么拒人于千里，和对面那个卑微绝望的陌生中年男人随便聊几句，说不定他就不会去卧轨了。那样的话，朱丽叶在无意间也就成了那个男子的救命稻草——所谓救命稻草就是这个意思呢。一个轻飘飘的事物，往往可以决定别人的命运。就基于这种想法，季尧平时对那些看上去有些彷徨和孤单的学生，会格外好些，格外经心些。虽然在别人眼里，他身上有一种"天子呼来不上船""我醉欲眠卿且去"旁若无人李白式自嗨特征，但他身上其实也有"堂前扑枣任西邻，无食无儿一妇人"杜甫式的悲天悯人。所以决定指导白纾论文虽说是一念之间的事，但这一念在季尧这儿也是有其根深蒂固的基础的。

这个春天算是泡汤了。季尧对不能和何况去樱花谷踏青不怎么在乎，甚至季尧对春天也不怎么在乎，他在四季这个问题上也体现了他一视同仁的精神。春有春的好，但春也有春的不好，太残酷了。人人都知道"最是人间留不住，朱颜辞镜花辞树"的道理。花辞树人其实是无所谓的，真正有所谓的是朱颜辞镜。人人都把自己当成花朵了呢，一看见花谢花飞就悲成了林黛玉，也不管自己长成什么德行。所以说春天残酷呢。如果可以挑着要，只要好的一面不要坏的一面，只要花开不要花落，如果能那样，那春天倒是不错，可惜不能。春天于是就成了一如鹿茸鹿血那样的补品，扶正不扶败，强健的人服用了更强健，羸弱的人服用了说不定就一命呜呼了。而冬天不同，它是置之死地而后生的季节，反倒让人生出一种凛然的大无畏的精神。所以，比起春天，季尧更加尊敬冬天，如果何况约他去踏冬，他或许兴趣更大呢。

不过，也就这么胡思乱想一下。对现在的季尧来说，不论踏春还是踏冬，都踏不成，只能专心致志地坐在房间里很苦逼地修改白纾那非驴非马的论文。

十九 "我想找一个柯林斯嫁了"

香奈喜再到青椒园来敲季尧的门，是夏天了，学校这时候已经快放暑假了。

季尧自己也没料到，他看到香奈喜的一瞬间，竟然有"既见君子，云胡不喜"之喜悦。

不能说恍若隔世，但季尧确实已经很长时间没有见到香奈喜了。

这期间如果说季尧一回也没有想到香奈喜，那不是事实。虽然被白纡的论文弄得昏头涨脑生无可恋，但还是有那么两次，季尧短暂地想起了香奈喜的：一次是在食堂遇到那只西班牙"鸿雁"，他马上就想到香奈喜了——这个绿眼睛的西班牙女生和香奈喜不是总成双成对比翼双飞的吗？怎么单飞了呢？香奈喜呢？但他还没来得及多想，就被食堂里川流不息的人群嘈嘈切切的声音，还有从打菜的窗口飘溢出来的东坡肉浓郁的脂肪香裹挟而去了。另一次是何况约他踏春的那一次，他当时推搪说："两个男人一起踏春有什么意思？"何况马上问："哦，你的意思是要和女人去踏春？你想和哪个女人去踏春？"他一怔，脑海里马上想到香奈喜了。他自己也觉莫名其妙，为什么会想到香奈喜呢？上次在老家过春节，他姆妈非要他约苏荣珍看电影，他急中生智说自己有女朋友了。那时在他眼前浮现的也是香奈喜牡丹花般的脸。为什么呢？为什么呢？难道在潜意识里他爱上了她？弗洛伊德说，人的意识分为三种：意识、前意识、潜意识。这三个不同层次的意识就好像海明威的冰山，浮出海面的只是八分之一，在这个符合道德伦理的光明正大的八分之一意识里，他没有爱上香奈喜的，因为他清楚地知道他是老师，她是学生，他们只是师生关系而已；但在海面之下的八分之七意识里，他知不知道他是老师她是学生呢？如果知道，为什么几次三番地想到香奈喜呢？

季尧虽说已经三十三了，但在恋爱方面，还没多少经验呢。至少和何况比起来，他的经验少得可怜。何况和季尧在青椒园门对门住着时，两人偶尔也会谈男女之事，这是难免的，男人嘛，即便是学院男人，在一起也是会谈男女的。这世界虽然变化大，沧海变桑田，桑田变沧海，但也有些东西是亘古不变的——比如春秋的"食色性也"，几千年前是"食色性也"，几千年后也还是"食色性也"，不会变成"食色非性也"。当然，何况和他谈男女，和社会上的男人谈男女，肯定是不同的。他们是雅谈。谈男女还有雅谈吗？当然有。宝玉的"秋千架上春衫薄"就是雅谈，如果单从字面上看，秋千架上春衫薄，特别雅，比李清照的"蹴罢秋千，起来慵整纤纤手。露浓花瘦，薄汗轻衣透"还要雅呢，但细加体会的话，宝玉的"春衫薄"和李清照的"轻衣透"可不是一回事。用女性主义那一套话语来阐释的话，李清照的"薄汗轻衣透"是女人在看，所以天真烂漫，所以思无邪。而宝玉的"春衫薄"是男人在看，所以不天真，所以思有邪——当然有邪，一个穿了薄衣裳的女人，就算站那儿一动不动，已经让男人蠢蠢欲动了，她还不安分地在秋千架上摇来荡去，男人怎么受得了？所以宝玉的"秋千架上春衫薄"，听起来文绉绉的，雅得很，其实和薛蟠粗鄙不堪的

"往里戳"是一回事。何况和季尧之间谈男女,就是宝玉的"秋千架上春衫薄"那种谈法,而不是薛蟠"往里戳"那种谈法。他们不论谈得多深入多放肆,也绝对说不出薛蟠嘴里那种下流词语。

这是两个学院男人雅谈男女的方法之一种;另一种就是有所言有所不言,也就是留白。何况最擅长留白了,总是讲着讲着,突然打住不讲了。就像他对季尧说他散步时无意间撞到某某某和某某某在做一些"不太好说的"事情那种。这手法倒也不新奇,和"此处删除多少多少字"也差不多。不过何况不是故弄玄虚欲擒故纵,而是说不出口,也是他习惯性的处世之道。季尧虽然有点好奇 —— 不是好奇"不太好说的"事情,那没什么好奇的,他虽然这方面实践经验不多,但理论经验也不少,无非就是"有甚于闺房之乐"的事情。季尧好奇的不是"不太好说的",而是"某某某和某某某"到底是谁。学院里的老师,平日一个个那么道貌岸然端正谨饬,怎么也会放浪形骸,跑到闺房之外行起了闺房之乐。儒家的"发乎情止乎礼"按说是已经深入读书人骨髓的东西,到底是谁呢?这么"古风犹存"—— 桑间濮上应该算古风吧?但何况不说,季尧也就不追问了。做一个有操守的低级趣味者是季尧的底线。所以他们两个人,一个有所言有所不言,一个有所听有所不听,也算得上琴瑟和谐呢。何况经常以一副过来人的口吻和季尧谈男女。他先后交往过五个女友呢,其中三个关系都发展到了可以做"不太好说的"事情的程度,而正在交往的女友,更不用说了,已经是半同居的关系 —— 他们平时各过各的,但周末会一起过。何况的这个女友,季尧是见过的,虽然见过,也没留下多少印象,总之就是一副银行女人的派头 —— 人家也确实在浦发银行做事,好像经济条件不错,在这个城市富人区万科拥有一个带露台的大公寓,何况周末一般去那边过他的"资产阶级生活"。所以何况谈男女,表情和语气就有一种"仓廪实而知礼节"的雍容,也有一种实践出真知的自信,有时还会有一种"不过尔尔"的藐然。季尧对前两种表情和语气都理解,但对"藐然"有些疑惑,他是广义上的藐呢,还是狭义上的藐?广义上的话,那就没办法,春花秋月何时了! 春花秋月多了尚且让人生厌呢,何况性。再好的事情,让人做一辈子,那也是受罪。这是人性的弱点,不是何况一个人的。狭义上的话,季尧就不理解了。性应该是夫妇生活的重要内涵,既然对和这个女人过性生活都藐然了,为什么还打算和她结婚? 这有些不道德,也不高尚。

有几次季尧想和何况探讨一下这个问题,当然是泛泛意义的探讨,关于性和爱情和婚姻的关系。婚姻的基础是什么? 爱情的基础又是什么? 但话到唇边,还是打住了,怕冒犯何况。不知为什么,季尧总觉得何况和这个女友结婚,不是因为爱情,而是有其他方面的原因,直接地说,就是他看上了这个女人的房子。何况和季尧一样,也来自一个小地方,父母的退休工资应付他们自己晚年生活都捉襟见肘呢,不可能还有能力资助他在城市买房子。当然,季尧之所以这么猜测,还有一个原因,就是何况谈论他交往过的几任女友时的厚此薄彼冷热不均——他似乎不太喜欢谈正在交往的这个女友,就算谈到,往往也是说她的房子比说她更多。但他谈到以前的女友——尤其是第二任女友时,他习惯性的平淡会消失,代之以一种更兴奋更鲜艳的状态,一种喝了酒才会出现的非典型的何况样子。"你要小心,不是一男一女在一起就可以鸾凤和鸣的,遇到不合适的,说不定一辈子也和鸣不了。"何况说,一副危言耸听的语气。季尧很想问一句:"那你和夫人是属于能和鸣的,还是不能和鸣的?"却没问。估计是不能和鸣吧,不然为什么有如此感慨？可既然不和鸣，为什么还打算和她结婚呢？仅仅因为人家在富人区有一个看得见艾溪湖的房子？季尧不止一次听到何况用近乎深情的语调描述那个房子："从书房窗户就可以看见艾溪湖呢""出小区门往西走上不到一百米，就是艾溪湖湿地公园呢，你还没去过艾溪湖湿地公园吧？特别好，一点儿也不比杭州西溪湿地公园差呢。有各种各样的湿地植物，有各种各样的候鸟，夏天有夏候鸟，冬天有冬候鸟，都不用出门，站在我家露台上用望远镜就可以看到呢。"何况和他谈论房子时既心满意足又白璧微瑕的样子，简直和《傲慢与偏见》的夏洛特一模一样。夏洛特在带伊丽莎白参观完她的房子后说："在这个家，如果能忘掉柯林斯，里里外外还是很舒适的。"一个二十一世纪的大学教授，还是男性，竟然和十八世纪的大龄剩女夏洛特，在婚姻观上不谋而合——不是为了爱情，而是为了一个舒适的房子而结婚，这也太让人无语了！或者按那个叫马来来的学生喜欢的说法——这也是醉了！

然而有不少青年老师和十八世纪的夏洛特不谋而合呢。"我想找一个柯林斯嫁了。"有一回在"青椒园"微信群里，一个微信名叫"三室一町"的女老师说。季尧也在那个群里，是何况把他拉进去的。他本来想退出来，倒不是对这个群有什么意见，而是现在的微信群实在太多了，这个群那个群，多到了让人不胜其烦的程度。但何况说，扰不扰的，还不是看你自己。你不愿意被扰的话，可以隐身哪，想说话就说几句，不想说话就不说，想看朋友圈就看几眼，不想看朋友圈就不看，主动权都掌握在自己手上呢。季尧可不这么想。人都是矛盾的，有时虽然不想看，不知不觉却看了。而一旦看了，就会有这样那样的想法，世界就不清静了，也没有距离美了——在没有加入学院微信群之前，许多同事在季尧这儿，也就是同事而已，他对他们没有多少好感，却也不会有多少反感，总之就是见了面点点头的普通关系。但一旦进群之后，普通关系都没法维持了。因为某些人太恶心了！领导不论转发什么，哪怕是转发个会议通知，马上就献花，马上就点赞，就差磕头谢主隆恩了。一个会议通知，有什么好点赞的呢？季尧实在不能理解。何况说，你这人怎么这么不解风情呀？"非汝之为美，美人之贻。"人家献花和点赞的对象，不是会议通知，而是领导。最近网上不是有首《与领导一起尿尿》的诗在网上风行一时吗？"领导，你尿尿也尿得这么好！"这都是属于"美人之贻"的意思，其内在的感情和手法，很古典的，很诗意的，要如切如磋，如琢如磨，方能领会其中之深奥。

　　何况的话，季尧有时搞不懂，因为不知道他是正说还是反说。何况这个人，季尧有时也搞不懂，因为不知道他到底是属于哪一派，是"点赞派"，还是"不点赞派"？何况又摇头了，季博士呀季博士，你虽然把《管锥编》研究得那么深，但对人类却没有基础认知呀。怎么能如此简单化人类呢？对人类这种高级生物来说，二分法从来都是不适用的。什么"好"与"坏"，什么"善"与"恶"，什么"美"与"丑"，那都是一种追求效率的工业化方法，是从技术层面出发的认识论。而人类，就像颜色一样，混沌得很，蓝里有青，青里有绿，绿里有粉，都是不单纯的。所以即便一个简单的点赞，也是一种新型的社交行为呢，其背后的运作机制也是十分复杂微妙的，并非只有我上面所说的"美人之贻"一种情况。有的人点赞，其目的并非是拍领导马屁，而是巴甫洛夫式条件反射，是一种基于生物意义的人类行为。而有的人点赞，就不是生物意义的了，而是一种政治学经济学相结合的行为，里面的运作机制既有政治学意义的——对权利的谄媚,也有经济学意义的——是一种类似于小市民的精打细算,又不用花费什么,却做了人情,何乐而不为?所以领导发的也点赞,群众发的也点赞,不点白不点呢。而有的人点赞,既不是生物意义的,也不是政治经济意义的,而是文学意义的,是一种行为文学,像朱舆那种。别人点赞都用大拇指,或者几朵玫瑰花,她呢,会突然在一连串大拇指或玫瑰花后面,很奇崛地跟一个霹雳般燃放的大爆竹,这与其说是点赞,不如说是反点赞,是对前面一大串点赞的一个后现代的戏谑式解构。而有的人会利用点赞时间做文章,比如老孟,从来不在第一时间点赞,每次都要等到黄花菜凉了再点,这是消极点赞,有不情不愿之意。总之,点赞这么个看似简单的动作,其实一点儿也不简单,完全可以从生物学层面、社会学层面、精神分析学层面、文学层面,来写一篇硕士甚至博士论文呢——《微信点赞行为的生物学研究》《微信点赞的社会学研究》《精神分析学视域下的微信点赞研究》,多好的选题呀,绝对是有研究价值的。

上邪!

就一个点赞,竟然有这么多名堂,季尧觉得何况完全可以开一门《点赞学》选修课程,说不定会很受欢迎呢。现在的学生,对庸俗的实用主义知识,兴趣好像更大。上次哲学系一个女老师,因为她的《应用哲学》没有学生选,情急之下,把课程名改成了《生活中的小哲学》,并且在课程内容简介里说,该课程内容主要包括:爱情中的哲学,美食中的哲学,服饰中的哲学,社交中的哲学等等,就这么一个几乎朝三暮四般的小改动,选修的学生立刻就人满为患了。

不过,"青椒园"这个群,比其他群还是好些,不存在大家一哄而上乌泱乌泱给领导点赞之类的肉麻事情，因为彼此没有领导和被领导的关系。住这园的人基本都是青椒——说基本，是因为其中也掺杂了那么一两个老椒。比如化工学院的菅教授，都五十好几的人了，也住在青椒园呢。他原来是住桂苑的，但离婚后被菅师母扫地出门了，没地方住，就把自己和被褥和几捆书一起搬到办公室安营扎寨了。他办公室在实验大楼，边上就是实验室呢。菅教授在生活上又不太检点——这也是菅师母和他离婚的原因之一，结果学生进出实验室时，经常会看到首如飞蓬衣衫不整的菅教授。男学生也就罢了，女学生可就受不了了，每次经过那儿都屏息做出一副非礼勿视非礼勿嗅的样子——没法嗅呢，一股独居中老年男人的邋遢污秽味儿。这怎么行呢？化工学院的领导只好出面，帮他在青椒园申请到了一间公寓，从此菅教授就在这儿首如飞蓬了。另外一个女老椒，是外语系的老师，教德语的，长相也有点儿像德国女人，下颌阔大，骨骼粗壮，每年参加学校运动会都在铅球项目上拿第一名的。但她不太爱和人来往，总是一个人进进出出。没人知道为什么。那又怎么样？公寓里的青椒们没谁打探什么。估计这也是教德语的女老师选择住青椒园而不是其他地方的原因——住青椒园的人都是年轻博士，其中不少还是从国外留学回来的博士，素质相对高，不太爱管别人的私生活。

"青椒园"转发或讨论的一般都是公共生活话题：公寓什么时候会停水停电，教务处又出台了什么什么规定，哪个食堂最近有什么什么菜好吃，后街新开了一家什么什么馆子店，诸如此类的。有时也会讨论书和电影。那个微信名叫"三室一町"的女老师，之所以会说"我想找一个柯林斯嫁了"，也是因为有一个女老师说到了《傲慢与偏见》，正好学校板上钉钉地许诺给老师建的房子又泡汤了。要知道，公寓里有好几个青椒还等着这房子结婚呢，还有不少青椒在等着这房子生娃呢。青椒园的公寓建筑面积才五十几平方米，除去公摊，实际居住面积也就四十，那还要加上晾衣裳的小阳台。这么小的公寓，也就单身狗将就住住了，如果拖家带口的话，实在太局促了。不过，这却不是学校房子第一次泡汤，上一次连两万的诚意金都交了，户型也根据各自的经济情况认真选好了，大家美滋滋等着入住新房呢，结果也不知哪个环节出了问题，反正房子突然没了，学校也没做任何说明，就把老师交的诚意金加上银行利息退回来了。一群本来极文雅的博士，那段时间也变得不怎么文雅了。还怎么文雅呀？要生娃的生不成娃了，要结婚的结不成婚了，多着急上火也没用，都要且等着。当然，也有且等不了的，比如物理学院的一个青椒交往了多年的女友，因为这事把自己变成前女友了。前女友是"硕人其颀"的北方女性，过惯了天大地大的生活，实在没办法和另一个硕人在一间几十平方米的房子里过婚姻生活——男青椒也是人高马大的北方男子。"咱们还是一别两宽吧。"两宽不容易，一宽倒是很快就实现了，前女友和人高马大的物理青椒一分手，就找了个小个子的南方男人结婚。小个子至少节省空间呢。城市房价这么贵，在有限的空间里，他占有的多你就占有的少，他占有的少你就占有的多。这也是前女友从生活中总结出来的经验教训。她甚至把这个经验教训私相授受给了前男友："你也应该找一个南方小个子女人结婚，这样在卫生间就不用礼让三先了。"这话别人听了会丈二和尚摸不着头脑，但前男友知道前女友在说什么。在他们同居初期关系还如胶似漆的时候，想浪漫地并排一起站在卫生间镜子前刷个牙都刷不成，实在太挤了，身子周转不开来，只好礼让三先分头行动了。还不单是卫生间，其他空间也一样，对两个硕人来说，他们公寓的任何地方都太小了，最后只好尽量不同时出现在一个共同的空间里。

这听起来有点荒诞，但这荒诞却不是那个物理学院青椒和他前女友的两个人的荒诞，而是时代的普遍意义的荒诞。因为空间逻辑在这个时代确实在爱情逻辑之上，物理学院青椒的前女友在"被生活狠狠毒打过之后"，醍醐灌顶般成了一个空间至上主义者，把空间逻辑发挥到极致了——不但找了个基本不占空间的小个子男人，那个小个子男人年龄大她一轮，有个读中学的女儿，那又怎么样？他有大房子，一个带院子的双层蝶墅。这就行了。作为一个空间至上主义者，空间逻辑在爱情逻辑之上，在时间逻辑之上，在伦理逻辑之上。一个在青椒园的狭小公寓住了好几年的女性，懂得用时间置换空间的道理。他用他的空间换她的时间，她用她的时间换他的空间。她不吃亏。要知道，这个时代空间可比时间值钱呢。那些黄金地段的房子，都卖到几万一平方米了。而时间，算什么呢？满大街送快递的，一单几块钱。时间廉价得不比萝卜白菜更值钱。而且，她都三十加了，留给她可以用来交换的时间不多了。他也就比她大一轮而已，一轮十二年，她十二年就算没日没夜加班加点上课，也上不来一套蝶墅，别说蝶墅了，就是一套普通公寓，也上不来的。这么一思考和计算，心理就平衡了，甚至还有几分愉悦了。

知识分子的特点，就是先要解决理论，理论上解决了，一切都可以迎刃而解了。当后妈不过是蝶墅生活的白璧微瑕——当然，十几岁的继女是微瑕还是不微瑕，这要因人而异。如果是南方女人，像朱臾那种的，估计就不是微瑕，而是让人受不了的大大的瑕。但北方女人心宽，性格远比南方女人粗枝大叶，所以是有当后妈的天赋和本钱的。再说,继女住校呢,只有周末才回来,小个子丈夫是一家公司的副总,也忙得很,不怎么在家。偌大个蝶墅,经常只有前女友一个人在家。她觉得委实太浪费了,为了物以致用,她热情地邀请过好几拨朋友去她家玩,有一次,甚至给前男友打了电话,问他要不要去她那儿看一看,在她无比宽敞的厨房吃个饭,要是天气好,还可以院子里坐坐,喝个咖啡什么的。她其实没有别的意思,只是不想浪费那么大的空间。她是个有节约美德的人,不习惯浪费的。别说几万块一平米的房子,就是几块钱一斤的蔬菜水果,她也不浪费一茎一叶呢。物理老师当然没有去。倒不是恨她,也不是男人的自尊心,而是无论如何不能理解她的空间至上理论。于是那段时间他总往露台跑,搞得在那儿办读书会的季尧都有点紧张了,怕他也弄一个"我欲乘风归去"。还好没有,只是在露台角落里做了好长一段时间罗丹的"思想者"状,也不知最后思想清楚了没有。

"我想找一个柯林斯嫁了","三室一町"的这句话也算是有感而发。季尧不知道这个时常在群里做惊人之语的"三室一町"是谁,"町"字现在差不多是日本汉字了,中国人很少用的。何况告诉他,就是那个住五楼经常穿一件蓝绿色条纹浴袍——后来知道那是改良版和服——进进出出的新闻系女老师。新闻系女老师是在日本筑波大学读的博士。难怪这个女人连微信名都叫"三室一町",可见也是个空间至上主义者。季尧这么腹诽着。他和那个物理学院的青椒一样,也不太理解空间至上主义。爱情至上主义能理解,自由至上主义能理解,甚至美食至上主义者也能理解,但空间至上主义不能理解。人类又不是蜗牛类的低等生物,那么热衷于房子干什么?

可奇怪的是,全世界的女人都爱房子,不论东方的,还是西方的,不论古代的，还是现代的。所以汉武帝——那时还不是帝呢，只是胶东王——会对长公主说："若得阿娇为妇，当作金屋贮之。"长公主听了果然大悦。小小年纪，就懂御女人术了。英国意识流作家伍尔夫更是直截了当写了一本叫《一间自己的房间》的书，这应该是空间至上主义的理论源头了。事实上，这一次青椒园群里关于"婚姻与房子"的主题讨论，本来是社会学系一个女老师为她课题做的一次问卷调查，关于城市新女性婚姻观的。社会学系老师经常在群里发这样那样的调查问卷。"你一周过几次性生活？""你有没有和婚姻伴侣之外的异性或同性发生过性关系？"或者"你支持婚姻经济AA制吗？"虽然是匿名填写，那也没几个人愿意回答。女老师为了让大家积极配合她的问卷调查，还发了一个红包，红包后面还跟了一个不停作揖的表情包，"支持支持，支持支持"。群里的女青椒果然支持支持了。不是红包的力量有多大，而是这个问题一下子触动了大家的神经元。"两个维度看高校青年女性的生存现状——从伍尔夫的《一间自己的房间》谈起。"鲍小白一马当先地把她上次讲座的海报发群里了。鲍小白现在已经不住青椒园了，但她还在青椒园的微信群里，虽然没有"三室一町"那么活跃，却时不时也会冒个泡。

微信群也是房间吗？多一个群就多了一个房间？所以才不想退群？是这个意思吗？季尧问何况。何况说："你可以这么理解。毕竟现在是数字社会，空间概念不仅只是钢筋混凝土了，数字空间也是空间之一种吧，说不定在不久的未来会取代传统空间呢。比如你最爱去的图书馆，说不定某一天会消失——完全有可能的，现在很多老师已经不去图书馆了，不用去，要查阅或检索什么资料，上知网或超星就可以了。你爱去的青苑书店，也会消失的，现在很多老师和学生都在当当或京东上买书，为什么不？太方便了，不用挤公交或地铁了，还动不动搞活动，买一百送五十。你在青苑书店什么时候享受过这种折扣？就算你是金卡会员，最多也是八折吧？还有会议室，有一天它也会消失的，我们现在不是已经习惯了在腾讯会议室开会或讲座了吗？科技已经一定程度地改变了人们空间生活习惯。所以，对一些像鲍小白这种与时俱进的人，会比别人更敏锐地捕捉到这种变化，并且实现历史意义的转型——或者说迁徙，人类为了生存，总是不断在迁徙的，从最早的非洲丛林迁徙到欧亚平原，从欧洲迁徙到新大陆美洲和大洋洲，从地球迁徙到火星和其他星球——虽然现在还没实现，但人类这种侵略性极强的生物，一旦开始探索了，就一定会实现的。而即将发生的迁徙——从钢筋水泥建筑的房子里，迁徙到新型的数字空间——可能是人类一次最具革命意义的迁徙。何不策高足，先据要路津。人家待在微信群里不走，可不是闲着无聊，而是'先据要路津'呢，是有战略意义的。而季博士，我亲爱的季博士，如果你一直在所有的微信群里顽固地保持缄默，那么总有一天，你就成了一个事实上的网络社会性死亡者。"

上邪！为了致敬何况这一番侃侃而谈，季尧简直又想浮一大白了。要知道，何况一向可是有所言有所不言的人，是习惯留白的人，如此毫无保留地畅所欲言，太难得了。季尧猜可能因为话题对象是鲍小白。季尧注意到，何况只要说起鲍小白，话就容易多，仿佛如鲠在喉不吐不快。他虽然从来不在季尧面前说鲍小白的坏话——当然，何况不仅不说鲍小白的坏话，也从来不说系里其他人的坏话，就算偶尔有所臧否，用的也是不动声色的春秋手法。但不论他多么春秋，这么多年朋友做下来，季尧还是大概知道他臧谁否谁。鲍小白应该是他否的人。为什么要否鲍小白呢？一开始季尧也有点搞不懂，鲍小白又不是朱臾，说话陡峭尖刻，让人受不了；也不是杜丽娜，金玉其外败絮其中，让人看不上。人家鲍小白老师既有杜丽娜的金玉其外，又没有杜丽娜的败絮其中，不说才貌双全——至少"接近才貌双全"了，借用一下师妹的话来说。怎么会成为何况否的对象呢？

后来季尧有点明白过来了，估计是出于同类相斥的原理。从某个意义上来说，何况和鲍小白是一类人，都属于中文系的精英人物，学术带头人，"215"人才——"215"人才是主管科研的李校长亲自抓的一个人才奖励计划，一年奖励十万呢，全中文系也就他们两个。朱臾因此说他们俩是中文系的"金童玉女"。如果要说有什么不同，也就是一高调一低调而已，鲍小白是高调的精英人物，何况是低调的精英人物。鲍小白喜欢到处搞讲座喜欢开会发言，何况不喜欢搞讲座不喜欢发言。鲍小白喜欢出风头，何况不喜欢出风头。也就是这种区别而已。季尧发现，何况对朱臾和杜丽娜的否，有一种人云亦云不关痛痒的意味，甚至还有对杜丽娜"不学无术败絮其中"的理解："女人嘛，在专业上弱一点，无所谓的。"而对鲍小白的否——不论他否得如何隐晦，也不论他否得如何山高水远，季尧还是能听出其中的酸醋和某种掩饰不住的敌意："人家待在微信群里不走，可不是闲着无聊，而是'先据要路津'呢，是有战略意义的。"那么克己复礼的何况，在鲍小白这儿，不克己复礼了。或许克制不住吧，也可能不把季尧当外人。季尧有点忍俊不禁，怎么说呢？比起说话时经常"止于当止"的何况，他还是更喜欢"不止于当止"的何况，这倒不是季尧心理阴暗，喜欢听何况否鲍小白，而是喜欢何况真性情的流露。

人皆有所好，人也皆有所恶，这才正常。比如徐毋庸，好长相好的女生，恶长相丑的女生；顾春服呢，好买他书的学生，恶不买他书的学生；老尚呢，好鲍小白，恶朱臾 —— 老尚还以为自己的这点好恶不为外人所知，其实呢，不单尚师母知道，整个中文系都知道。但何况的好恶，估计中文系老师了解的并不多，毕竟何况不像老尚那样是中文系的公众人物，一言一行都在众目睽睽之下；也不像鲍小白那样高调，喜欢出头露面，何况是闷头鸡啄米那种，不声不响地吃，吃个肚皮儿滚圆。但别人不了解，季尧可了解何况"好什么""恶什么"，不，这句话应该倒过来，因为只有倒过来才能更准确地表达何况的情感 —— 季尧了解何况"恶什么""好什么"，恶在前，好在后。在何况这儿，"恶什么"可比"好什么"的情感来得强烈。何况恶别人发表论文，像鲍小白这种人，是何况顶恶的人 —— 不但能写，写了还有关系发表出来。要知道，现在发论文比写论文难，学术期刊就那么多，僧多粥少，如果没有过硬的关系，是根本没有可能发出来的。

但鲍小白的关系过硬得很。"你知道鲍小白今年已经发了几篇C刊吗？现在才五月，还不到半年呢，已经发三篇C刊了。不过，鲍小白就是发更多篇也没什么奇怪的，谁叫人家有个好 —— 导师呢。"这中间停顿的几秒颇意味深长，差不多是"和导师睡过的"婉而多讽的表达 —— 也是所谓的"婉"，因为对中文系的老师来说，只要说出关键词"鲍小白"和"导师"，其他部分说不说已经无关紧要了，一点儿也不影响听话人的理解。不是何况不厚道，而是鲍小白这个女人总是让他心情不好。一会儿又发表论文了，一会儿又拿国家课题了，一会儿又请导师或哪个师兄过来做学术讲座了，几乎没有消停的时候，让人焦虑。相比起来，还是朱臾或杜丽娜她们老实，只知道上课，不知道科研。上课有什么用？上得再多，上得再好，也不可能把自己上成教授，上成名师，上成215人才。功夫在上课外。这个奥秘许多老师不懂。或许也不是不懂，而是——而是什么呢？不爱做科研？做不了科研？或者两种兼而有之，既不爱做也做不了？管它什么原因，反正中文系有老师是不做科研的，这种老师好，何况喜欢，让人轻松愉快，胃口好。季尧猜这也是何况和自己能走近的原因，至少原因之一。因为季尧就属于不搞科研的那类人——既不爱发表论文，又不爱申报课题，虽然也搞搞研究，却是当爱好搞的，基本是自娱自乐式搞法。自娱自乐式搞法，在何况看来，和不搞也差不多，一点儿也不会破坏他的心情和胃口。

当然，何况的这种不怎么磊落的情感只是季尧管锥的结果——管锥是研究钱锺书《管锥编》染上的毛病，或者说副作用。这是钱锺书的毛病，他后来这么为自己的管锥毛病辩解的时候，香奈喜问："搞学问也和服阿司匹林一样吗？还有副作用？"

"当然，什么事情都有作用和副作用的，这是物理学原理。"他一本正经地说。

"季老师太了不起了，不仅懂文学，还懂物理学。"香奈喜也一本正经地说。

类似的对话在他们后来的婚姻生活中经常发生。季尧挺喜欢，香奈喜呢，似乎也挺喜欢。

这是后话。

当时的季尧，还迷惑在何况那一番关于数字空间的侃侃而谈里。不过是鲍小白在青椒园的微信群里又发了一回她上次讲座的海报而已，这在季尧看来，没什么呀，她的讲座主题确实和那个社会学女老师的"婚姻和房子"有关系，至少都是关于房子的，不过是女人的一次自恋，最多算学院女性的学院式自恋，究其性质，和姆妈喜欢在微信群里发自己所谓的"陈氏私房菜"照片也没什么区别。但就这么个小动作，在何况这儿，竟然到了"何不策高足，先据要路津"的战略高度，这是过度阐释了，既过度阐释了鲍小白，也过度阐释了数字空间。作为一个现代人，季尧对数字空间生活也是深有体会的。一些和自己日常生活息息相关的物理空间，比如书店，比如图书馆，比如银行，确实都在一定程度上数字化了，那又怎样？只要人没法数字化，变成数字人；东坡肉没法数字化，变成数字东坡肉。那何况所谓的即将到来的人类大迁徙 —— 从钢筋水泥房间迁徙到数字空间 —— 就不会发生，至少不会即将发生。

假如会发生的话，"三室一町"也不会说"我想找一个柯林斯嫁了"，其他女老师也不会跟着说"me too"（我也是）了 —— 这事让季尧瞠目了，"三室一町"刚在群里说完"我想找一个柯林斯嫁了"，后面就乌泱乌泱地跟了十几个"me too"呢。

"爱情是婚姻的尊严"，之前露台读书会讨论《傲慢与偏见》时 —— 是应女同学要求的，他们读书会的书目一般是季尧选择的，但有时学生也会主动要求讨论某本书，比如张爱玲的《倾城之恋》，比如卡佛的《当我们谈论爱情时我们在谈论什么》，女生总是更喜欢讨论和爱情婚姻有关的书 —— 费丽丽慷慨激昂地批判夏洛特："没有爱情的婚姻是卑劣可耻的，是不道德的。"读书会上的其他女生，从来都是和费丽丽唱对台戏的，但那一次，没有谁站起来反对她，没法反对，太正确了。却也没有人附和费丽丽，不想附和。那几个中文系的女生，你看一眼我，我看一眼你，一副心照不宣的样子。

倒是陈科不紧不慢地开口了:"你不能说夏洛特不道德。你可以说爱情是婚姻的尊严,但不能说没有爱情的婚姻是不道德的。婚姻道德不道德,要看它处于什么时代。在一个时代道德的婚姻,在另一个时代未必道德。比如崔莺莺和张生的结合,今天看来是非常道德的,是对人性的礼赞,是对生命的讴歌,但在封建时代,却是很不道德的,所以贾母骂她:'只一见了一个清俊的男子,不管是亲是友,便想起终身大事来,父母也忘了,诗礼也忘了,鬼不是鬼,贼不成贼,哪一点是佳人?'贾母为什么要骂崔莺莺?贾母可不是王熙凤,逮谁骂谁,人家可是德高望重的封建大家长,这样不留情面地骂一个戏文里不相干的小姐,几乎有失身份了。由此也可见莺莺这个人物,这个感动了后来无数读者的勇敢追求爱情的文学形象,在那个时代却是个没有礼义廉耻的不道德的人——所以贾母说她'忘了诗礼'。诗礼是什么?诗礼就是那个时代的道德。那个时代的婚姻道德,不是爱情,而是父母之命媒妁之言。所以,道德不道德,要看时代。崔莺莺在封建时代的贾母眼里,是不道德的女人,崔莺莺和张生的结合,在贾母看来,也是不道德的结合。但在今天的读者看来,却是道德和正义的。同理,夏洛特的婚姻选择,在前维多利亚时代,是道德的,因为那个时代的英国女人如果不结婚,放任自流地成为一个老处女,让家里人为她感到尴尬和羞耻,才是不道德的;但如果为了房子或财产和一个男人结婚,让家里人为她骄傲,甚至还能跟着沾光,却是道德的。所以,对费丽丽刚才的发言,我只能勉强同意前半句——'爱情是婚姻的尊严',不能同意后半句——'没有爱情的婚姻是卑劣可耻的,是不道德的。'"

"喊!什么叫勉强同意前半句?难道你觉得'爱情是婚姻的尊严'

这句话还有待商榷?"

"商榷倒是不必,但你这个说法太巴洛克了,是教堂和宫廷的堂皇风,用来表述普通人的日常婚姻大而不当。婚姻的尊严是很丰富和个人化的,它可能是举案齐眉,可能是'我不卿卿,谁当卿卿',也可能是有一间舒适的屋子。这要因人而异。我们有什么必要和立场去指责一个英国前维多利亚时代大龄剩女的婚姻选择不道德呢?这太狭隘了,也有违人道主义精神。"

"喊!我太巴洛克风了?难道你的长篇大论就不巴洛克风了?前维多利亚时代的婚姻怎么了?伊丽莎白和夏洛特难道不是一个时代?为什么伊丽莎白有志气拒绝柯林斯呢?——'先生,我对你的求婚感到光荣,但很遗憾我必须拒绝。'当她这么对柯林斯说的时候,可不知道后来达西会向她求婚呢,她也可能要成为老处女的。可夏洛特呢,却嫁给了自己不爱的柯林斯——当然是不爱的,没有哪个女人会爱柯林斯。所以时代不是借口。英国也不是借口。任何时代任何国家都有光芒万丈的女人,任何时代都有持庸俗生活哲学的女人。陈科,你不能因为自己是建筑系的,就把建筑看得比爱情重要,就理解和支持夏洛特因为房子而嫁。喊!还'有违人道主义精神',你这话才巴洛克呢!"

季尧一直抱了胳膊肘,饶有意味地听着他们的唇枪舌剑,有意思,这两个外系的学生,有意思得很,不仅想法独特,还能坚持己见。他们讨论文学时用的语言也有意思。他山之石,可以攻玉。不同专业的学生在一起讨论,总是会带来不同的视角和话风,有时甚至会对文学的边界有所开拓,比如材料专业的学生会用分子结构理论来分析作品结构,心理学专业的学生会用心理学理论和术语来分析人物心理。季尧喜欢这样的碰撞和尝试。他一般不打断学生,这是他课堂的规矩,让每个学生畅所欲言。

老尚可不赞成"让学生畅所欲言"。季尧听过老尚一个学期的课,是老尚要求他去听的。刚入职的老师,都要先听课,再上课,这是学校的规定,叫"老带新"。老尚偏爱季尧——也不知道这偏爱是如何发生的,同年进来的老师有三个呢,其中还有金玉其外的杜丽娜,但老尚一眼就看中季尧了。"尚主任这是'满堂兮美人,忽独与余兮目成'呢。"后来何况还这么笑话他。季尧也笑,他近视五百度呢,和谁也目成不了。反正老尚指定要带季尧。季尧也乐意。老尚是省级教学名师呢。于是听了老尚一学期的课。

"怎么样?"课程结束后老尚问他。

"收获挺大。"季尧说。他倒不是奉承老尚,季尧确实收获挺大。老尚上课,从来不迟到不早退,不但不早退,还经常会拖堂呢。这一点和章培树教授可不同。章培树教授"忙得连看月亮的时间都没有",当然不会拖堂。而且,他也不能拖堂,他要赶紧到食堂打菜回去给章师母吃呢,拖堂就打不到好吃的了。这一点让老尚听了十分同情,可怜的老章,食堂能有什么好吃的呢?老尚几乎不吃食堂,偶尔吃一回,也是为了体验一下生活,差不多是微服私访之意。而老章竟然还要赶紧下课到食堂买好吃的给夫人带回去,这就是娶"弱柳扶风袅袅行"夫人的下场。就算是学界泰斗又如何?就算在"百家讲坛"上神气活现又怎么样?生活一点儿也没有质量。这种时候,老尚的优越感犹如庄子梦里的那只大蝴蝶,栩栩然要翩翩起舞。他简直想请章培树到他家吃一回饭喝一回酒,让他看看自己过的什么生活?他章培树不是经常搞比较研究吗?让他也比较比较他们两个的饮食生活。当然老尚也就想想，不会真的付诸行动。犯不上。老尚的家宴规格可是很高的，按尚师母的话来说：没有行政副处以上，坐不上他们家的花梨木大餐桌，端不上他们家的玲珑粉彩酒杯。虽然章培树是教授，教授的级别说起来相当于正处了，但也就"相当于"。只要是学校里面的人，即使门卫老泊，也知道教授没个卵用，在学校的地位其实还比不上一个副科长呢。不信，让一个教授和一个副科长一起到校园溜达一圈，看谁被招呼得更多更殷勤。如果是关键部门的副科长，比如资产科的、财务科的、人事科的，那就更不得了，走到哪儿看到的都是牡丹花般硕大无比的笑脸。当然，也可能不是牡丹花，而是一棵被压扁了的大白菜——多数时候都是被压扁了的大白菜，毕竟这世上能长成牡丹花一样的人少，就算长成了，也被生活挤压成了大白菜。别看校领导在很多场面上对章培树礼遇有加，但那是用他撑场子呢。在校领导那儿，章培树的意义，也不比会议室摆的花瓶更大。

看一个人的社会地位，有时不要看大人物对他的态度，而要看小人物对他的态度。小人物的眼睛更毒辣呢，也更现实呢，有着"小人坦荡荡"的势利。所以章培树在校领导那儿有面子，但在门卫老泊那儿没面子。碰上突然下雨，老尚没带伞，老泊会赶紧把他那把宝贝天蓝雨伞，从桌子下面拿出来，借给老尚用；章培树没带伞，老泊就会从门外几把破伞里随便捡一把给章培树。老泊那儿总是有不少伞的，都是粗心的师生落在教室里的。

老泊怠慢章培树有老泊的理由。多年前国学研究中心要招个教务员助理，是合同工，老泊想让女儿小泊去应聘，小泊大专毕业后一直待在家里吃闲饭呢。老泊带了几十个土鸡蛋去找章培树帮忙，他以为在国学中心章培树应该是能说上话的。但章培树竟然没搞定，一会儿说院里不同意，一会儿又说教务处不同意，总之就是没办成。老泊的土鸡蛋差点打了水漂——说差点，是因为土鸡蛋在章教授家的厨房待了几个晚上，还没来得及被吃，又被老泊老婆拎了回来。老泊老婆在校医院碰到章师母，就问她土鸡蛋吃起来香不香，章师母说："不知道，还没吃呢。"就让老泊老婆去把土鸡蛋拎回去。老泊老婆觉得没必要客气，就真的去把它拎回家了。老泊平日是很喜欢骂他老婆的。他老婆原来在主教学楼当保洁，因为一只眼睛有毛病，黑眼珠子不怎么转动，看起人来直勾勾的。有一回在走廊把一个胆小的女生吓到了。后来就被调到保卫处那栋楼去搞卫生了。反正保卫处的人胆大，不怕吓。老泊因此不准老婆到处晃，对老婆说话的态度还没有对伍迪温柔。但这一回老泊觉得老婆干得漂亮。几十个土鸡蛋呢，多少蛋白质呀，蛋白质可是人体最最重要的营养，老孟告诉过他。老孟就是那个被学生写打油诗"老孟匆匆进教室，一叶莴苣出包来"嘲笑的文艺点孟教授。老孟最推崇鸡蛋，说鸡蛋是伟大的食物，是最具国际性最具人民性的食物。美国人、英国人、法国人吃鸡蛋，阿富汗人、尼泊尔人、越南人也吃鸡蛋，资产阶级吃鸡蛋，无产阶级也吃鸡蛋。鸡蛋对于穷人的意义，简直和马克思理论一样。马克思理论营养穷人的精神，鸡蛋营养穷人的身体。教授说话，总是一套一套的，但做起事来，就没个卵用，老泊在尚主任面前很不屑地说。这"没个卵用"的教授不仅指老孟，更是指章培树。老泊喜欢在尚主任面前有意无意地贬损几句章培树，他知道尚主任和章培树之间的关系很微妙呢。"老泊，你不能这么说话。"老尚批评老泊，批评归批评，老泊知道老尚喜欢听呢。因为他发现每次当他用这么不屑的态度贬章培树的时候，尚主任脸上就会呈现出一副甘之如饴的表情。老泊虽然文化程度不高，但在人文学院多年门卫做下来,不但学到了"甘之如饴"这个词语,也练就了察言观色的本事。

季尧总结了老尚上课的几大特点:一是不迟到不早退;二是喜欢点名——关于点名,何况说那其实是一种最可学习的教学经验,一种冠冕堂皇的偷懒,说起来是重视课堂纪律,其实是老师在消极怠工,好几十个学生呢,一个一个点过来,大半节课就被合法消磨了。而老尚说话又是那种慢条斯理、循循善诱风,连点名时都是这种风呢——点完一个停顿一下,点完一个又停顿一下;中间还要喝两次茶,慢慢地拧开他那个钛金色保温杯盖子,又慢慢地合上它,其慢其缓,几乎可以用雍容来描绘了。有学生因此写了一首《现在也慢》的诗,是仿木心的《从前慢》。这诗应该没有传到老尚那儿,因为老尚慢条斯理的雍容上课风依然故我。对此季尧倒觉得没什么,上课快也好慢也好,不过是老师的个人风格,和好坏没有关系。他的博导,上起课来也是慢风,好像说话对他来说是件很花费力气的事情,说完几句就要沉吟一下,有时讲着讲着还要闭目一会儿呢,也不知是在养神,还是在思考。但导师讲一句是一句,如果有学生记录的话,也可以是一部《论语》呢。而有些老师,语速快得很,却废话连篇,是口水课。所以快慢不是问题,讲得多少也不是问题,关键还是要看质量。

但季尧对老尚上课的第三个特征有点看法,那就是老尚喜欢在学生发言时打断学生。"老师不是园丁吗?如果园丁发现一株植物上长了小虫子,或者其他有害的东西,当然要及时处理,不及时处理的话,小虫子会长成大虫子,大虫子又会繁衍出小虫子,这样一来,就影响了植物的健康生长。"老尚又用比喻的方式教育季尧。好像也对。但比喻毕竟是比喻,而学生和植物到底是不同的。学生的发言和虫子更是不同的。季尧不太信任比喻。在所有的修辞手法里，季尧第一不信任的是夸张，第二就是比喻了。所以对老尚这一番循循善诱的比喻，就姑妄言之姑妄听之了。

季尧不喜欢打断学生的争论，越激烈越精彩，每回学生们激烈争论的时候，季尧都是一副"坐山观虎斗"的优哉游哉的表情。

"你才巴洛克呢。"当费丽丽这么怼陈科的时候，一边的季尧开心极了。他喜欢这种带点儿个人情绪的争论，有戏剧性的张力。

"老季，你说呢？"费丽丽斗志昂扬地怼完陈科，又转脸问季尧 —— 中文系的那几个女同学之所以会讨厌费丽丽，就是因为费丽丽这种不知远近的厚脸皮。老季是你费丽丽随便叫的吗？她们这些嫡亲的学生都不叫老季呢，一个庶出的学生却恬不知耻地"老季老季"叫得欢，真是讨厌，讨厌死了。而季尧老师人又太好了，也不管嫡出庶出，统统一视同仁。

陈科说话逻辑总是很缜密的 —— "我们有什么必要和立场去指责一个英国前维多利亚时代大龄剩女的婚姻选择不道德呢？"这话也没什么不对，但对归对，季尧还是更欣赏费丽丽那句"爱情是婚姻的尊严"。说得太好了，铿锵金石声呢，虽然这金石声有点书生气，有点理想主义，那也不妨。如果学生都不学生气了，都不理想主义了，那这个世界还有什么希望？还有什么可爱？

过于强调时代和个体的处境，有时也会陷入一种相对道德主义的泥沼。

孔子的中庸，爱因斯坦的相对论，虽然都是人类伟大的理论，但季尧对此很谨慎，因为那种理论太危险了，会被庸俗主义者利用。

所以这一回季尧旗帜鲜明地站到了费丽丽的一边。"奥斯汀的伟大,《傲慢与偏见》的先进性,我以为,就在于它强调了爱情之于婚姻的重要,在于它塑造了一个追求浪漫爱情的女性形象伊丽莎白。至于夏洛特和夏洛特的选择,奥斯汀其实是讽刺的,虽然这讽刺不像她讽刺班纳特夫人和柯林斯那么明显或恶意,而是一种同情的讽刺,但作者的情感倾向仍然是讽刺,这是毫无疑问的。"

"季老师,对于你的'同情的讽刺',我只同意'同情',不同意'讽刺'我看不出来奥斯汀对夏洛特有讽刺之意。"季尧话音刚落,陈科马上不客气地反驳。

"又来了!陈科,你能不能要么同意,要么不同意。怎么总是'只同意什么什么,不同意什么什么'。你以为语言是你们建筑行业的砖头吗?可以被拆解得七零八落。语言是个系统工程,是有机体,不能分解的,一分解就会失去它的意义。"费丽丽又马上反驳陈科。

其他同学本来一直是"坐山观虎斗"的,这时也纷纷加入了辩论,场面于是十分热烈。

季尧记得,那是他们读书会史上争论比较激烈的一次,也是费丽丽大胜陈科的一次——这是很罕见的,他们俩在读书会上经常争论,但一般都是以费丽丽败北而告终,费丽丽总是用她一贯的急鼓繁花的方式败北,陈科总是用他一贯的不紧不慢的方式胜利。那几个讨厌费丽丽的女同学,那一回竟然不计前嫌地站到了费丽丽一边。她们说,夏洛特选择柯林斯,是女性历史意义的失败,而伊丽莎白拒绝柯林斯,却代表了女性历史意义的进步。所以,在夏洛特和伊丽莎白之间,她们别无选择,只能支持伊丽莎白。

她们甚至引用了萧伯纳的话:理性的人应该改变自己适应环境,只有不理性的人才会想去改变环境适应自己,但历史是后一种人创造的——伊丽莎白就是那个创造历史的人。

那一次，与其说是费丽丽的胜利，不如说是爱情的胜利。

这种时候季尧的内心就会生出一种骄傲，一种得意扬扬，为自己当初做出的正确选择。博士毕业后，他差点儿就去上海一家研究所工作了。当时导师希望他去。导师说研究所人际关系单纯，适合他。导师一直很喜欢他。他们是师生，也是棋友。导师的围棋下得很烂，棋瘾却不小，几乎每天都要师母陪他下一盘的。但师母嫌弃他。师母本来不会下围棋，对围棋也没有兴趣，专业之余喜欢看侦探小说，家里高到天花板的书架上，除了专业书就是侦探小说。谈恋爱时为了配合文科男琴棋书画的雅兴，特意学了学围棋，结果三下两下水平就反超导师了。师母是数学专业的。后来师母就不愿意陪导师下棋了。"和你下棋没有挑战性。"师母说。这当然是侮辱。但导师有自己的一套说辞："下棋在于趣味，而不在输赢。"为了这个输棋的趣味能持续下去，导师还需要贿赂师母，各种贿赂，给师母买全套阿加莎·克里斯蒂的小说——师母是本格派侦探小说的忠实粉丝；系上围裙给师母烙葱花鸡蛋饼——师母是北方人，喜欢吃面食。即便这样，师母如果哪天不高兴了，还是不奉陪的。这也是导师想让季尧留下来的另一个原因。

那个研究所离导师住的小区不远，到时只要导师一个电话，季尧骑上共享单车十几分钟就过来了。而且季尧的围棋水平也烂得很——是真的烂，不是假装的烂，因为有些学生和导师下棋时会故意输给导师。导师看得出来。导师不喜欢这样。但季尧下棋的水平是真的不行，导师和他下，偶尔还有机会赢上一盘。虽然导师说不在乎输赢，还说输棋有输棋的趣味。但一旦赢了，还是会高兴得直哼小曲儿的："春风再美也比不上你的笑，没见过你的人不会明了。"反反复复就只这一句，还哼得荒腔走板。师妹在背后猜过"春风再美也比不上你的笑"那个"你"会是谁？显然不是学数学的师母，因为师母的笑和春风没有关系。是不是在师母之外，导师还有一个——或者说——有过一个笑得好看的女人？师妹问季尧。学生当中，就数季尧和导师走得近。

"为什么师母的笑和春风没有关系？"季尧不解。

"当然没有关系，春风不但和师母没有关系，和你也没有关系。"师妹恼了。

但季尧不觉得。虽然学数学的师母很严肃，平时不怎么笑，但笑起来的时候，也可以很春风的。季尧在审美方面，和导师还是颇能一致的。当然，遇到香奈喜之后，他发现还是香奈喜的笑最春风。他后来也学会了导师哼哼的那一句："春风再美也比不上你的笑，没见过你的人不会明了。"完全是下意识地哼，且荒腔走板得和导师一模一样。香奈喜受不了。香奈喜在音乐方面可不马虎，所以每次一听到季尧的荒腔走板，马上会指出哪里哪里跑调了。跑得太离谱了，总共二十一个字，季尧差不多每个字都错了，除了开头的"春"字勉强算对，刚拐到"风"那儿就开始跑调了。她一个字一个字地教季尧，一遍又一遍地让季尧跟着自己哼，弄得自己满头大汗，却是无用功。下回季尧哼时还是和之前一样荒腔走板。"朽木不可雕也，粪土之墙不可圬也。"香奈喜批评季尧。这是用其人之语还治其人之身，因为季尧有时会用这句话批评香奈喜。但季尧不接受香奈喜的这个批评，他说他之所以唱错这句歌，不是因为他是"朽木"和"粪土之墙"，而是他对导师有深厚的感情，是一种对导师的想念方式。他不想唱李宗盛的调，就想唱导师的调，怎么样？不可以吗？对与错是技术层面的事情，属于雕虫小技。而他的荒腔走板，是抒情层面的，更高级，更符合歌唱的精神。这是耍赖了！是诡辩了。季尧本来没有耍赖和诡辩习惯的，但他在香奈喜这儿就爱耍赖和诡辩。他喜欢看香奈喜被他气得脸红耳赤的样子。

但季尧这是自作多情了，导师后来才懒得理他。季尧没有去他推荐的研究院，而是坚持去一个三流大学教书，让导师很是恼火。导师桃李三千，但亲自过问毕业去向的，前后加起来也没几个。季尧这是不识抬举了。导师本来是很欣赏不识抬举这种品格的，也知道这种品格在这个时代难得。但欣赏归欣赏，当季尧不识他的抬举时，他还是恼火。"他会后悔的。"导师气咻咻地对师母说。师母也觉得可惜。季尧和导师都是质数性格的人，质数性格的人在社会上可没有合数性格的人吃得开。然而质数性格的人更适合搞学术，因为这种人不会搞社会关系，所以会把别人搞社会关系的时间和精力都用来搞学术。而学术不像社会那样有心机，它奉行的基本还是"1+1=2"的朴素原则。但这是以前的原则，现在不是这样了。现在学术环境不干净了，学术的事情往往和社会的事情混为一谈了。所以导师才想季尧留在他身边呢，下棋是其次，主要还是想让季尧有一个更好的学术平台。那个研究院的院长，是导师的开门弟子，也就是季尧的大师兄。导师为了季尧，也算是降贵纡尊，头一回向自己的弟子开口呢。

但季尧竟然不领情，义无反顾地去了那所三流学校。那种地方高校，导师又不是不知道怎么回事——导师桃李三千，其中有不少桃李散落到了那种学校呢——学术资源匮乏不说，行政风气又不好，课又多，学校把年轻老师当民工使呢，总是像包工头一样最大程度地剥削年轻老师的剩余价值。所以用不了几年，年轻人的学术兴趣和意志就被拖垮了。

所以导师气咻咻地对师母说:"他会后悔的。"

而且,导师和师母还有一个私心,这私心没有对季尧明说过,甚至也没有对他们的女儿明说过,但他们自己是这么打算过的 —— 那就是把季尧留下来,看看季尧和他们的女儿有没有可能进一步发展。他们的女儿年龄老大不小了,比季尧还大一岁。这倒不是问题,师母比导师也大一岁呢,一样过得琴瑟和谐。女儿也是搞古代文学的,是日本早稻田大学和野桂美子女士的博士,专业做得很不错,但个人问题一直没有解决。她立志要做一个干物女。干物女是什么? 导师不懂。师母告诉他,干物女现在日本很风行,就是为自己过得舒服而放弃恋爱的女人。这是乱弹琴了! 一个人怎么能不恋爱不结婚呢? 这是反人性的,也是反伦理的,也是反文学的。师母听了忍俊不禁,反人性反伦理好理解,怎么还反文学了呢? 当然反文学! 苏东坡如果不结婚,能写出《江城子》? 韦庄如果不谈恋爱,能写出《春日游》? 紫式部如果没有男女经验,能写出《源氏物语》? —— 关于这个,女儿有异议。没有恋爱与婚姻,不等于没有男女经验。男女经验可以在恋爱婚姻对象那儿取得,也可以在非恋爱婚姻对象那儿取得。导师不想就这个问题和女儿深入探讨,只能王顾左右而言他了 —— 其实导师之所以提《源氏物语》,不是因为他真的觉得《源氏物语》了不起,而是想投其所好。因为它是女儿推崇的小说,女儿说它在日本的文学地位,相当于中国的《红楼梦》。导师找来翻了翻,觉得完全不是一回事,《红楼梦》里贾宝玉和林黛玉的感情,是非常纯洁的,非常柏拉图的,但《源氏物语》里源氏和女人的关系乱七八糟,又和继母乱伦,又和养女乱伦,简直不堪入目。还日本的《红楼梦》，就是一部下流的色情小说。但女儿说色情是日本文学的传统，不论是《源氏物语》，还是《失乐园》，还是《人间失格》，都是很色情的。日本文学的色情，不是中国人《金瓶梅》里的色情，而是魏晋的药和酒，有很深的哲学背景。

导师不和女儿争论。没法争，女儿对日本文学有研究，他对日本文学没有研究。知之为知之，不知为不知，是知也。而且，因为是女儿，知之也可以不知的。所以，导师在论及爱情于文学的意义时，把《源氏物语》和苏东坡相提并论了呢，和韦庄相提并论了呢，这两人在导师这儿，可都是文学上流人物。别看导师是学究，在师母与女儿这儿，却也会虚与委蛇那一套的。女儿指鹿为马，他也跟着指鹿为马。日本的《红楼梦》就日本的《红楼梦》吧——如果把这部日本的《红楼梦》里描写男女的部分去掉，它还在吗？所以爱情与婚姻对文学是必要的，对人生也是必要的。他这么对师母说，也这么对女儿说。女儿看他一眼，也不知听进去了没有。女儿长得像师母，但身材还没有师母好，按师妹的说法，更是"和春风没有关系"的女人。"我们导师最有敝帚自珍的美德。"师妹说。季尧一开始不知道师妹在说什么，等到反应过来，觉得师妹实在过了。虽然师母和女儿不是那种如花似玉的女性，却也不至于是两把敝帚。季尧发现，女性的宽容和友好，往往体现在对待异性上，而对同性，尤其是生活处境比自己好的同性，都是抱有敌意的。在所有男学生当中，导师女儿最待见的是季尧。这也是导师不惜动用自己人脉资源帮季尧的原因。

"你至少损失了几百万。"师妹说。师妹的意思是，如果季尧当时留在上海了，那他就会在单位附近买套公寓。那可是2015年呀，中国房地产市场相对低落的时期。师妹最替他可惜。城市决定财富,现在中国人的价值,不在于学问,也不在于人格,而在于城市。你处在什么城市,你就是什么身价。上海一套翡丽甲第的公寓,已经上千万了。以季尧现在所在城市所在大学的工资收入,就算不吃不喝干到退休,也买不起了。"权宜之计懂不懂?我的季师兄,即便你不喜欢研究院,且干着呗;即便你不喜欢导师女儿,且交往着呗。不行了再换呀,你知不知道有备胎一说?没有谁强制你白头偕老的。现在是流转的时代,水性杨花是这个时代的 logo(标志)——如果时代也像香奈儿那样有 logo 的话,流水落花绝对是它最好的创意设计。那种逮着某个人某件事往死里磕是上世纪的事,现在不作兴了哦。所以师兄你白白错过了一个'出于幽谷,迁于乔木'的机会。"

导师和师母的想法季尧隐约是知道的,导师女儿的意思季尧大概也是知道的,知道了更不能留在上海了。人生是一件严肃的事情,怎么能像《三言二拍》里的人那样动不动就来个"明知不是伴,事急且相随"呢,这太不尊重别人的人生了,也太不尊重自己的人生了。

而且,季尧又不想住翡丽甲第的房子。为什么现在的人如此迷恋房子呢?难道人类身上也有蜗牛的属性?不,比蜗牛更虚荣,也更贪婪,蜗牛朴实多了,一个灰色的足够坚硬的壳就够了,但人类要的是更华丽的壳。师妹如此,苏荣珍如此,甚至何况也如此,青椒园里的那些老师们一个个也是如此。这是返祖吗?季尧虽然从来不是个社会达尔文主义者,相信人类会永无止境地走在进化的路上,但退化成一个还不如蜗牛的物种,也还是让他觉得不可思议。一个搞古典文学的女博士,竟然为了一套翡丽甲第的房子——再怎么翡丽,不也是一个壳?和精神生活不相关的一个外在?不至于为了它而改弦易辙——

师妹后来嫁给了一个卖吸尘器的电商,就住在翡丽甲第,也不搞古典文学了,过上了养尊处优的太太生活 —— 人生有些事情可以改弦易辙,但有些事情不可以。

比起做学术,季尧还是更喜欢教学。他不知道是受了孔子《论语》的影响,还是受了苏格拉底大学园的影响,还是受了导师的影响,也许兼而有之吧,反正不管这想法是打哪儿来的,季尧这辈子就想当个老师,不想做其他的工作。

大学校园对季尧来说是乡愁般的存在。每次当他站在讲台,当他坐在图书馆,当他走在从青椒园通向人文楼的那条红砖小径,当他下课后走在叽叽喳喳的学生当中一起去食堂吃饭,当他坐在月明星稀的露台上听学生唱《水调歌头》,他的心情都好得一塌糊涂。这世界花团锦簇,这世界落叶纷飞。这世界玉盘珍馐,这世界箪食瓢饮。这世界高楼大厦,这世界穷街陋巷。这世界岁月静好,这世界呐喊彷徨。这世界妙不可言,这世界苦不堪言。他知道,世界是这样也是那样。他知道,世界不是这样也不是那样。就算他在所谓的象牙塔里 —— 其实象牙塔或桃花源之类的说法有些好笑,那都是校园外面的人对校园的想象,而现实的校园,既不是象牙塔也不是桃花源,它和外面一样,外面有的,它也有;外面没有的,它也没有。他知道,他知道的。那为什么还这么爱校园呢?这么爱校园生活呢?他说不清楚,有些爱是理性的,有些爱是感性的。情不知所起,一往而深。这句话,是后来季尧对香奈喜说的肉麻话,但如果用来对校园说,似乎也挺恰当。

人各有志,人也各有所爱。

即便这个时代所有的人都成为空间至上主义者,他也不可能成为的。对季尧来说，住在青椒园里，没什么不好的，不，应该说，住在青椒园里，挺好的。

一箪食一瓢饮居陋室的生活，如果还有书还有学生，差不多就是理想的生活了。

当然，如果还有一个志同道合的爱人，在这儿和他一起过两箪食两瓢饮的生活，就更理想了。

所以，他的爱人，绝对不会是那个"我想找一个柯林斯嫁了"的夏洛特式的女人。

二十　古典的笑

后来 Isabella 好奇地问香奈喜，她是怎么让不懂风月的管锥老师拜倒在她石榴裙下的？

这种问话十分中国了，说明 Isabella 没有白来中国留学，没有白上中国语言文化课，就算她不是 Leon 和艾米丽那样认真刻苦的学生，在课堂上还经常打瞌睡，但她感兴趣的东西还是学到了的，比如风月这个词的用法。风月之前在 Isabella 这儿，就是又有风又有月亮，但 Leon 告诉她，"风"如果单独使用，那是风的意思，"月"如果单独使用，那是月亮的意思，但如果把它们合在一起用，那就不是风和月亮的意思了，而是另一个意思。中国语言不是数学，1加1不等于2而等于3，3在这儿就是男女的事情。Isabella 喜欢中国语言的这种魔幻效果。风和月加在一起，竟然变成了男和女，成了两个性质完全不同的东西，太神奇了，太好玩了，太《西游记》了，中国人并非不幽默，也并非不浪漫，而是很含蓄的幽默和浪漫。Leon 告诉她，中国人还有更含蓄的幽默和浪漫呢。比如德语里的 Ficken，英语里的 Fuck，到了中国，就成"巫山云雨"了。云和雨呢，比风和月亮更形象更生动。一个外国读者仅仅从字面理解"风月"和"巫山云雨"的意思，是看不懂中国古典小说的。

文化课老师在课堂上也讲过石榴裙的典故。在中国唐代，有个叫杨玉环的贵妃，最受皇帝的宠爱。她爱吃石榴——老师说，杨贵妃也爱吃荔枝，现在超市里有个荔枝品种，叫妃子笑，很甜，很好吃，就是因她而得名的。"一骑红尘妃子笑，无人知是荔枝来。"所以她爱吃的那种荔枝就叫妃子笑了；也爱石榴花，也爱穿绣了石榴花的裙子。于是中国从唐代开始，当一个男人爱上了一个女人，就说他拜倒在她石榴裙下了。Isabella特别喜欢这个比喻，她在和祖母视频聊天时，问祖母，最近有没有哪个老绅士拜倒在她石榴裙下？祖母一下子就听懂了，笑得像一只受惊吓的老孔雀。祖母说，没有老绅士拜倒在她石榴裙下，只有可怜的老安德烈斯拜倒在她石榴裙下。安德烈斯是祖母养的一只狗。Isabella听了，也笑成了一只受惊的小孔雀。祖孙俩都被这个中国比喻逗得开心极了。

当Isabella这么问香奈喜的时候，香奈喜可没有笑得像一只受惊的孔雀，香奈喜从来不会这么放肆地笑，香奈喜的笑很古典的。什么是古典的笑呢？文化课老师说古典的笑有两个原则：一是不露出牙齿；二是不发出声音。当然，如果遵循更严格的古典原则的话，还要用东西遮了脸。"团扇团扇，美人用来遮面"，女人躲在扇子后面笑才比较淑女。但那是夏天，夏天女人手上有扇子，其他季节女人手上没有扇子怎么办？没关系，女人可以用袖子。古代的衣裳都有很宽大的袖子。袖子作用很多，其中之一就是用来遮面。老师一边说还一边用他的衬衫袖子做着示范，衬衫袖子很窄，根本遮不住老师的大脸。大家被逗得哈哈大笑。Abel还挤眉弄眼地学老师，他穿的是T恤，压根没有袖子，但这难不住热爱表演的Abel。Abel喜欢看中国的京剧，京剧里经常用一根马鞭就可以骑马了，Abel也可以不用袖子而表演袖子遮脸。他脸不大，但嘴大，牙多——至少看上去很多——在虚构的袖子后咧嘴而笑的样子，实在搞笑之至。但艾米丽表情一直很严肃。艾米丽说，It's a shame（真遗憾），在女性被压迫的历史面前，你们这么轻浮地开着玩笑。所谓"笑的古典原则"，根本不是一个笑的问题，也不是一个美学问题，而是一个性别政治问题。因为这"笑的古典原则"只适用于女人，不适用于男人。中国男人可以像李白那样"仰天大笑出门去"，但是中国女人不可以。如果李白的老婆也像李白那样动不动来一个"仰天大笑出门去"的话，别人会以为她疯了。In fact（事实上），古代女性既没有"仰天大笑"的自由，也没有"出门去"的自由。"笑的古典原则"和"三寸金莲"是一回事，都是男性通过对女性日常生活的束缚和规训，来控制和压迫女性。艾米丽或许是气急了，她一气急中文就会夹杂出英语单词。她中文本来很好的，整个爱丽舍宫的留学生当中，除了 Leon，中文就数她学得最好了。大家一时噤若寒蝉，你看看我，我看看你，连老师都赶紧去端桌子上的茶杯低头假装喝茶了。真是伤脑筋，这个叫艾米丽的英国姑娘，总那么一本正经，总那么上纲上线。他不过讲一讲"笑的古典原则"，和性别政治有什么关系？和自由有什么关系？还"It's a shame"！还轻浮！太他妈小题大做了。依他的脾气，他是要拍案而起的，但他不能拍，一拍，有可能就被投诉到学院，那就麻烦了，因为学院的立场总是一以贯之的——那就是不分青红皂白地站在留学生一边。对被投诉的老师，轻则谈话教育，重则停课处分。所以老师不能拍案，只能咕噜咕噜咕噜地喝水。

香奈喜不太喜欢在课堂上发言，但她喜欢思考。所谓女性笑的自由，她认为不一定都要像李白那样"仰天大笑"，而是女性想怎么笑就怎么笑。比如香奈喜自己，她不喜欢现代的笑，就喜欢古典的笑。比如艾米丽，基本不笑，总是一副蹙眉蹙额的严肃样子。比如海伦 —— 海伦是个体重二百多磅的大个子美国姑娘，每次都笑得花枝乱颤。这花枝可不是海伦，海伦是不能用花枝来形容的，没有这么庞大的花枝呢，而是说海伦身边的花枝。假如海伦身边正好有花枝的话，海伦一笑，就会引起花枝的颤动了。

每个女人都可以按自己的方式笑或不笑，这才是笑的解放和自由。香奈喜当时想这么对艾米丽说的，当然没说，她不喜欢在课堂上发言。

反正她只习惯"古典的笑"。

对 Isabella 的"你是怎么让不懂风月的管锥老师拜倒在石榴裙下的"这个私人问题，香奈喜也只是用一个十分"古典的笑"，算是作答了。

二十一　我有嘉宾

　　恋爱这种事情，之前季尧并不知道是如此美妙的 —— 理论上的美妙他当然知之甚稔，但实践上的美妙也就限于对师妹春心荡漾过而已 —— 不是那个住翡丽甲第的博士师妹，而是那个喜欢和他颉之颃之"子之清扬"的硕士师妹。那个"子之清扬"后来去北大读的博，再后来去了台北大学做博士后，再再后来季尧就不知道了。季尧和同门的来往并不多。

　　香奈喜看上去是个温顺的女性。"连手指头都是温顺的。"何况见过两次香奈喜之后酸溜溜地说。季尧笑。何况之所以如此酸醋，应该是在拿香奈喜和他夫人做比较呢。他们两家后来一起吃过几次饭。是何况夫妇积极张罗的。季尧还纳闷呢。为什么呀？后来才明白，是何况夫人想结识香奈喜，结识的目的一是想认识一个日本女人，二是想让香奈喜帮她从日本买化妆品。何况夫人一直用'资生堂贵妇银座系列'的化妆品，这东西不但季尧不知道，香奈喜也不知道呢。但何况夫人说，这产品在中国可是大红大紫热销得很，她们银行里的女同事至少半数以上都在用它呢。她甚至建议香奈喜干脆兼职做代购。她们可以一起做，她负责销售，香奈喜负责进货，然后四六分成，或者五五分成。"不会比你在那个叫什么'川上日语'培训机构挣得少。"何况夫人不愧是在银行工作的，很有经济头脑。香奈喜一直"はい，はい"（是，嗯）地点着头——是基本已经汉化了的"はい"，听上去和"哎"也差不多的。听香奈喜"はい"得这么起劲，季尧还略略有些担心，怕她被何况夫人从此带上了经商的道路。他可不想和一个一身铜臭味儿的女人生活。没想到，香奈喜"はい"归"はい"，却一点儿也没有做代购的意思。季尧领教了香奈喜的社交方式。她对何况夫人客气极了。"你家的房子好漂亮哒！""你家的植物好漂亮哒。""这个豆腐好好吃哒！怎么做的？"怎么做的何况夫人不知道，因为压根不是她做的。他们家的庖厨之事都是由何况负责的。"银行太忙了！"何况夫人说。"银行确实忙。"何况说。豆腐叫蒋侍郎豆腐，是按《随园食单》的菜谱做的。怪不得何况这么配合夫人坚持请客呢，原来是自己也有"嘤其鸣矣，求其友声"的需要，毕竟和他那位银行夫人没有办法谈《随园食单》呢。就算两人坐在"好漂亮哒"的房子里吃着"好好吃哒"的豆腐，多少还是有点遗憾的吧？

比起季尧，香奈喜是个讨人喜欢的客人。不论何况和他夫人炫耀什么，季尧总是很扫兴地一言不发着，而香奈喜配合得很，一直声情并茂地"好漂亮哒"个不停，把何况家都"好漂亮哒"了个遍。回来的路上季尧不怀好意地问她："你真觉得他们家客厅那个巨大无比的水晶吊灯好漂亮——哒？"香奈喜脸一红，说："季老师，你要做个有礼貌的客人。"季尧觉得自己已经够有礼貌了，不然可受不了何况夫人那没完没了的"这个花了多少多少""那个花了多少多少"的款待。在他家吃了几次饭之后，季尧不仅知道了他们家客厅那个巨大无比的水晶吊灯和卫生间那个带音乐的智能马桶的价格，连镶金边的饭碗和镶金边的汤匙多少钱一个都知道了。"她为什么不干脆像商场那样，把她家的每样东西都贴上价格标签？也省得一样一样说。"季尧实在忍不住讥诮。他很想问一句何况，为了住在这个"好漂亮吧"的房子里，付出这种代价真值得吗？但何况的表现，似乎也不是受不了的样子。在他夫人事无巨细地介绍这些的时候，他一边做着家务，一边还忙里偷闲地过来加注呢，一副妇唱夫随其乐融融的样子。

所以季尧不愿意去何况家。他又不想用那个会唱歌会自动喷水的智能马桶。"又不是喷泉？要自动喷水干什么？"他也不想在那个巨大无比的水晶吊灯下吃饭。"那么大，他们也不怕它砸下来？"香奈喜不说话，一直笑吟吟听着。她喜欢这个时候的季尧，她知道他这是在婉转地表达对她的爱呢。

他们一直住在青椒园里。自从明确了恋爱关系后，香奈喜就搬到季尧这边了。起初他是不同意的。"不太好。"他说。香奈喜也不坚持。其实有什么不好的呢？青椒园里同居的不少呢，各有各的理由，有的因为没有婚房，有的因为某一方父母不同意，有的因为懒得去打结婚证。这些年轻或不那么年轻的男女，虽然不是法律意义的配偶，但都是严肃认真的交往，不是姚老太太嘴里的"乱搞男女关系"。不过，也有同居着同居着又分了的，那也没办法。如果不合适，当然要分手，这不是"乱搞男女关系"，而是对彼此人生负责。也有一两个打着"对彼此人生负责"的幌子不断换对象的老师，比如艺术学院的吕加索，吕加索不是本名，是绰号，因为画风颇似毕加索，生活作风也颇似毕加索，所以被大家叫吕加索了。吕加索住青椒园的几年，女友走马灯似的换。那些女友复杂得很，学校里的也有，社会上的也有，曾经还有过一个画蓝紫眼影穿豹纹裹裙，看不出年纪的女人。有人怀疑那女人的身份可能是妓女。但吕加索说是他的模特。模特就模特吧，没有谁去追究。这是他的私生活，就算好奇，大家也会克制。青椒园里的人，都是有教养的人，而学院的所谓教养，就是不干预别人的私生活。好在那个豹纹女人很快就从青椒园消失了。有意思的是，后来在吕加索的个人美术展中，那个豹纹女人又出现了，出现在吕加索的一幅巨大无比的画里，不过那件豹纹裙在画里不是裹在她丰满的臀上，而是胡乱地搭在一张宝蓝色的金属椅背上，女人的裸体十分粗俗下流，尤其是臀部和胸部，完全是毕加索的夸张风格。那幅画莫名其妙取名《纯洁》。"为什么取名《纯洁》呢？是反讽吗？"有人这么问吕加索。"谁说是反讽？你不认为这个女人纯洁吗？"吕加索一脸认真地说。这幅画后来被一个法国人买走了。法国人在审美上总是和中国人大相径庭的。吕加索出名之后就离开青椒园了，也离开他们学校了。

当然，吕加索是青椒园的异数，几乎没有典型性。青椒园同居的男女，大多数在同居一两年后都会去民政局领证的。

香奈喜住在市里。"川上日语"位于这个城市最繁华的芳茵路，香奈喜在那附近租了间小公寓。附近有地铁，她过来倒也方便。周末他们一起过。很稠密地过上两天。不去食堂了，香奈喜做的东坡肉比食堂的东坡肉好吃多了，猪排饭也好吃多了，还会煎几条小黄鱼或几段鳗鱼，煮个豆腐海白菜味噌汤。总是做多了。季尧就是吃到肚皮儿滚圆，也吃不完。季尧的公寓也没有冰箱。就需要香奈喜留下来一起解决剩下的食物。浪费是不道德的，是可耻的。这一点两人志同道合。何况家不吃剩饭剩菜。"有亚硝酸盐，亚硝酸盐会致癌的。"何况夫人危言耸听地说。但季尧和香奈喜不怕亚硝酸盐，哪怕剩下的东坡肉酱汁，他们也不倒，留到第二天拌饭吃，再就了剩下的小黄鱼，或者几块照烧鸡，炒个绿叶蔬菜，生菜或木耳菜什么的，又吃得心满意足。

有时季尧会怀疑香奈喜是故意多买多做的。周日没吃完，周一接着吃；周一没吃完，周二又接着吃。香奈喜放在青椒园的日用品于是越来越多，蚂蚁搬家似的，最后把自己的东西都搬到了季尧这儿，到最后，香奈喜干脆不回芳茵路的公寓住了——也回不去了，房东的女儿从上海回来了，公寓不租给她了。

季尧不戳破香奈喜。他觉得自己有点卑鄙。在两人的关系中，一直都是香奈喜主动——香奈喜来旁听他的课，香奈喜来参加读书会，香奈喜请他去指导《薛宝钗的扇子》，香奈喜让 Isabella 鸿雁传书，香奈喜毅然决然地退学，香奈喜回日本宣布她的恋爱。后来季尧知道，他们家除了莉莉雅支持她的恋爱，都温和地反对，虽然这种温和的反对没起作用，香奈喜也很温和地坚持着自己的决定。香奈喜很有主见，一个笑眯眯的有主见的女生。而他一直坐享其成着香奈喜一个人笑眯眯的努力。太卑鄙了。

虽然他对香奈喜说自己是"情不知所起，一往而深"，这话也对也不对。"一往而深"是不错，但"不知所起"就不对了。仔细回想一下，"所起"还是有脉络可寻的，应该是从香奈喜用手绢温柔地拂拭木椅上的落叶那个小动作开始的。渐渐由小而大，大到让季尧情不自已。当然，最让季尧"一往而深"的，是香奈喜不是一个"空间至上主义者"，是香奈喜对差不多是"陋巷"的青椒园生活的由衷热爱。在青椒园住的人，差不多都是苦大仇深的，尤其女老师，一个个都有"我想找一个柯林斯嫁了"的想法。但"柯林斯"也不是那么好找的，人家还不愿意找相貌平平的"夏洛特"呢。所以她们只能继续苦大仇深地在青椒园将就住着，带着总有一天要"逝将去汝"的决心和指望。但香奈喜住在青椒园，却有一种"乐土乐土，爰得我所"的欢愉。她一点儿也不嫌弃青椒园的狭小和简陋，这一点和季尧一模一样。季尧也由衷喜欢青椒园的生活。他终于找到可以一起过两箪食两瓢饮而不改其乐的人。

季尧对此特别想不通。他和香奈喜，按说过不到一块儿的，他们有"文化差异"。"文化差异"是父亲反对他和香奈喜结婚的说辞。比起父亲的泛泛而论，姆妈的反对就具体而微了。"她会做中国菜吗？""她不会把你带到日本去吧？"他们都忧心忡忡。两个不同文化背景的人，是没有办法共同生活一辈子的。别说两个国家，就是两个省，也生活不到一块儿呢。邻居陈叔叔和施阿姨就是例子，陈叔叔是南京人，施阿姨是四川人。买只鸭子，陈叔叔要做盐水鸭，施阿姨要做熏鸭；买块豆腐，陈叔叔要做什锦豆腐捞，施阿姨要做麻婆豆腐。虽然是小事，但婚姻中的人，都擅长以小见大。于是最初也是相亲相爱的两口子，过到后来就成了不共戴天的仇人。两人把房子一分为二，不在一起吃了，也不在一起睡了。姆妈说。姆妈是小学老师，最喜欢举例子来讲道理。姆妈举的例子似是而非。他和苏荣珍倒是能吃到一起，可吃到一起就可以结婚吗？那么简单的话，能结婚的人就太多了。

当然，后来他们不反对了，尤其是老季，在见过香奈喜之后说："文化差异这个事情，也要看怎么处理，如果处理得当，说不定也可以形成文化互补。"

但让季尧纳闷的是，他和香奈喜，却几乎没有什么"文化差异"——除了香奈喜不吃茄子，季尧吃茄子，也没多爱吃，不吃完全也是可以的；还有就是音乐方面的差异，季尧对音乐一无所知，这是家族性的，老季五音不全，高兴了也没有"歌之咏之"的习惯，最多用左手搓右手，右手搓左手而已。有时学校大合唱时拉他充数，他只能滥竽充数地站在后面张嘴假唱；而姆妈在音乐方面最了不起的成绩，也就能在单位春节联欢晚会上抑扬顿挫地朗诵《沁园春·雪》。但香奈喜的音乐造诣非常高，不但会作词作曲，还会拉小提琴。但这也是老季所谓的"文化互补"。后来每当香奈喜放莫扎特之类的音乐时，季尧就想乐，因为想起了老季的"文化互补"，好像文化也是人参鹿茸冬虫夏草那样的补品。

在香奈喜住进青椒园后，他们打算小范围地请一回客，算是——算是什么呢？婚宴？不能算，因为他们还没有结婚呢，香奈喜的单身证明一直没有通过日本大使馆的认证，也不知道什么原因。同居宴？这么说好像不太好。季尧不知道该怎么对客人说明请客缘由。香奈喜说，管它呢，我们向李商隐学习，李商隐写《无题》诗，我们也搞个无题宴怎么样？季尧听了，觉得香奈喜这个主意挺好，就搞个无题宴。宴谁呢？这又是一件伤脑筋的事情。何况两口子自然是要宴的，已经被他们宴好几次了，总要礼尚往来地回个宴。还有对门的孙老师，他还欠她一罐腌柚子皮的人情呢，还有好几次没有去喝的杨梅酒。有段时间季尧特别怕在走廊上遇见孙老师，每次遇见孙老师都会热情地发出邀请："要不要来我这儿喝杯杨梅酒？"她老家是湖南怀化的，怀化产杨梅，所以家里总有杨梅酒。季尧是很爱喝杨梅酒的，但爱喝也不会去，他和她不是可以坐一起喝杨梅酒的关系。也不知是不是因为经常喝杨梅酒的原因，孙老师的脸色总是很好，简直容光焕发。这倒也难得。离婚女人的样子，一般都是郁郁寡欢的，一般都是"人比黄花瘦"的。但孙老师一点儿也不郁郁，一点儿也不瘦。而是丰腴得很，兴致勃勃得很。季尧倒是很欣赏她那种对生活百折不挠的积极态度，欣赏归欣赏，还是受不了她在走廊里对他过犹不及的热情，以及藕断丝连的笑。比起走廊里的嘻嘻哈哈，季尧还是更习惯学院里有距离的人际关系。像他和朱臾那种的，青椒园里楼上楼下一起住了好几年，见面也就牵牵唇角，有时唇角也不牵，就那么面无表情地走过去，这让他感觉轻松自在。当然，有时朱臾心情好，或者心情不好，也会冷嘲热讽他几句，他不以为忤。学院派女老师大多是这种的，喜欢走奇崛路线，而不是"要不要来我这儿喝杯杨梅酒"的通俗风。这一次请孙老师，对季尧来说也算是礼尚往来了。当然，还有一个人必须宴的，那就是 Isabella，鸿雁呢，媒妁呢，不宴她怎么可以？但 Isabella 一宴，小范围就要变大范围了，因为艾米丽和其他几个留学生知道后都要不请自来。

留学生都喜欢 party（派对）的，尤其 Abel，一听说 party 就来劲了。"我爱你中国，我爱你春天蓬勃的秧苗，我爱你秋日金黄的硕果。" Abel 唱的中文歌也是中非合璧的，很深情的中国歌词，很夸张的非洲声音和表情，非常有感染力。

这样一来，公寓的房间就太小了，怎么办？只能放露台去办了，两张桌子一拼，铺上香奈喜从日本带过来的鲤鱼图案的桌布，再在中间摆上一个啤酒瓶 —— 花是艾米丽他们带过来的，爱丽舍宫前面摘的，一种叫六道木的粉紫色小野花，平时在路边也不怎么起眼，但一大把蓬蓬地插在暗绿色的啤酒瓶里，看起来就不一样了。"有一种橡树花的优雅气息。"法国的莫伊拉说。"有一种苹果花的朴实气息。"俄罗斯的伊万说。"有一种樱花的浪漫气息。"香奈喜说。"不对，六道木花是佛教花朵，它的花语是'唵嘛呢叭咪吽'，也就是辟邪的气息。" Leon 说。"えっ（真的吗）？这么小的花，能辟邪？"香奈喜惊讶。"mi dulce（我的小甜心），你以为花是你们日本的相扑运动员？

还分个头大小？"Isabella 说。Isabella 的话把大家逗乐了，一番笑闹之后，话题又转移到了辟邪上面。Leon 问季尧，中国用植物辟邪？比如端午节的艾草，挂在门上的桃木——他一个中国朋友曾经送过他一块木头，很朴拙，很好看，他把它当艺术作品摆在书桌上欣赏，但中国朋友说，这个木头最好挂在门上，因为它不是普通的木头，而是桃木，桃木是可以辟邪的。他把那块木头挂门上了，出于友谊。但是，恕直言，他不信一块干木头能有什么力量驱除邪恶？所以，这种用植物辟邪的文化，难道是因为中国民族性里有自欺的特征？还是和中国温和的——或者说软弱的——民族性有关？

Leon 咄咄逼人地看着季尧，灰蓝色的眼神里带有明显的敌意。所有人都知道 Leon 为什么如此失礼。他喝多了，他已经喝了好几杯梅子酒呢。这个骄傲的日耳曼男人，因为香奈喜，把季尧当情敌了。可季尧正处在一种"我有嘉宾，鼓瑟吹笙"的好心情之中，一点儿也不知道个中原委，还以为这又是一个关于中国文化的讨论。这是留学生的特点，什么都要上升到中国文化的高度。吃个饼，就是中国北方饮食文化，喝个茶，就是中国江南茶文化，上个厕所，就是中国厕所文化。季尧对于留学生这种学术精神——虽然有点儿泛学术化——是欣赏的。但 Leon 的观点不对，中国文化是有植物主义倾向，从《诗经》到《楚辞》到唐诗宋词，从中都能看出中国文化对植物的偏爱，这没问题，但不能因此得出中国民族性有"自欺的""软弱的"这种结论。中国文化的植物倾向和中国文化源起有关，中国是农耕文化而非游牧文化，比起凶猛的动物，中国文化更加敬畏和迷信植物，植物是中国人的神明。中国道家文化崇尚清静无为，而植物最能体现清静的精神和力量。所以，中国人用植物辟邪，不是因为自欺和软弱，而是有其内在的文化渊源。季尧侃侃而谈。这是季尧的风格，只要在课堂上，或者类似课堂的地方，他就会从"蘧蘧然"变"栩栩然"了，从而进入一种"接近神采飞扬"的状态。一时间大家听得津津有味，包括挑衅者 Leon。

"为了植物主义。"Abel 突然举杯。他一直没有参与到"花的气息"和辟邪话题中来，自在桌上坐下，他就忙着吃香奈喜做的三文鱼培根寿司和五颜六色的和果子，喝香奈喜准备的梅子酒和孙老师带来的杨梅酒，然后忙里偷闲地和身边的孙老师聊天。他们俩相谈甚欢。从杨梅酒聊到孙老师的老家湖南，关于湖南 Abel 可有不少说的。他到过湖南凤凰旅游，凤凰米酒好喝，凤凰的吊脚楼好看，凤凰的生姜糖好吃。Abel 眉飞色舞地说，孙老师眉飞色舞地听。他们也聊利比亚，当然不是孙老师聊，孙老师聊不了，她对利比亚一无所知。Abel 告诉她利比亚属于北非。关于北非孙老师绞尽脑汁也只能想起《北非谍影》，但《北非谍影》的故事发生在摩洛哥，不是利比亚。好在 Abel 是个能说单口相声的人，虽然说得不那么地道，但一点儿也不影响孙老师听得津津有味。应该听得津津有味吧？因为孙老师笑声不断，很年轻的笑，让香奈喜想起白居易的一句诗——"间关莺语花底滑"。她最初读到这句诗时不懂"间关"的意思，季尧告诉她，"间关"就是鸟鸣声，就如《诗经·关雎》篇里的"关关雎鸠"的"关关"一样。全句的意思就是，黄鹂鸟从花下飞来飞去发出婉转啼声。香奈喜觉得那天孙老师的笑声就是那样清脆迷人的。

二十二　校园丑闻

在学校评估期间，人文学院竟然接连出了两桩丑闻。

第一桩丑闻和徐毋庸有关。

姚老太太以先知般的语气说："我早料到他要出事的，这老家伙，不正经找个女人结婚，整天和一帮小姑娘厮混在一起，不出事才怪呢！"她嘴里的"老家伙"，自然就是徐毋庸。有个学生把他告到了老尚那儿，要求系里出面检查他任教的《法国新小说选读》这门课的试卷。为什么呢？老尚循循善诱地问那个来举报的学生。一个平时成绩不怎么样的学生在期末考试竟然得了全班最高分，她怀疑其中可能有不道德的交易。什么不道德的交易呢？老尚又循循善诱地问。女学生欲言又止。老尚又问，女学生又欲言又止。几次三番下来，老尚不耐烦了，站起身要走——当然是假动作，是老尚欲擒故纵的策略。他怎么可能放过这种事情呢？就像一只猫不可能放过一条鱼，一条蛇不可能放过一只青蛙。当他一听到"徐毋庸"三个字，他就激动了呢，就兴奋了呢。他马上做了一个深呼吸，让自己平静下来。他心脏不好，一激动，会出现供血不足的问题。但这件事情实在太刺激了，让人身不由己呢。"我怀疑陈小绚性贿赂了徐毋庸老师。"在老尚欲擒故纵的策略下，学生终于鼓起了勇气。老尚不动声色。"你有证据吗?""—— 没有。""那你凭什么这么说?"老尚的声音几乎有些严厉了 —— 他后来在系务会上反复引用自己的这句话,以此表明他一开始是不相信学生的,是想保护老师的。但作为系主任,他也有保护学生的责任,有维护中文系师德师风的责任 —— 学生被尚主任这么一吓,倒豁出去了。"我当然可以这么说,这门课的期末考试题目是:'请以《橡皮》或《弗兰德公路》为例,谈谈法国新小说的艺术特点。'可我知道陈小绚连《橡皮》和《佛兰德公路》这两个小说看都没看,她怎么可能得全班最高分?尚主任要是不相信的话,可以把陈小绚叫来,当场考她,看她能不能做得出来?""那个同学叫陈小绚?""是的。""你呢?""我?"那个女生有些诧异,好像没料到系主任还要问她的名字。"对,你。"老尚坚决地问。"我叫 —— 罗莘莘。""哪个'sheng'?""'莘莘学子'的莘莘。"老尚心中有数了。他让罗莘莘同学先回去,千万不要声张,他保证会处理好这事的,决不会包庇徐老师 —— 如果她举报的事情属实的话,那徐老师也就不配叫老师了,只能叫衣冠禽兽。

但学校正处评估期间呢,这事可不能闹大了,一旦闹大了,影响到了学校评估,那校领导盛怒之下,可就不分青红皂白了。大局意识是校长和书记在大会小会上三令五申的。而现在学校的大局无疑就是本科评估了,所有影响到本科评估的问题都要不惜一切代价解决。大家要同心同德,一致对外。"外"当然就是指评估专家。校长许诺,只要本科评估安然无恙地通过,今年的绩效奖会让老师们"出乎意料的"。为了这个"出乎意料的" —— 当然也为了学校的未来和发展,学校上上下下都铆着劲呢。如果在这个关键时候中文系教学上出了这么大的纰漏,那就要遭到学校千夫千妇所指了。当然,这千夫千妇所指的，可不只是徐毋庸，肯定还有他老尚。他不是中文系主任吗？中文系出的事儿，当然老尚也有份。

但也不能帮徐毋庸打马虎眼。老尚既没有这个主观意愿，客观上也不合适。万一那个叫罗莘莘的同学，把这事告到学校教务处去，或者在网上曝光这事——现在的学生，可不怕事大——那就不是徐毋庸和老尚的事儿了，全校都要跟着"性贿赂"三个字上热搜呢。

所以他要尽快地处理这事。

事情棘手，好在老尚不怕，老尚擅长处理棘手的事情。他略一斟酌，就知道应该怎么办了。用小尚的口头禅来说，就是："悄悄地进村，打枪的不要。"但这事肯定要汇报领导，这是给自己留后手，虽然他反复叮嘱了那个叫罗莘莘的学生，但学生——尤其是女学生，你是不能太相信的。所以事先让领导知情，到时就不用自己担责了。当然，汇报的方式有讲究，可以在院务会上大张旗鼓地汇报，也可以私下里轻描淡写地汇报。老尚选择第二种。院长老文这个人，一向懒政，现在快退了，更是多一事不如少一事，整天在办公室关了门钻研他的《本草纲目》。自从他按《本草纲目》上的方子治好了他每年都犯的荨麻疹之后，老文就迷上《本草纲目》了。老尚坐在老文对面笑吟吟听老文谈了半天《本草纲目》，趁他中间喝茶的工夫，才漫不经心地插上一句嘴："真伤脑筋，有个学生要求查徐毋庸的试卷呢，说有猫腻。"老文没等他说完，就挥挥手说："这是你们中文系的事情，尚主任你自己看着办吧。"太好了！老尚要的就是这句话。

徐毋庸现在落到了老尚手里。他让李榆枋从教务员那儿把试卷调了过来。为了掩人耳目，他不但调了徐毋庸的试卷，还同时调了外国文学教研组其他几个老师的试卷。他信不过教务员小宫的嘴。小宫和徐毋庸关系挺好的。徐毋庸这个人，和女性关系都挺好的，尤其是年轻有几分姿色的女性。他喜欢用小恩小惠笼络她们，时不时送她们一点小礼物。他上次到阿维尼翁参加戏剧节还给小宫带了薰衣草香皂呢，当时老尚也在办公室，他就当着老尚的面十分坦荡地送给她了。子曰："君子坦荡荡，小人长戚戚。"在徐毋庸和他这儿，倒过来了，成"小人坦荡荡，君子长戚戚"了。他就做不到这么坦然地送年轻女性礼物。有一次他到台湾开会，带了几盒凤梨酥回来做伴手礼。他本来很想送一盒给鲍小白的。一是凤梨酥味道真的很好；二呢也是礼尚往来，之前她也送过他小礼物呢。但凤梨酥搁在办公室的抽屉里好多天老尚都没有机会送。他一个系主任，总不能跑到一个年轻女老师的办公室送一盒凤梨酥，可打电话让她过来拿吧，也不合适，太隆重了，只好守株待兔般等机会。鲍小白其间来过一次他办公室，但当时李榆枋在，不太方便。这是他佩服徐毋庸的地方，竟然可以不避瓜田李下之嫌疑，就那么当着他的面落落大方地把薰衣草香皂送给了小宫。相比之下，老尚倒觉得自己小气了 —— 用小尚的话来说，猥琐了 —— 一盒凤梨酥，也要思来想去的，到过期了也没送出去。这么想的老尚，对徐毋庸就生出一股无名火。

　　从陈小绚的试卷上倒也看不出什么名堂，看不出也正常，老尚不是搞外国文学专业的，对法国新小说也一无所知。不论是《弗兰德公路》，还是《橡皮》，老尚都没看过，也不打算看。术业有专攻。这事还得找闵雪生。如果找杜丽娜，徐毋庸肯定不服。"你认为她有资格评判我改的试卷？"然后给老尚一个八大山人画里的大白眼。教研室也有鄙视链呢。但闵雪生这个人，傲着呢，不好差遣的。所以老尚不让李榆枋出面了，而是亲自给闵雪生打电话。林子大了，什么鸟都有。

对付不同的鸟,要用不同的方法。刚能克柔,柔也能克刚。对付闵雪生,就要用后一种,闵雪生吃这一套。所以老尚在电话里先用温良恭俭让的语气称赞了几句闵雪生的专业能力,然后才轻描淡写地请他到系里来一趟,有两份试卷的成绩有点争议,要麻烦他出面仲裁一下。这法子果然管用。闵雪生虽然一如既往地说"要等一会儿,手头有点事",但十几分钟就过来了。对闵三北来说,十几分钟只是象征意味的延宕,表明自己不是领导可以招之即来的人。老尚之前已经让李榆枋把陈小绚和罗莘莘试卷上的名字和学号部分用装订机装上了。两个学生一个是谈《橡皮》的,一个是谈《弗兰德公路》的,闵三北一目十行地看,不到五分钟,就给出成绩了。一个90分,一个82分。90分的是陈小绚的,82分是罗莘莘的。老尚有些惊讶,两人倒是"英雄"所见略同了。因为徐毋庸给陈小绚打的是92分,给罗莘莘打的是84,相差无几了。也就是说,从卷面上是找不出徐毋庸问题的。只能走第二步棋了,把陈小绚叫过来,让闵雪生当面考她。陈小绚的长相让老尚有些失望,他本来以为这一定是个有几分姿色的女生,没想到,压根没什么姿色呢。嘴大,皮肤黑且多疙瘩,身材直不隆冬,看上去简直就是一根河南铁棍山药。徐毋庸这个人,口味还真是奇特,喜欢铁棍山药。不过,铁棍山药是好东西,养胃。老尚差点儿笑了出来,因为自己的幽默。那个叫罗莘莘的学生不是说陈小绚既没看过《橡皮》也没看过《弗兰德公路》吗?那么只要闵雪生考查出陈小绚没读《弗兰德公路》,那她写的"论《弗兰德公路》的图像叙事"就是无中生有,就说明其中有猫腻。至于有什么猫腻,那是这桩事情最有意思的环节,老尚有兴趣也有办法搞清楚的。

闵雪生只问了陈小绚一个小问题——小说中的雷谢克、老雷谢克,随身带的是哪个作家的书?

陈小绚大嘴一张,说:"卢梭的,《卢梭全集》。"

闵雪生让陈小绚出去,然后对老尚说:"这女生读过《弗兰德公路》的。"

"她确定读过?"

闵雪生的脸色马上不好看了,难道他还考不出一个学生读没读过一个小说?

那罗莘莘为什么信誓旦旦地说陈小绚没有读过《弗兰德公路》?

蹊跷!

他让李榆枋马上把罗莘莘找来。

罗莘莘来了,老尚吓了一跳 —— 压根不是那天来找他的女生。

那个女生白皙秀气,一副小家碧玉的精致,但来的罗莘莘,却不是小家碧玉,而是如山如河委委佗佗。

难道这个班有两个叫罗莘莘的女生?

班主任说:"没有呀,整个中文系就只有一个罗莘莘呢。而且,人家现在也不叫罗莘莘了。自从北大校长林建华在建校120周年庆上把'莘莘学子'念成了'jingjing 学子',同学们都叫她罗 jingjing 了。无独有偶,他们班还有一个叫孙云鹄的男同学,同样因为北大校长,现在也不叫孙云鹄了,同学们都叫他孙云 hao 了。"

老尚觉得事情越来越吊诡也越来越刺激了。

只能让班主任开班会了。老尚相信,那个举报陈小绚和徐毋庸之间有"不道德交易"的学生,肯定就在这个班。

果不其然。

那个女生叫周莉珍,是陈小绚的闺蜜。

她为什么举报陈小绚呢？为什么要假冒罗莘莘的名字呢？

原因是争风吃醋！

两人都是徐毋庸"夜航船读书会"的核心成员，都是系学生会干部，陈小绚是文艺委员，周莉珍是生活委员。两人都是班上的风云人物。陈小绚比周莉珍活动能力强，周莉珍比陈小绚学习成绩好。但这一次陈小绚的《法国新小说选读》竟然考了全班第一名，她实在想不通。考后她问过陈小绚的。她自己考砸了。她以为徐毋庸会考玛格丽特·杜拉斯的《情人》或者《琴声如诉》。因为她试探地问过徐毋庸，法国新小说派作家当中他最喜欢谁，他说"杜拉斯，只能是杜拉斯"。周莉珍以为这是心照不宣的暗示，所以只对杜拉斯做了精心的准备。没想到，考的却是罗布-格里耶和克洛德·西蒙。徐毋庸这是在耍她——周莉珍认为，太恶劣了。陈小绚也恶劣，她明明告诉周莉珍没看过《橡皮》和《弗兰德公路》呢。"你选了哪部作品谈？"考试一结束她就问了陈小绚。"《弗兰德公路》。""真的？你读了《弗兰德公路》？""反正两个作品都没读，干脆选一个难的。"周莉珍这才安心了。"老徐好变态，怎么会考《弗兰德公路》？""是呀是呀，老徐好变态，竟然考这么生僻的作品。"陈小绚忙不迭地附和。哪想到，陈小绚竟然考了全班第一名。

怎么可能呢？作品都没读过呢，怎么可能全班第一名？其中一定有猫腻。什么猫腻呢？周莉珍一分析，大概就知道了。一定是徐毋庸徇私舞弊。徐毋庸对她俩都好。模棱两可的好法。一会儿对周莉珍更好，一会儿对陈小绚更好。但考前有一天，陈小绚问周莉珍，要不要去老徐那儿，她借了徐毋庸书架上的一本小说，萨冈的《你好，忧愁》，看完了，想去还。当时周莉珍正好有事去不了，而且，她借的

《追忆似水年华》第一卷才看了三分之一——这两本小说都是徐毋庸在读书会上推荐的。周莉珍让陈小绚下次和她一起去，陈小绚也答应了，但后来却自己去了。如果不是周莉珍发现搁在她小书桌上的那本《你好，忧愁》不见了，她还不打算告诉周莉珍呢。事后周莉珍回想起来，那几天陈小绚不太对劲，有点鬼鬼祟祟的。她们本来形影不离的，但那几天陈小绚总是找了各种借口单独行动。每次都穿了那件洛丽塔风的碎花小短裙，搽了希思黎的魅惑口红，肯定是去徐毋庸那儿了。而且，陈小绚为什么偏偏挑那个时候约她去找老徐呢？她明明知道周莉珍那个时候有事的。这么一分析，周莉珍就觉得自己遭受了友谊和爱情的双重背叛。虽然徐毋庸对她俩一直模棱两可，但周莉珍觉得徐毋庸还是对她更好。没有什么证据，就是一种感觉。女人在这方面是有感觉的。估计陈小绚也感觉到了，所以就先下手了。"老男人都是亨伯特，总是抵挡不了穿碎花短裙的洛丽塔的。"记得某一次读书会上徐毋庸这么说，好像是讨论纳博科夫小说的时候。当时陈小绚就哧哧笑了问："徐老师也抵挡不了吗？""徐老师更抵挡不了。"徐毋庸开玩笑地回答。其他同学都被逗乐了。徐老师爱开玩笑，同学们早习惯了，但周莉珍不喜欢他们这样，太轻浮了。

周莉珍以为陈小绚的试卷一定有问题的，徐毋庸和陈小绚之间一定有问题的，所以才大义凛然地去找老尚呢。她可不是争风吃醋——像后来舆论里所说的，而是追求考试的公平与正义，是严肃考风考纪，是端正师生伦理。当然，如果这事发生在以前，周莉珍就不用去找系主任了，而是寄一封打印的匿名信给系主任或教务处，就可以了。那样的话，她就可以继续做陈小绚的闺蜜，继续做徐毋庸喜欢的学生。但自从学校出了那桩"援交事件"后——新闻系的一个女同学因为被匿名举报援交后自杀了,可后来经过调查才知道,所谓援交,不过是那个女同学和一些社会上的人有交往而已 —— 学校就不接受匿名举报了。她只能铤而走险去找老尚了。至于说自己是罗莘莘,是因为陈小绚和罗莘莘关系不好。她有什么法子呢？她总不能对老尚说自己是周莉珍吧？

她没想到的是,陈小绚的试卷没有问题,陈小绚也读了《弗兰德公路》。

那么,就是徐毋庸在考试之前告诉了陈小绚题目。陈小绚偷偷提前读了《弗兰德公路》。

只是,徐毋庸凭什么告诉陈小绚考题呢？

用脚指头想一下也知道陈小绚性贿赂了徐毋庸。

陈小绚在性方面是不太检点的,至少有思想上的不检点。她们曾经就木子美在《遗情书》里写到的一夜情展开过热烈讨论：周莉珍觉得木子美为了洗一个热水澡就和男人睡的事情不可理喻；但陈小绚觉得没什么。"如果你打碎了一个玻璃杯子,这是对世界的破坏,虽然是小破坏,却也是破坏。如果你扇了别人一耳光,这是伤害,虽然是小伤害,却也是伤害。但如果你和男人睡了一觉 —— 如木子美那样,会对这个世界造成什么破坏和伤害呢？什么破坏和伤害也不会造成。相反,还给双方当事人都带来了好处,木子美得到了热水澡,男人得到了性快感。"

"怎么没有破坏和伤害？伤风败俗不算破坏吗？"当时周莉珍震惊极了。

"亲爱的珍,来,让我看看你的脚。"陈小绚一边说,一边去掀周莉珍的裙子。

"为什么？"周莉珍躲闪着不让她掀。

"让我看看你的石榴裙下是不是三寸金莲。"

陈小绚甚至把北岛诗歌中最著名的那一句"卑鄙是卑鄙者的通行证，高尚是高尚者的墓志铭"改写成了"放荡是放荡者的通行证，贞洁是贞洁者的墓志铭"。

她还恬不知耻地到处说，北岛的那句诗是男性主义宣言，是属于男人的诗歌，但她的那句是女性主义宣言，是属于女性的诗歌。

她还建议周莉珍到B站看一部叫《爱的艺术》的法国电影，说是一部关于爱的美学电影，一部闪耀着人性主义光辉的电影。

周莉珍看了之后吓一跳，天哪！还爱的美学？还人性主义光辉？爱的丑学还差不多！人性主义黑暗还差不多！里面的男男女女，关系那个混乱！性的态度，那个随便！简直不比对待一顿夜宵更谨慎，不比对待一次狼人杀更严肃。周莉珍搞不懂，如此诲淫诲盗三观不正的电影，是怎么通过审查的？从法国进口马卡龙还要质检呢，从日本进口鳕鱼还要质检呢，难道进口电影就不用检查吗？电影也是食物呢，精神食物，质量有问题的话，一样很危险的。

周莉珍一直想找一个合适的机会向学生会或者系领导反映一下陈小绚的思想问题，作为陈小绚的好朋友，她觉得自己有责任关心陈小绚的思想健康。陈小绚的思想实在太不健康了，不，说不健康还轻了，应该说陈小绚的思想实在太邪恶了。"放荡是放荡者的通行证。"看来，她这个邪恶理论至少在徐毋庸那儿得到了实践！

但怎么证明呢？

周莉珍证明不了。

周莉珍非但证明不了陈小绚的性贿赂罪，反而把自己推到了舆论的风口浪尖——尽管领导们很想摁下这事的,毕竟是在评估的非常时期,但事件还是迅速在中文系师生之间扩散开了,大家议论纷纷。这个叫周莉珍的女生为什么要说自己是罗莘莘呢? 这不是陷害同学罗莘莘吗? 为什么要诬蔑陈小绚和徐毋庸呢——既然闵三北都说陈小绚的试卷没有问题也读过《弗兰德公路》,那周莉珍的举报当然就是诬蔑了。现在的女生还真是可怕呀,因为争风吃醋,连闺蜜都出卖! 连老师都出卖! 太可怕了! 太可怕了!

周莉珍欲哭无泪。她真的不是争风吃醋呀,她喜欢徐毋庸老师是真的,但那是纯洁无邪的喜欢;她对陈小绚有意见是真的,但那是为了帮助她,怎么就成诬蔑了? 就成出卖了?

好在尚主任十分理解和体恤她的立场,不但没有处分她,还安慰和鼓励她。尚主任说,虽然她冒充罗莘莘不对,应该批评教育,但她出发点还是好的。她在第一时间到系里反映情况也是好的,今后遇到类似的事情发生,希望她再接再厉,该质疑还是要质疑,该反映还是要反映。哪怕质疑和反映的情况与事实可能存在出入,那也没有关系,有则改之,无则加勉嘛。

但当事人徐毋庸可没有老尚那么轻松,他莫名其妙成了一桩丑闻的主人公,走到哪儿就被人们指指点点到哪儿,好像他是动物园的一只下流老猴子。怎么办? 他总不能像祥林嫂那样,见人就解释这事吧? 他是个傲慢的人,不屑这样的——就算屑这样,估计别人也还是不信的,人们总是相信自己想相信的。他是知道人性的。所以干脆高昂了头,做出一副"我自横刀向天笑"的潇洒样子,在校园"无则加勉"了。

至于人文学院另一桩丑闻,属于老尚所谓的"有则改之"了。

只是，不知道孙老师有没有"改之"的想法了。

是的，这桩丑闻和哲学系的孙老师有关，也和季尧有关。因为要不是季尧的那个露台宴，孙老师就不会认识 Abel 了。事后大家想起来，就在那次露台宴上，孙老师和 Abel 就相谈甚欢了的。"相谈甚欢"是委婉的说法。也有不太委婉的说法："我当时就看出那个女的在勾搭那个黑人。"

当何况在家谈到这事时，何况夫人马上激动万分地说。怎么会呢？一个女老师，勾搭一个学生，还是非洲学生？就因为是非洲学生呢。她这是推己及人吗？何况颇为不悦。

然而这么说的可不止何况夫人，学校里的许多人都这么说或这么想呢，因为孙老师是在爱丽舍宫的 Abel 房间留宿时被抓了个现形。

如果没有楼长的批准，爱丽舍宫是不允许留宿的，这是国际交流学院的规定。所以每天晚上十点之前保安会到各个楼层巡视一番，提醒爱丽舍宫的访客们该离开了。留学生对此很有意见，十点太早了，夜晚还没开始呢。尤其是西班牙的 Isabella 不习惯，她在西班牙，晚上到酒吧或朋友家去玩，都是十二点以后去的，凌晨五六点才回家。年轻人都这样呢。十点就睡觉——"¡Mama mía！我们是 baby（婴儿）吗？"他们到学校去申诉——他们是很喜欢申诉的。而学校对于他们的申诉很重视的，会在第一时间做出积极的反馈——比如他们要求在爱丽舍宫每个楼层做一个西式厨房和咖啡厅，后勤不到一个月就给他们做好了。但学校对留学生楼不能留宿以及十点必须清楼这个规定却十分坚持。学校也是没办法，因为总有不少学生，特别是女学生，喜欢到男留学生房间去玩。说起来也是冠冕堂皇的："我们互相交流学习呢。"可如果没有学校的规定，这种交流学习就会变得更加"多方位"和"深入"了。这方面可有北方某大学的前车之鉴。所以不管留学生的要求多么强烈,学校也不敢松这个口,依然让爱丽舍宫的保安晚上十点之前必须清楼。

孙老师是在半夜到厨房搞吃的的时候被保安捉到的。保安这方面是很有经验的,清楼之后,也不会一劳永逸,晚上还会不规律地到各楼层巡视一两次。这是杀他们个回马枪呢。他们或许饿了。孙老师到厨房煮西红柿鸡蛋面,因为是半夜三点,就有些大意了,把厨房那盏灯打开了,如果她小心一点,用手机上的手电筒照明也可以完成煮面这个活儿的,毕竟煮面又不是多复杂的厨艺,非要在明晃晃的灯下进行。而且 Abel 就在她背后呢,帮着拿手机照明不是正好吗?"Abel 哪有空?人家正忙着呢!""忙什么?"呵呵!这就学院不宜了,只能"止于当止",而非学院派倒是可以大行其道。比如图书馆过刊部那几个半老不老的女人。那些天过刊部简直像过节,大家喜气洋洋的,一幅红杏枝头春意闹的景象,见面就语带双关地问:"忙什么呢?""忙什么?还能忙什么?忙着 fuck 呗。"这么回答的当然是郝敏,人家老公是外语学院副院长,所以"fuck"之类的英语单词,好像成了她家的专利,别人不好擅自用的,虽然过刊部另外几个女人现在也知道 fuck 的意思了,也掌握 fuck 的发音了,但还是不说的,不方便说,也不服气说。外语学院副院长有什么了不起的?现在可不比过去,过去会说外语了不得,现在阿猫阿狗都会说几句,有什么好了不得的?人文学院的院长才了不得呢。尚师母骄傲地想。虽然她家尚主任现在还不是人文学院的院长,但那不过是时间问题。所以当郝敏问:"忙什么呢?"尚师母就用中国风语言骄傲地回答了:"忙什么?还能忙什么?忙着曹操呗!"把"操"说成"曹操",是大周的发明,这发明太伟大了,简直比发明摩斯密码的美国人摩尔斯还伟大呢,既化俗为雅,又化今为古——多古呀,一下子古到汉魏去了呢,古到"对酒当歌"去了呢。过刊部的几个女人,虽然都是家属,却也是有文化的家属,是读书的家属,读过曹操"对酒当歌,人生几何"的。大家被"曹操"一说逗得乐不可支。尚师母又花枝乱颤了,粗大的花枝,所以动静颇大。不过没关系,过刊部在图书馆顶楼,动静闹得再大,也没人上来干预。"他们也是活该,大半夜的为什么非要吃面呢?饿了忍着一点嘛!忍不了就在房间吃块巧克力和饼干对付对付嘛!""那怎么行呢?听说 Abel 很喜欢吃中国 noodles(面条)呢。"这话甚至有些激怒了中国男老师。"喜欢 noodles 就煮 noodles 呀!至于这么巴结吗?""当然至于呀!子非鱼,安知鱼之乐?"

人文学院的两桩丑闻给全校师生都带来了无比的欢乐。当然,说全校有些夸张了,因为也还是有不少置身事外的人,比如章培树,他从来不爱听这一类小道消息,没工夫,也低级趣味了;也有虽然知情却一点儿也不欢乐反而很生气的人,比如院长老文,本来下一年他就要从院长位置上退下来了,临了临了,给他来上这么一出,生生把他的功德圆满变成了小尼姑下山。太让人生气了!不过,大多数人还是很喜欢这一类丑闻的,毕竟评估给大家带来的压力太大,而这种事情解压功效一点儿也不亚于舒压缓心片,或牛黄清热散,或酸枣仁呢。本来中文系资料室经常门可罗雀的,但那段时间变门庭若市了。老师们下了课纷纷往资料室跑,姚老太太激动坏了,把那个叫小吉的临时工支使得团团转。"小吉,你把这盆长寿花搬到那个绿书架后面去,在这儿碍水碍脚的。""小吉,你到隔壁外院打壶水来,这两天我们这个楼的自来水一股子碱味儿,泡的茶不好喝。"学校网络也忙得很,大家有事没事就上校园网瞄一眼,看看有没有"关于某某某的处分意见"这一类公文出来,都白看了。校园网上每天推送的,都是领导讲话,或者学校又取得了什么什么成绩,又上了什么什么台阶,都是普大喜奔的好消息。大家有些怅然若失,但也十分理解,评估期间,以大局为重,负面的消息自然要搁置不提。

之后孙老师就调走了,有人说调到广东一所私立中学去了,也有人说调到温州一所专科学校去了。"一个跳来跳去的女人。"确实,这差不多是对孙老师的总结陈词了,类似于论文中的结语部分。一个不好的结语。毕竟对女人而言,爱跳不是什么好习惯。女人又不是兔子,又不是袋鼠,老跳来跳去干什么?女人身上可贵的是植物性,而不是动物性。

至于那个 Abel,也不知道学校是怎么处理的,反正他照样上课,课间照样用他中非合璧的方式唱歌。

二十三　非升即走

不出老尚所料，季尧副高没上。

人文学院这次一同参评的，总共有九个博士，而学院只有两个副高指标。

比例是九比二。

但鲍小白肯定会上的，这个大家心里有数，人家硬实力有——C刊论文和国家课题的数量遥遥领先；软实力也有——系领导院领导对她印象也都很好，所以鲍小白这一次上副高，应该是没有任何悬念的。

那么，剩下来的就是另外八个博士争一个副高指标，也就是说，比例不是九比二，而是八比一。

很残酷的竞争，因为八个博士都和学校人事处签了六年期"非升即走"的合约。

什么叫"非升即走"，就是在这六年期间，要从讲师升级为副教授，否则，就卷铺盖走人。

不过，其中有五个博士，是还没有到年限的。也就是说，刀还没有架到他们的脖子上呢，如果这一年没上，他们还有明年或后年的机会。但季尧和另外两个博士不同，已经是第六年了，也就是说，这一年如果评不上，就真的要卷铺盖了。

听说章培树是力保季尧的，章培树是学院职称委员会的核心人物，颇有话语权的。他以前听过季尧的课，非常欣赏季尧，认为这个年轻人身上有一种苏东坡式的既放达又不合时宜的风度品质。这是特别珍贵的。现在不是有"破五唯"的政策吗？章培树教授就是用这个来为季尧极力争取的。不太容易，毕竟季尧在科研成果方面不如其他几个博士。加之章培树这个人，虽然在学术上德高望重，但他毕竟不是行政领导。所以说话的分量，以及对选票的导向性，完全不如真正的领导来得管用。听说，就在他铿锵激昂、情真意切地为季尧说话之后，某位领导——就是何况之前在学校作探幽索隐式散步的时候，无意中撞到过正和女下属做"不太好说的"事情的那位领导。那位领导和女下属的姓名季尧是后来知道的，何况有一次说漏了嘴，告诉了季尧。不过，那时季尧已经离开学校好几年了，就算知道了也无关紧要了。在章培树之后，轻轻提了一句何况，说何况这个年轻人，"有谦虚的美德"。结果，四两拨千斤，季尧的得票数就落在何况之后了。章培树气得当场就拂袖而去了。

在第一时间打电话来慰问季尧的，不是章培树，而是老尚。章培树从头到尾也没有对季尧说什么。"小季，太遗憾了！"季尧当时正站在香奈喜背后看她煮乌冬面，金黄的荷包蛋，翠绿的生菜叶，在清澈的面汤里，简直有一种"池塘生春草，园柳变鸣禽"之诗情画意。季尧之前没想到，在青椒园的两箪食两瓢饮的生活可以过得这么美，这么好，正幸福和伤感间，手机响了。老尚的电话让季尧迷茫了几秒钟。"遗憾？遗憾什么？"然后突然反应过来，是职称。他不知道这个下午学院评职称呢。不是下周五才评吗？之前何况告诉他是下周五呢。这种事情总是搞得很神秘的。而季尧也不去打听，与其说是不关心，不如说是鸵鸟心态。季尧一向对这种事情习惯逃避的，烦，不喜欢。不像其他人，比如何况，会把评职称的文件研究个透，还会上知网查一同参评人的论文，谁在什么什么期刊发了什么什么论文，都会搞得一清二楚。知己知彼，百战不殆。但季尧对"知彼"完全没有兴趣，烦是一方面，另一方面也是觉得这种事情很无聊很没有意义，有那个工夫，不如读几页《东坡志林》呢，不如考香奈喜几句诗呢，不如看窗外的秋风扫落叶呢。已经秋天了，曾经的枝繁叶茂日渐变稀疏了，像中年男人的头顶。想到这个秋天很有可能是他在青椒园过的最后一个秋天。他还是很惆怅的。不管怎么说，他热爱现在的工作，也热爱青椒园的生活。之前一箪食一瓢饮的生活都爱得很呢，更别说现在和香奈喜两箪食两瓢饮的生活了。可以的话，他愿意这样过上一辈子呢。一屋两人，三餐四季。当然，关于"一屋几人"这个问题他和香奈喜的意见不能统一。季尧希望有一天可以把"一屋两人"变成"一屋四人或一屋五人"，而香奈喜希望"一屋三人"。他想想也同意了。"多了这儿可住不下。"他说。下意识里，他已经把青椒园当永远的家了。

虽然因为个性的散淡和骄傲，他对评职称这事一直不闻不问，一副云淡风轻的样子，其实内心一点儿也不云淡风轻呢。"你肯定上的，我们人文学院领导还是有人道主义情怀的。"何况这么说。季尧听了不舒服。何况这一年也要评副高呢，但他比季尧晚一年进学校，也就是说，还没到"大限"——博士们把第六年称作"大限"。人心都是肉长的，条件相差不大的情况下，评委们还是会偏向"大限"博士的。鸟之将死，其鸣也哀。虽然博士们，有的不爱鸣，像季尧这种。有的爱鸣，像新闻系一个博士，动不动就说："大不了走人，此处不留爷，自有留爷处。"这话听起来似乎铿锵有力，其实不过是"煮熟的鸭子嘴硬"

呢。如今的博士，多如过江之鲫，行市并不好。尤其还是他们这种"再醮"的——这也是博士们的自嘲，博士被这所学校解聘，再和哪所学校签约，和女人"再醮"情形也差不多——一般都是每况愈下。但鸣与不鸣，或者如何鸣，都让人唏嘘。想当年博士是何等风光，如今竟然沦落至此，想想还是让人心酸的。孟子不是说人皆有恻隐之心吗？领导也是人呢。何况所谓的"人道主义情怀"，就是这意思。但何况这话，季尧不爱听。季尧虽然想上副高，但他不想因为什么"人道主义情怀"上。他可是"才华纵横溢"的季尧——"才华纵横溢"是一个师弟毕业前刻给他的闲章，虽说是溢美之词，但季尧自认为师弟其实也没溢多少。所以即便他这次上不了副高，按学校"非升即走"协议要离开学校，他的处境也不能是杜甫西邻那种，而是李白"停杯投箸不能食，拔剑四顾心茫然"那种。

天生我材必有用，直挂云帆济沧海。

季尧虽没有李白"济沧海"的雄心壮志，但"我材必有用"的信心还是有的。

"运气不好。"老尚说。运气确实不好。本来季尧的"露台读书会"搞了几年了，在学校影响也有了，但因为之前学校发生的两个丑闻都和读书会相关——徐毋庸的性贿赂丑闻虽然后来查明是子虚乌有，但乌有不乌有不重要，总之他"夜航船"读书会的两个女生为他争风吃醋的恶劣影响已经造成了；至于后面孙老师和黑人留学生的事情，按说和"露台读书会"没有半毛钱关系，但因为这两个人是在季尧举办的露台宴上认识的，所以也就和"露台读书会"扯上了关系。于是学校在发生了那两个丑闻之后，勒令人文学院的几个读书会停办了——不是用文件方式勒令的，而是用口口相传的方式勒令的。顾春服因为这个还跑到老文那儿闹了一次，当然也是白闹，这也不是老文能做主的事儿。季尧虽然觉得学校反应过度了，但他没有动不动找领导说事的习惯，只得把"露台读书会"停了。当然，停归停，那些学生，比如陈科费丽丽几个，时不时还是会来找季尧。"太想老师了。"费丽丽喜欢抒情。而陈科不抒，只是对了季尧笑，花痴一样。公寓这么小，之前他们来都没地儿坐呢，现在还有香奈喜，更没地儿了。然而也不能去露台——那是"顶风作案"，季尧开玩笑说。确实，他们都想念露台上的风了，想念费丽丽在月光下唱"明月几时有"的时光。

　　季尧的"露台读书会"一停，把本来属于季尧的优势停没了。老尚说，这也怪季尧自己。如果杜校长来参加读书会的那次，季尧听了老尚的建议，把海报贴到行政楼去，和社会学系法学系的年轻老师那样，"模拟法庭"不就是这样打出影响的吗？再投其所好地在读书会上讨论一下杜校长的案头书《联大八年》，再让记者采访一下校长，以某个学生口吻写一篇"校长参加了我们读书会"之类的文章在校园网上发个头条，杜校长一高兴，季尧的"春风化雨奖"不就有了？一旦有了"春风化雨奖"，那这次的竞争力就大大不一样了。但季尧玩清高，竟然把这个大好机会让给了鲍小白——那次读书会季尧撂挑子后是鲍小白顶上的。当时老尚着急上火地找到鲍小白，鲍小白二话不说就答应了。为什么不答应呢？鲍小白聪明着呢。"露台读书会"是季尧花好几年时间精力搞的，好不容易搞出点儿名堂了，可以在校领导那儿邀功领赏了，季尧却不要，把邀功领赏的机会让给了她。不要白不要呢——后来老尚为了在杜校长面前交代，说"露台读书会"是中文系几个年轻老师一起搞的。这也是老尚机智呢，想方设法把这事圆了过去。不然，就被季尧害死了。而鲍小白却是救老尚的那个人。她既在杜校长那儿露脸了，还让老尚欠她一个人情，一举两得。而季尧那只鹦鹉鹉，却一举两失，蠢死了。还有国际交流学院的事儿，也蠢。人家胥院长要成立一个"留学生戏剧社"，请他当戏剧社的指导老师，多好的机会呀！他却不识抬举，说什么"我就算了，你们还是问问其他老师吧"，把胥院长气得花容失色。他也不想想，领导是好得罪的？尤其是女领导？胥院长一气之下，果然去"问问其他老师"了。她不是自己问，而是让手下人问。她发现学校这地方，和行政机关还是不同的——她来学校之前，在省外事办待过，还在宣传部的文艺处也待过，那种地方基本不会有季尧这种给脸不要脸的人。好在学校季尧这种人也不多，"其他老师"倒是一口答应了。但胥院长"让薛宝钗走向世界"这项文化工程最终还是流产了，因为留学生不怎么愿意配合。相关老师想了各种办法：发水果、发误餐券，甚至许诺排练节目算学分，也没什么作用。这些留学生似乎对"让薛宝钗走向世界"压根没有兴趣。而胥院长后来因为又有了他的"文化战略"，也就撒手不管这事了。胥院长一不管，这事就歇菜了。这也没什么，学校大多数事情结果都这样的。但老尚后来见到胥院长，也还是讪讪的。这都要怪季尧这只鹦鹉鹉成事不足，败事有余。他还排练什么《薛宝钗的扇子》？连薛宝钗的"好风凭借力，送我上青云"都不懂。老尚给他的"风"，可不是一般的"风"，而是"大风"呀——不论是杜校长，还是胥院长，在他们学校，还不能算"大风"？"好大的风"呢！

要知道，学校"非升即走"的政策也是有灵活性的，如果签约的博士对学校有突出贡献，或者对学校的发展有价值，也是可以另当别论的。而博士有没有贡献或价值，还不是由领导说了算？如果杜校长或者胥院长，他们愿意为季尧说上一句半句话，季尧也就不至于"非升即走"了。

老尚表达了痛心。他一直对季老师是寄予了厚望的，也语重心长地点拨过他，但他自己不上心，辜负了老尚对他的悉心栽培，老尚也无能为力了。

接下来怎么办？老尚问。季尧又挠挠后颈窝，好像这种事情和中午吃什么、下周让学生读什么书一样让他伤脑筋。老尚又好气又好笑，这个人，总是分不清孰轻孰重，好像他不是生活在地球，而是生活在没有地心引力的太空，各种物质之间没有重量的差别，而且也不知道未雨绸缪。别人谁不是早早就找好了下家，没有像季尧这样的，一副完全没料到的样子。

这只鹦鹉鹉！

老尚对季尧，一直都是哀其不幸恨其不争的。

二十四 "我们要不要去札幌?"

"我们要不要去札幌?"香奈喜问季尧。

离校手续已经办得差不多了,按学校的规定,期末他们就必须从青椒园搬出去。

香奈喜也离开"川上日语"了,"川上日语"关闭了。

不仅"川上日语",芳茵路上曾经鳞次栉比的培训机构都关闭了。

听说这是中国政府为了鼓励年轻人生育三胎的政策,因为各种各样的培训班和昂贵的费用,把年轻人吓得不敢生孩子了。

年轻人不想生孩子倒是和日本差不多。日本人口也一直负增长呢,老龄化比中国严重多了,所以日本政府对此也很伤脑筋,甚至束手无策。因为日本年轻人不生孩子的理由可不是付不起培训费那么简单,而是 —— 按日本经济学家大前研一《低欲望社会》的理论来说 —— 现在的日本年轻人完全没有欲望,既没有结婚的欲望,也没有生子的欲望,甚至还和中国的大熊猫一样,没有性的欲望。这就糟糕了。政府有办法关闭培训机构,但拿年轻人的低欲望没辙 —— 政府又不是潘多拉,可以打开一个盒子,把欲望放出来。

中国竟然也进入老龄化社会了。香奈喜不太相信,可能因为她的活动范围一直在学校吧,接触到的都是生机勃勃的年轻人和活泼可爱的小朋友，所以完全没有这个国家已经老了的感觉。不像日本——东京倒还好，可一出东京，在街道上杂货店遇到的，大多是白发老人。她大学有一个叫早纪的好朋友，是秋田人。学校放春假时香奈喜去她家玩，惊奇地发现秋田原来不仅盛产"小町"大米，还盛产老人。到处都是精神矍铄的老人。早纪家不大的起居室里，就团团而坐了四个七十岁以上的老人：早纪的御婆さん（祖母）、おじいさん（祖父），还有御婆さん两个打扮得花枝招展的好奇心很强的妹妹。她们一个涂了红指甲，一个穿了红裤子，围着香奈喜问东问西。早纪说，要不是隔壁家的おじさん（老头）去东京儿子家做客了，她们家起居室里还要多出一个老人呢。两个姨婆为了那个おじさん，每天都争奇斗艳呢。香奈喜惊讶极了。莱布尼茨说，世上没有两片完全相同的树叶，世上也没有两个完全相同的老人。秋田的老人和东京的老人真是太不一样了。秋田的老人真是太可爱了，香奈喜对早纪说。确实，比起早纪家的老太太，香奈喜的御婆さん可是严肃和端庄多了。后来香奈喜在 Isabella 的手机里见到她祖母，发现西班牙的老太太比秋田的老太太更鲜艳和活泼，还会跳弗拉明戈舞，还会穿花短裙和宝蓝色的长靴。

　　人生是多么美好呀，老了还可以"把丈夫/寄存在便利店里/然后去旅行"。香奈喜把这首"银发川柳"读给季尧听。"银发川柳"其实就是老人写的俳句，现在日本很流行的。这也是日本社会老龄化的一个表现，连诗歌都老年化了——季尧很认真地告诉她："以后不要把我寄存在便利店里，非要寄存的话，也要寄存在旧书店里。"

　　"好的，那我把你寄存在旧书店里。"香奈喜说。

　　他们总这样，喜欢一本正经地开一些无聊的玩笑。

"无聊的"是朋友的说法，他们自己倒是觉得有聊得很。

去札幌其实是莉莉雅的建议。莉莉雅是个抽烟的现代女性，然而身上也还保存了部分传统女性的美德，比如母爱。虽然不是《傲慢与偏见》里班纳特夫人那种老母鸡护雏式的愚蠢母爱，而是会在电话里问香奈喜"你和你的濑户烧那方面怎么样"的开明母爱。自从见了季尧之后，莉莉雅就一直叫季尧"濑户烧"。香奈喜抗议过好几次，"是季さん（先生），季さん（先生）"。莉莉雅不理她，依然叫"濑户烧"。香奈喜不会告诉莉莉雅她和季尧"那方面"的事情，但季尧和她同时失业的事情，她也觉得"兹事体大"——这是她从季尧那儿新学到的一个词语。"中午想吃什么？""兹事体大，让我想一想。"于是在电话里告诉了莉莉雅。"你们愿不愿意来日本工作？"没想到，莉莉雅听了不但不着急，反而很激动地问。原来她有个同学在札幌的孔子学院当教导主任，上次聚会时还问到香奈喜要不要去他们学院当老师呢，他知道香奈喜是东京大学中文系的高才生。"你不是爱吃札幌的虾夷鹿肉吗？我记得有一年暑假札幌旅行时，你一个人吃了两份呢。对了对了，你回来办婚礼吧！你回日本办婚礼的话，你御婆さん应该会高兴的。她一直那么喜欢你，她从来不喜欢我，但她喜欢你。你找了一个中国男朋友这件事，对她打击可不小。每次见了都要抱怨我呢，说要不是我支持你去中国留学，就不会有什么中国男朋友的事情了。对了，你们可以去富良野度蜜月，七月富良野的薰衣草多美呀！多美呀！"

莉莉雅的热情洋溢一时间感染了香奈喜。香奈喜虽然是在东京长大的，但比起快节奏的拥挤的东京，她更喜欢空旷的慢悠悠的北海道那种地方。又有虾夷鹿肉，又有海鲜，又有薰衣草。或许去札幌的孔子学院当老师也是个不错的选择呢。

她有些激动地把这事和季尧说了。

"我们要不要去札幌？先在那儿工作一段时间，如果觉得不习惯，我们再回来。"

仍然是香奈喜"要不要"的委婉体，但这一回季尧不为所动。

季尧从来没有想过自己去日本工作。他倒是想过去日本拜见香奈喜的家人，去日本看奈良的樱花，去日本看金阁寺，去日本吃香奈喜喜欢、鲁迅也喜欢，被夏目漱石视为"美术品"的藤村羊羹。但也只是想十天半个月的短暂拜访而已，并非想去日本生活。

孔子曰，父母在，不远游。

虽然这是古典原则，现代年轻人无法遵守，但父母在，不远住，这一点还是要做到的。

他是季家的独子，他去日本了，父母怎么办？

而且，他一个研究中国古代文学的博士，去日本干什么？去研究松尾芭蕉的俳句吗？

这话香奈喜不爱听。因为季尧的言下之意，有对日本俳句的小看。之前季尧给她读诗的时候——读诗是他们经常性的一种娱乐方式，尤其两人喝酒喝高兴了的时候："季老师，给我读首诗吧。"这事季尧也喜欢，于是就给她读了。读哪首呢？她还挑三拣四，不读《离骚》，太难了！不读赋，太长了！不读七言诗。七言诗没有五言诗简洁。季尧于是就给她读五言诗了。"江南可采莲，莲叶何田田。鱼戏莲叶间。鱼戏莲叶东，鱼戏莲叶西，鱼戏莲叶南，鱼戏莲叶北。""春眠不觉晓，处处闻啼鸟。夜来风雨声，花落知多少。"太美了，香奈喜喜欢。有时香奈喜也给季尧读日本俳句，读松尾芭蕉的"寂寞古池塘，青蛙跳进水中央，扑通一声响"，读小林一茶的"来了罢来了罢的等了好久，饭同冰一样的冷掉了，年糕终于不来"。读完了，问季尧怎么样，这是要季尧夸了。季尧说："有意思倒是有意思，就是太——""太怎么？""太不像诗了。"香奈喜不高兴了。诗和诗是不一样的，就像日本老太太和中国老太太不一样，不能因为日本老太太长得和中国老太太不一样，就说日本老太太"太不像老太太了"。日本的诗，最珍贵的是，有禅意。季尧不以为然。诗歌第一要素是情感。抒情性才是诗歌第一审美要素。而且，若论禅意，中国诗也不缺禅意呢。王维的"人闲桂花落，夜静春山空。月出惊山鸟，时鸣春涧中"没有禅意吗？苏东坡的"人生到处知何似，应似飞鸿踏雪泥"没有禅意吗？倒也是，香奈喜承认季尧说得有道理。她也喜欢王维的这首诗，也喜欢苏东坡的这首诗，但这不影响她觉得松尾芭蕉和小林一茶的诗也好。不一样的好法。苏东坡和王维诗的禅意，是中国士大夫的禅，在山中，在天上。而松尾芭蕉和小林一茶的禅，在庭院，在厨房，是日常生活中的禅呢。作为一个女性，她更能和这种"庭院里的禅意"发生共鸣。

"庭院里的禅意"，倒是有意思。

但季尧还是不打算去日本研究这种"庭院里的禅意"的诗歌。

不去就不去。香奈喜告诉莉莉雅，他们不去札幌了，也不问季尧要何去何从。这是香奈喜的好。

在有些事上——比如日本俳句，香奈喜会和季尧争论不休，但在有些事上——比如工作和房子的问题，她却能举重若轻地一言带过。

甚至莉莉雅也如此。当香奈喜在视频里说他们不去札幌了的时候，她也没有多说什么，马上兴高采烈地和季尧聊起了上次他们一起采访中国女性厨房的事情。

季尧的日语还停留在"こんにちは"(你好)、"さようなら"(再见)和"すみません"(对不起)的程度上,所以莉莉雅和他聊天,香奈喜必须在一边帮他们翻译。

虽然香奈喜也想让季尧学日语,有一次还给季尧制定了一个学习时间表,以及奖惩制度,但季尧不是个好学生,学半天,连"今夜は月が绮丽ですね"(今晚月亮很美)都说不好呢。

最后只好不了了之。

"如果你学会日语了,你就知道松尾芭蕉和小林一茶的诗歌有多好。"香奈喜不无遗憾地说。

再怎么好,和苏东坡和王维还是有差距的。季尧想。

但季尧喜欢香奈喜的这种遗憾,怎么说呢,是一种"不落俗套的遗憾"。

二十五 "几介居"

"几介居"离庐山不远，开车过去只要半小时左右就可以了。

车是李爱的，一辆深灰色别克商务车，七人座，被周边和郑洛水称为"我们的大巴"。

"今天天气好，开上我们的大巴，咱们去庐山看'日照香炉生紫烟'吧。"周边说。

"总看生紫烟有什么意思？现在正是蓼子花开的时候，咱们何不跑远一点，去鄱阳湖看蓼子花？"郑洛水说。

每次都这样，如果周边建议去这儿，郑洛水就会建议去那儿，反正要唱对台戏，最后总是由李爱拍板。虽然车子被他们戏称为"我们的大巴"，但司机却是李爱，所以他想去哪儿，大家就得跟着去哪儿。

去哪儿季尧都无所谓，反正他都不去。比起去看'日照香炉生紫烟'，或者去"横看成岭侧成峰"，季尧情愿坐在自家廊下看书，一边看书，一边看爬在围墙上的丝瓜花南瓜花。

丝瓜南瓜是郑洛水夫妇种的。郑洛水是中国农业大学的博士，搞作物学研究的；他夫人是南京农业大学的博士，搞园艺学研究的，两口子都喜欢种东西。"我就是因为这个大院子才来到这儿的。"他夫人说。这当然是戏谑，她一个浙江大学的副教授，屈尊来到南方一所二本学校教书，最直接的原因，是因为郑洛水被浙大解聘了。他们俩是同一年进的浙大，都和学校签了非升即走的人事合同，结果，他夫人倒是升了，可以不走，但郑洛水没升，得走。嫁鸡随鸡，嫁狗随狗，她也就紧随郑洛水之后来到这儿了。不过来了之后倒也不觉得委屈，这儿山清水秀土壤好，还有这么个美艳不可方物的房子，还有这么个大到梦幻的院子，简直是园艺家的天堂。关键"几介居"的其他几介，没有哪个对种植感兴趣。于是这么梦幻的大院子不需要瓜分，全归他们夫妇俩，他们想种啥种啥，丝瓜冬瓜南瓜什么的，那是小儿科，他们还种了不少寻常看不见的蔬菜水果，比如朝鲜蓟、墨梅番茄和Bet Alpha黄瓜。后两种蔬菜都是以色列品种。郑洛水以前到希伯来大学访学过一年，对以色列的沙漠农业奇迹十分惊叹。墨梅番茄不是红色的，而是黑色的。"这种番茄维生素特别丰富。"郑洛水夫妇说。但季尧还是更喜欢红色番茄，黑色番茄做蔬菜沙拉还勉强能吃，一炒鸡蛋，黑乎乎的，季尧就基本不下筷子了。"色恶，不食"，孔子的这一原则，季尧还是很认同的。

"几介居"是一栋二层楼建筑，李爱设计的。李爱是武汉大学建筑学院的讲师，也是因为学校"非升即走"的政策才来到这所二本学校的。其实他们几个情况差不多，都是因为科研没有达到以前所在学校的要求，被学校解聘了。而现在学校的校长，又有曹操广揽天下英才之野心和态度，于是他们就被广揽过来了。本来学校要给他们在附近楼盘一人买一套三室两厅房子的，但他们几个一起看房的时候，突然心血来潮，想自己建一栋。这应该属于书生之冲动，带有不切实际的臆想性质，但没想到，这不切实际之臆想，竟然实现了——当他们向学校试探地提出这个要求的时候，学校十分重视，马上打报告向当地政府要地，而当地政府也支持学校"广揽天下英才"这个战略性计划。还有，因为学校在郊外，地价不贵，于是市长大笔一挥，很豪迈地给他们批了五亩地。这极大地鼓舞了他们。他们这些人，本来是带着"同是天涯沦落人，相逢何必曾相识"的感情打算住一起，志同道合高山流水互相慰藉的，不管他们出处如何辉煌，但如今落草的凤凰不如鸡，他们是有这种心理准备的。没想到，地方政府竟然一下子批给他们五亩地！五亩地到底有多大，除了李爱，其他人其实没概念。李爱把他们带到郊外，实地量给他们看。从这儿到那儿，周边站这儿，郑洛水站那儿。天哪！"我都看不清你的脸了！"周边在这边惊呼。"你说什么？我听不见。"郑洛水在那边侧了头做以手附耳状。倒不是夸张，他们都近视，隔了五亩地，真看不清对方的脸呢。大家高兴得什么似的，也感动得什么似的，一个个都生出了"士为知己者死"之慷慨激昂的情感。即便季尧，这个一向反对"空间至上主义"的人，现在也被这五亩地搞得心潮澎湃。五亩地在九江，九江在东晋叫柴桑呢，也就是陶渊明归园田居之地。陶渊明是季尧喜欢的诗人，除了苏东坡，就数陶渊明了。"榆柳荫后檐，桃李罗堂前。"季尧对五亩地的未来样子，马上就有了自己的想象。但也就是想象了一下而已，季尧四体不勤，所以不论榆树柳树，还是桃树李树，季尧后来一棵树也没种，而有种植兴趣的郑洛水夫妇，却没有这种文学情怀。好在，季尧对树对花不挑剔。没有桃花李花看，就看南瓜花丝瓜花，也好看呢。

房子设计自然是李爱的事情，这本来就是他的提议，又是他的专业范畴，所以责无旁贷。其他人也很关心，时不时对李爱的设计从构图到材料提些建设性或非建设性意见。李爱能采纳则采纳，不能采纳则说明原因。所以也算群策群力。房子建了一年多，建成后大家都十分满意。它既东方又西方，既南方又北方，既古典又现代，既浪漫主义又现实主义。徽居的青砖灰瓦，北京四合院的结构，却有一个罗马式无比宽大的拱廊。这栋建筑拱廊的设计是李爱最得意的所在，设计灵感既来自苏州园林的亭台轩榭，又来自那个号称"米兰的客厅"的意大利米兰－艾曼纽二世回廊。长方形回廊是中式的；但东南端交叉处的大圆形拱廊却有"米兰的客厅"的华丽气质；灰蓝色玻璃和铸铁的拱顶；蛋青色和橄榄色相拼的马赛克地砖，又明亮又开阔，又典雅又实用，后来成了"几介居"最重要的活动场所。它既是会客室，也是娱乐室，也是工作室，也是礼堂。季尧会在这儿搞读书会，李爱会在这儿搞他的"星期天午间沙龙"。李爱的夫人何小敏在这里放电影。他们家有一部很高级的投影仪，之前何小敏在武大是上电影专业课的，但这边没有电影专业——或者说电影专业正在建设中，按校长的说法。何小敏老师那些丰富又专业的电影知识，除了上上选修课，就只能给他们传授了。要知道，有知识而没有对象传授，那也是很痛苦的。类似于哺乳期的妇女，找不到对象哺乳。所以他们在拱廊看过不少电影呢：伊朗的《纳德和西敏》、法国的《秋天的故事》、瑞典的《野草莓》。有些电影好看，也有些电影不好看。比如美国的《低俗小说》、德国的《罗拉快跑》，要么颠三倒四，要么重复啰嗦，简直让人看不下去。但何小敏说"你们不懂"，然后把他们当学生，从它们在电影史上的地位，到它们独特的叙事手法，叽里呱啦地给他们讲上半天。看个电影，不过是想轻松轻松，谁要知道它们的叙事手法呢？不过，大家一般都让她讲，因为李爱私底下请他们多多包涵呢，说何小敏老师憋坏了。圆形拱廊算"几介居"的大型场所，所以多用来搞集体活动，但周边和郑洛水也喜欢坐在这儿下围棋，说坐在这儿下棋和坐在房间下棋格局是不一样的。他们的友谊基于围棋，他们的矛盾也基于围棋，两人都是围棋高手，但郑洛水的棋艺比起周边来，还是略逊一筹，脾气却比周边急，嗓门也比周边大，于是下着下着，两人就闹得"几近失欢"，有时严重了，就不是什么"几近失欢"，而是真失欢了。那也没关系，郑洛水喜欢翻脸，也喜欢求和。"我们和好如初吧！"这方法本来是郑洛水对付夫人的绥靖方法，他把它推而广之到其他人身上了，反正都行之有效。两人于是和好如初了。"唉，谁让我有雅量呢！"周边说。其实不然，而是整个"几介居"里，也就他们两人会下围棋——季尧的围棋水平，连郑洛水的儿子小番茄都下不过呢。所以在他俩这儿，根本不算会下围棋——只能和好如初了。

除了东端那个华丽的拱廊，这建筑还有个迷人的所在，那就是西端的餐厅。餐厅的面积比圆形拱廊小一点，但建筑风格基本是统一的。上端同样用玻璃和铸铁采光，下端同样是蛋青色和橄榄色相拼的马赛克，既文艺又生活，既古典又现代，既东方又西方，有长方形大餐桌，也有沙发茶几。下雨天，他们可以坐在里面把酒看雨想心事，天气好的时候，他们可以把桌椅搬到外面，一边吃着喝着聊着，一边看远方"山气日夕佳，飞鸟相与还"的美丽景致。

让他们没有想到的是，"几介居"后来成了学校"广揽天下英才"的一块金字招牌。宣传册上的"几介居"，还有他们这些人在"几介居"里的生活和活动场景——他们甚至不知道照片是什么时候拍的。他们在拱廊下看书看电影，他们在长餐桌上一边吃饭，一边讨论，一边看远处云雾中的庐山，他们在院子里摘墨梅、番茄、南瓜，看起来真是美好呀。连他们自己都惊叹不已。于是不断有他们的师兄师妹们来打听这儿的事情，然后提出要来这儿实地考察，他们能拒绝吗，只能"欢迎欢迎"。

　　欢迎的结果就是那些被"非升即走"政策淘汰下来的师兄师妹们有不少也来到这所二本学校了。校长眉飞色舞地说自己是"捡漏"的行家里手。校长是个精明且有远见的人，又有魄力，脑子又清楚，他知道如果没有这种政策，这些名校毕业的博士们，无论如何轮不到他们这所二本学校呢。机不可失，时不再来，他一定要趁其他学校还没反应过来，发扬"闷头鸡子啄白米"的低调精神，把天下之落魄英才尽快网罗到他们学校来，然后给他们礼遇，给他们时间，给他们空间，给他们个性和学术的自由。他不相信搞不出名堂——他要的名堂可不是什么C刊论文什么项目课题。他知道这方面无论如何也拼不过那些985和211学校的。再说这些落魄英才之所以落魄，就是因为他们不搞那些呢。所以他要剑走偏锋要反弹琵琶，不按时下办高校的那一套来，而是反其道而行之，对他们既没有论文和课题考核，也没有教学督导。不需要。学校不是车间，不能用计件制来管理。某某今天缝了多少多少件内衣的纽扣，某某今天车了多少多少个零件，那是管理缝纫女工和车工的方式，而不是管理学者的方式。如果剑桥当年这么管理爱因斯坦，他不可能有时间坐到苹果树下发呆，当然他也不可能坐到其他树下发呆。事实上，他压根就不可能养成发呆的习惯。而牛顿如果没有发呆的习惯，他就不可能被苹果树上掉下的苹果砸到，也就不可能发现万有引力，物理学上最伟大的经典力学体系也就不能建立起来。那剑桥也就不能成为剑桥了。所以，一个一流的学者，需要自由放飞的灵魂，还有可以随意安放的身体——至少可以坐到苹果树下，不，他们这儿没有苹果树，只有桃树和李树，那就坐到桃树和李树下，伸伸腿，发发呆。当然，校长不是指望他们再发现一个万有引力理论，而是——而是什么呢？校长也不知道，可正因为不知道他们会做出什么来才更值得期待呢。校长野心大着呢，他希望若干年后，在他们这所名不见经传的二本学校，能够出一个半个像样的学者，不是拿"某某江学者"的那种学者，而是能够创立出一套理论体系，可以让中国人在全世界推广"子曰"那种，可以站到斯德哥尔摩的领奖台上的那种。那样的话，他也算为中国高等教育探索出了一条可行之路。

于是学校在"几介居"边上，又依样画葫芦地建起了几栋一模一样的建筑，依次取名为"几介居之二""几介居之三""几介居之四"。校长想在他任期内，可以把"几介居之几"至少发展到两位数的规模。

季尧没想到，他随口一说的"几介居"，会有如此的繁荣昌盛。建筑落成后，李爱说要在院门口挂一个门牌，大家就把这事交给季尧了，他是唯一一个文学博士，也是建楼过程中献计献策最少的人，这种时候还不出力什么时候出力？大家这么一说，季尧不好意思了。略一沉吟就说出了"几介居"。李爱问他的意思，他说是出自"一介青衿夫复何求"，大家觉得这个取意好，文学博士果然是文学博士。本来周边还开玩笑说干脆叫"非升楼"，郑洛水开玩笑说"讲师楼"呢，当然都不行，有使小性子的意思呢，格局不高了。他们现在可有"而今迈步从头越"之雄心壮志呢，要创造一种理想的教育，创造一种理想的生活。于是院门口的左侧就挂上了一个半米长宽的四方形门牌，用酸枝原木，松花色字，小篆字体，是李爱的手笔。本来李爱想让季尧写的，但季尧这下可不敢了，他有自知之明，连学生都说过"季老师人帅字丑"。

因为是四合院，所以他们四家东西南北各住一间。间间结构都一样。一楼是起居室和厨房,二楼是卧室和书房,书房外有个小阳台,坐在小阳台上,就可以看下面池塘的景致。池塘在西面,季尧正好住西边。香奈喜特别喜欢那个小池塘,有事没事就坐那儿看。季尧说,这下好了,你都不用下楼,坐这儿就可以情景交融地体验松尾芭蕉的俳句了。"寂寞古池塘,青蛙跳进水中央,扑通一声响。"这地方青蛙确实不少,但意境却不是松尾芭蕉"寂寞古池塘"的意境,而是辛弃疾"听取蛙声一片"的意境。而且,除了青蛙,还有鸭子,还有钓鱼的人。经常来这儿钓鱼的是个老头,穿一件黑色衬衣,一件灰色背心,戴一顶米色宽檐渔夫帽。香奈喜从没看见他钓到过鱼,哪怕小鱼也没钓到过。"既然钓不到鱼,为什么还总来钓呢?"香奈喜不解地问季尧。"人家不是钓鱼,而是'独钓寒江雪'。"季尧说。"为什么老头都喜欢独来独往?我看老太太们都在广场跳舞呢,或者坐在小区花园里聊天,为什么老头不跳舞呢?为什么老头不聊天呢?却跑到这里来钓雪?你老了也这样吗?找一个有水的地方一动不动地坐着,然后说自己在钓雪?"季尧知道这是香奈喜在故意抬杠了,抬杠后来也是他们夫妇生活的一大乐子。"我才不钓雪呢,在南方池塘钓什么雪?钓草还差不多。'池塘生春草',这诗你读过吗?"这诗香奈喜读过的。香奈喜读过很多中国古代诗歌呢,认识季尧之前就读过不少,认识季尧之后就读得更多了。一个日本人,竟然会背这么多中国诗歌。这一点,简直让"几介居"的理工男又惊讶又不服。有时他们会叫嚷着要和香奈喜PK一下,让季尧当考官。这也是"几介居"的娱乐之一。"几介居"的人都喜欢考试,逮着什么考什么。考园艺蔬菜什么的,就由郑洛水夫妇做考官,考建筑什么的,就由李爱做考官,而考诗歌就由季尧做考官。周边和郑洛水一边摩拳擦掌,一边交代季尧不要徇私。

季尧嗤之以鼻，他的入室弟子和两个理工男比诗还用得着徇私吗？他徇他们还差不多。"问渠哪得清如许 —— 为有源头活水来""孤帆远影碧空近 —— 唯见长江天际流""飞流直下三千尺 —— 疑是银河落九天""郴江幸自绕郴山，为谁流下潇湘去"几道题都和水有关，这是徇搞水利专业的周边的私了。"春种一粒粟 —— 秋收万颗子""种豆南山下 —— 草盛豆苗稀""稻花香里说丰年 —— 听取蛙声一片""参差荇菜 —— 左右流之"几道题都和农业有关，这是徇搞农作物的郑洛水的私了。然而，他们比分都败给了香奈喜，不是根本不会，就是抢答没有香奈喜快。他们还不服，叫嚷着说他们头天晚上肯定商量好了的，考官与考生睡一张床，别人怎么考得过？于是换考官，由李爱来考。李爱自己会的诗也不多呢。没关系，从季尧书房随便取一本诗词出来，还是李爱说上句，他们抢答下句。"小楼一夜听春雨 —— 深巷明朝卖杏花""晚来天欲雪 —— 能饮一杯无""人间四月芳菲尽 —— 山寺桃花始盛开""长风破浪会有时，直挂云帆济沧海"。这下他们没话说了，因为结果一样，他们的比分还是落后于香奈喜。

这样的比赛是有奖惩的。奖惩什么视情况而定，有时输了的人要表演一个节目，有时输了的人要请吃一顿饭，有时赢了的人可以决定去哪儿玩。

一般去庐山，但同一座庐山，他们几个人要看的景点也不一样。如果是周边做主，他就要去秀峰看"飞流直下三千尺"；如果由李爱做主，他就要去看美庐看牯岭老别墅；如果是郑洛水夫妇做主，他们就要去植物园。庐山有一个很大的植物园，占地三百公顷呢，很有历史，里面植物非常丰富，各种各样的植物标本，待在里面一天都看不完。郑洛水夫妇看得如痴如醉乐不思蜀，但其他人看上一个半个时辰就看够了。尤其是周边。"有什么好看的？有什么好看的？这片叶子那片叶子，这个花萼那个花萼，不都差不多。""怎么会差不多？差别大着呢，比如这棵白菜花的花萼，萼片是各自分离的，所以叫离萼；而那棵丁香花的花萼彼此是联合的，所以叫合萼。一般在花开后萼片脱落，但有些植物，比如番茄，花开过后萼片不脱落，直存到果实成熟，叫宿存萼。宿存萼有保护幼果的功能。而蒲公英的萼片变成毛状，叫冠毛，有助于果实和种子的散布。有的植物，比如凤仙花和旱金莲，花萼的一边呈短小管状突起，叫作距。"郑洛水是个北方男子，性子一向急躁的，但只要谈及植物相关的知识，这个急躁的北方汉子就变成了一个无比耐心无比温柔的人。

但如果由香奈喜做主，她就要去白司马花径。自从季尧告诉她白司马就是白居易，白居易的"人间四月芳菲尽，山寺桃花始盛开"就是描写这儿的，之后香奈喜对这儿就情有独钟了。她喜欢白居易的诗。"杨家有女初长成，养在深闺人未识。""回眸一笑百媚生，六宫粉黛无颜色。""在天愿作比翼鸟，在地愿为连理枝。"《长恨歌》她能全背出来呢，这是爱屋及乌了。不过，也不知道当年白司马看到的小径和今天他们看到的小径是不是一个样子，反正除了香奈喜，其他人也觉得这地方没什么好看的。"不就一条小路，两边种了几棵桃树，我看和我们学校的小路也差不多。"周边又说。周边这个人就是这样，按郑洛水的说法，就是"喜欢煞风景"。不过，这也是大实话，连季尧都觉得这条小路和学校的小路差不多，甚至季尧觉得还不如学校的小路。因为学校的小路更朴素更单纯，而这里的小路又是碑又是亭，还有络绎不绝的游人，太喧嚣了。香奈喜觉得不好意思，但她就喜欢白司马花径。学校的小路只是小路，但这里的小路叫花径,不一样。"径"比"路"古色古香多了,有诗意多了。名字很重要的,不同的名字,就有不同的气质。如果袭人不叫袭人,而叫"撞人"或者"冲人",那就没法听了。中国古代的人真会起名字呀,现代和古代比起来,差远了。香奈喜来中国好几年了,认识的中国女孩子也不少,都叫"小丽""琪琪"之类的,还没有听到过比"袭人"更美更有诗意的名字呢。

家人和朋友后来到这儿的时候,香奈喜都会带他们去庐山。人人都喜欢庐山,夏天喜欢庐山自不必说,因为它本来就是避暑胜地,最初被英国传教士看上并且租下,也是因为它清凉宜人。但如果他们冬天来,也喜欢呢,因为可以去庐山看雪,庐山的雪松美得 ——"像 Selfridges'①圣诞树。"艾米丽说。艾米丽是和 Isabella 来的,同来的还有 Leon 和戴维他们。他们都非常喜欢这个地方,喜欢这所学校,喜欢庐山,喜欢"几介居",尤其 Isabella,走到哪儿都大呼小叫的。"¡Madre mía! ¡Madre mía!"校长还宴请了他们呢,在"短歌行"。"短歌行"是学校招待贵宾的地方。酒过三巡之后,校长又热忱地表达了一番他广揽天下英才的想法,效果立竿见影。戴维当场就表态说他要来这所学校工作,至少回国之前,打算来这所学校先工作几年,然后再考虑是否回国。这当然和校长丰盛的宴席和热忱的邀请有关系,但也和鄱阳湖的候鸟有关系。香奈喜不仅带他们去看了庐山的雪松,还带他们去看了鄱阳湖的蓼子花和候鸟,还去了更远的景德镇看瓷器。和戴维不同,艾米丽喜欢景德镇的瓷器,特别是一种叫珐琅彩瓷的,她看了简直爱不能释手。但这种珐琅瓷又昂贵得她根本买

---

① Selfridges:百货公司,是伦敦最著名的百货公司之一。

不起。她想学习这种工艺，到时就可以自己设计自己制作了。所以她说她毕业后要去景德镇的"三宝村"，租间房当"景漂"。"三宝村"有不少外国人在那儿当"景漂"呢，她喜欢的那个珐琅彩瓷花瓶就是在一个英国人的工作坊看见的。那个英国男人叫 Ian，长得有点像艾米丽喜欢的詹姆斯·麦卡沃伊。艾米丽加了他的微信，两人聊得很开心。他来景德镇已经三年了，认识不少当地人，帮艾米丽找一间性价比高的工作室完全没问题的。

陈科和费丽丽也来过这儿，不止一次呢。"太想老师了"费丽丽又抒情。陈科不抒，只对季尧笑。陈科现在同济读研究生。费丽丽在上海一家文艺出版社做美术编辑。季尧还是看不出他和费丽丽的关系，有点像恋人，也有点像哥们儿。

二十六　致生活

莉莉雅和お父さん，还有慎太一起来中国过中秋节的时候，香奈喜和季尧已经是两个孩子的父母了。女儿季喜四岁了，是幼儿园中班的孩子，已经会背几十首中国古诗了，会用日语背十几首芭蕉的俳句了。当芭蕉的"古池や蛙飞びこむ水の音"（古池塘，青蛙跳入水声响）音乐般从季喜粉红花瓣一样美丽的嘴唇里流淌出来，お父さん惊讶不已。季喜长得像香奈喜，也就是说，季喜长得像他。他的两个孩子，慎太像雅子——莉莉雅是她到法国留学后给自己取的名字，但他从来不叫她莉莉雅，不伦不类的，太奇怪了。他只叫她雅子——香奈喜像他。季喜那圆圆的额头，抿嘴而笑的稳重神情，还有小手上一个个月亮般宝石般的指甲形状，都和他一模一样呢。基因真是神秘呀，复印机一样，怪不得人类迷恋生育，原来这也是永生的一种方式。お父さん感慨不已，惊叹不已，内心甜蜜柔软成了一个樱花和果子。其实，他在来的飞机上还是气鼓鼓的呢，还很倔强地不想理香奈喜呢。虽然在雅子的劝说下他飞到中国来了，但气并没有消呢。自从香奈喜嫁给了一个中国男人，他就不和香奈喜说话了。而香奈喜虽然看上去十分温柔，却也坚定着呢。他不理她，她竟然也不努力讨好他。虽然有时她会在电话里彬彬有礼地问一句雅子："お父さんは最近元気ですか？"（爸爸最近还好吗？）但从来不直接问候他。世界上没有能战胜女儿的父亲。生气归生气，想念归想念，甚至更加想念。雅子肯定看出来了，所以才劝他和她一起来中国过中秋节呢。香奈喜告诉他们，说中秋节是中国的团圆节。"既然香奈喜嫁到中国了，我们也要更加努力了解中国的习俗和文化。"雅子劝他。他才不管中国的习俗和文化呢，但他想念香奈喜，这想念甚至战胜了他作为父亲的自尊心和委屈。于是他半推半就地让雅子帮他买了飞机票，但一路上他一言不发，既不和慎太说话，也不和雅子说话，在机场见到了香奈喜也不说话。他果然也做到了，当香奈喜轻声问他："お父さんは最近元気ですか？"（爸爸最近好吗？）他假装没听见，只安静地看着车窗外飞掠而过的房屋、树木、田野。从机场到香奈喜住的地方，一个小时的车程呢，他就那么一言不发地，目不转睛地看着窗外。挺美的。他不得不承认。尤其到了香奈喜住的地方，更美了。青砖灰瓦，绿树掩映，房间也宽敞整洁，各种生活设施也现代方便。他带着审视的眼光一一看过来。他们的朋友热情好客，特意为远道而来的他们一家三口举行了丰盛的接风宴，宴后又在外面的草地上一起赏月，也风雅有趣。他们一边赏月，一边吃月饼，一边喝石榴酒，空气中还有一阵又一阵的花香氤氲——"氤氲"是香奈喜的词。他感觉到的是"浮かんでゆらゆらする"（浮动），香奈喜告诉他那是桂花香。为什么日本的桂花没有这儿的桂花香气馥郁呢？不论是东京的，还是名古屋的？雅子笑他矫枉过正了。之前那么忧心忡忡香奈喜的生活，总担心她过得不好，现在又这么夸张地表达对这儿的喜爱，连这儿桂花都比日本的桂花香。他不理雅子的嘲笑，没空理，他现在一心都扑在小季喜这儿呢。血缘真是神奇的妙不可言的东西呀。明明季喜和他只是初次见面，却很亲他。

当雅子从包里拿出一袋不二家的棒棒糖给她的时候,她认真仔细地打开包装,然后拿出一个棒棒糖递给他,他差点儿就哭了。而雅子好像更喜欢季风。季风还不到一岁呢,雅子说他"已有一个小小濑户烧的样子"。

香奈喜没上班,在家照顾季风。但周末也上上课,就在圆形拱廊里,给"几介居"的孩子们上日语课。也就十来个孩子,李爱的女儿西西,郑洛水的儿子小番茄,还有其他"几介居"的孩子和季喜。有时周边也坐在后面凑趣,他还没有小孩。也不知是他们夫妇不想生,还是有其他原因。"他自己还是个孩子呢。"他那漂亮的夫人说。这倒是真的,"几介居"的男人里,就数周边最好玩了。大夏天的,他不午休,却带了郑洛水的儿子小番茄到院子外面去捉树上的蝉,或者去西边的池塘捉红蜻蜓。香奈喜的日语课,就是唱歌,唱日本儿歌,还有翻译成了日语的中国古诗词。这是季尧的主意,香奈喜一听也觉得特别好,于是把不少她喜欢的古诗 —— 孟浩然的"春眠不觉晓,处处闻啼鸟",苏东坡的"明月几时有,把酒问青天"都翻译成了日语,再谱了曲,教孩子们唱。周边混在其中,也摇头晃脑地唱得起劲。

而这时候的季尧,正和他的学生坐在"几介居"西面树荫下的草地上。比起拱廊下的读书会,学生们更喜欢草地上的读书会。拱廊还有点儿教室的意思,而草地就像郊游了。二本的学生,天性更野,玩性更重。没关系,知之者不如好之者,好之者不如乐之者,他们现在都乐在其中呢。

季尧眯了眼,阳光下的池塘,波光潋滟。

2021年9月于MOMA公寓